연두향 나무 아래

연둣빛 나무 아래

초판 1쇄 찍은 날 § 2006년 6월 23일
초판 1쇄 펴낸 날 § 2006년 7월 3일

지은이 § 정경하
펴낸이 § 서경석

편집장 § 문혜영
편집책임 § 이종민
편집 § 한지윤

펴낸곳 § 도서출판 청어람
등록번호 § 제1081-1-89호
등록일자 § 1999. 5. 31
어람번호 § 제5-0097호

주소 § 경기도 부천시 원미구 심곡1동 350-1 남성B/D 3F (우) 420-011
전화 § 032-656-4452 팩스 § 032-656-4453
http://www.chungeoram.com
E-mail § eoram99@chollian.net

ISBN 89-251-0183-1 03810

연두형 나무 아래

정경하 지음

도서출판
청어람

연두향 나무 아래

일곱 살 어린 수현은 수두에 걸려 꼬박 일곱 밤, 일곱 낮을 방에 갇혀 지내야 했다. 수두에 걸리던 날, 원수인 빨간 지붕 집 민철이 녀석과 주먹다짐을 벌였었는데 알고 보니 민철이가 수두에 걸렸던 것이다.

도통 도움이 안 되는 윤민철!

'수현'이 계집애 이름이라고 놀리던 민철의 심술궂은 얼굴이 떠오르자 수현은 빨간 열꽃이 내려앉은 주먹을 꼭 쥐고 훅을 날렸다.

심심해서 죽을 것만 같았다. 수두가 다른 아이들에게 전염될까 봐 유치원을 못 가니, 아름반에서 최고 예쁜 하늘이도 못 본

다. 유일하게 그의 이름이 여자애 같다고 놀리지 않는 마음 착한 하늘이를 떠올리자 이래저래 짜증이 났다. 수현은 침대에 누워 발을 마구 내려쳤다.

하지만 그의 마음은 모른다는 듯, 주방에선 음식 준비가 한창이었다. 더불어 고소한 냄새도 방 안으로 스며들었다.

요란한 엄마의 목소리로 전해 들은 바로는 한동안 여행을 떠났던 옆집 하 교수 아저씨, 아줌마가 며칠 전 돌아오셨다고 했다. 수현의 부모님과 무척 절친한 그분들이 오늘 집으로 놀러 오시며 손님도 데려온다고 했다.

갇혀만 있던지라 손님에 대한 기대도 컸지만, 굳이 손님이 아니더라도 언제나 웃는 얼굴로 꼭 안아주시는 분들을 수현은 참 좋아했다.

아저씨와 아줌마라면 이렇게 불쌍하게 아픈 그를 마음 아파하며 위로해 주시리라. 무척 심심하고 온몸이 간지러운 상황임에도 수현의 작은 가슴이 들뜨기 시작했다.

딩동—

경쾌한 초인종 소리가 들렸다. 아버지의 유쾌한 웃음이 들리는 것을 보니 아저씨가 오셨나 보다. 수현은 방 안에만 있으라던 엄마의 엄명을 어기고 잽싸게 방을 나왔다.

"어서 오게. 여행은 즐거웠나?"

"그럼, 여행에서 보물을 얻었지."

아버지와 아저씨가 서로의 등을 두드리며 인사를 나누는 것이 보였다.

"설수현, 너 엄마가 나오지 말랬잖아. 얼른 들어가."

어느새 그를 발견한 엄마가 방으로 데려가려 했다.

"괜찮아, 수현 엄마. 우리 공주는 벌써 수두 했어."

아줌마의 고운 음성이 엄마를 말렸다.

"안녕하세요!"

그의 편을 들어주는 아줌마가 고마워 씩씩하게 인사를 하자, 아줌마가 환하게 웃어주셨다.

"아유, 수현이 고생이 많았구나?"

그런데 그를 향해 걸어오는 아줌마 등 뒤에서 작은 그림자가 아른거렸다. 오늘의 손님인가 보다. 호기심을 가지고 바라보노라니 곁에 섰던 아저씨의 손에 이끌려 누군가 걸어나왔다.

"자, 인사해야지?"

곧 핑크빛 원피스를 입은 여자 아이가 수줍은 듯 그를 바라보았다.

우와……. 순간 수현은 아무 말도 할 수가 없었다.

하 교수 아저씨가 천사의 등을 살짝 밀며 말했다.

"얘는 수현이라고 한단다. 수현이도 인사하렴. 아저씨네 공주란다. 둘이 동갑이니까 사이좋게 지내야 한다."

소개를 시켜줬지만 수현은 아무 말도 못하고 천사를 보기만 했다. 정말 예뻤다. 아마 하늘이보다 백 배는 더 예쁠 것만 같았다.

문득 빨간 딱지가 앉은 자신의 얼굴이 부끄러워졌다.

"자, 수현이가 먼저 악수 청해야지. 우리 공주님은 이미 수두를 해서 악수를 해도 상관없단다."

아저씨가 빤히 바라만 보는 천사의 손을 잡아 그에게 내밀었다. 멈칫멈칫 작고 예쁜 손에 자신의 상처난 손을 가져다 댔다.

"안녕."

가만히 손을 잡고서 인사를 하자 천사가 그를 보며 말했다.

"안녕, 난 재욱이라고 해."

얼굴만큼이나 예쁜 목소리로 천사가 이름을 말하는 순간, 그렇지 않아도 못난 상처 때문에 주눅이 들었던 수현은 심술이 나기 시작했다.

너무 불공평했다. 천사의 이름이 재욱이라니! 남자인 그도 이름이 계집아이 같은 '수현'인데 말이다. 일곱 살 아이의 심술로 수현은 저도 모르게 천사의 손을 툭 쳐냈다.

그의 돌연한 행동에 여자 아이도 놀라고, 아저씨도 놀랐다.

"수현이 왜 그러니?"

하지만 심술이 나서 그렇다는 말을 하기 싫은 수현은 그대로 돌아 자신의 방으로 뛰어갔다. 쾅 닫는 문 너머, 여자 아이의 당황한 울음소리가 들렸지만 수현은 귀를 꼭 틀어막았다.

그날 밤, 손님들이 돌아간 뒤 수현은 종아리를 맞았다. 예의가 없는 애는 맞아야 한다는 것이 평소 엄마의 지론. 회초리로 종아리를 다섯 대나 맞고서 겨우 용서를 받았다.

눈물 콧물을 머금고 식탁에 앉아 밥을 먹는데, 아빠가 말했다.

"수현 엄마, 그럼 재욱인 어느 초등학교에 가는 거야? 이 근처에 초등학교가 있나?"

"어유, 있지 왜 없어요. 큰길 가기 전 모퉁이 돌면 초등학교 있어요."

이상하다. 아저씨 말로는 분명 동갑이라고 했는데…….

엄마에게 앵돌아졌던 것도 잊은 수현이 물었다.

"엄마, 걔가 왜 학교에 가? 유치원 안 가?"

그러자 아빠가 친절하게 설명을 해주셨다.

"재욱이는 우리 수현이보다 빨리 태어나서 학교 가는 거야. 나이가 같아도 빨리 태어난 아이들은 유치원 대신 학교에 가도 된단다."

"그럼 형아보다 누나가 더 높아?"

순진한 수민의 말에 수현이 성질을 냈다.

"뭐야! 이름도 제욱이고, 학교도 가고, 이런 게 어디 있어? 진짜 불공평해!"

"흠, 아들아. 세상은 원래 그런 거야. 불공평하지. 그런데 밥상에서 성질내면 엄마가 널 혼내겠지? 그럼 넌 더 화가 날 거고? 수현아, 우리 큰아들. 그냥 곱게 밥 먹으렴."

엄마의 살벌한 충고를 들은 수현은 입을 삐죽거리면서도 밥그릇에 관심을 돌렸다.

그렇게 하루하루 시간이 흘러갔다. 노란 원복을 입고 유치원 차를 기다리는 그를 멸시하는 눈으로 보며 학교에 가는 계집아이가 무척 거슬렸지만, 그의 곁엔 항상 엄마가 있어 참아야만 했다.

그러던 어느 날, 황새가 엄마에게 아기를 물어다 준다고 했다. 이제 더 이상 아기는 필요없다는 수현과 수민의 말에도 엄마와 아빠는 일곱 달 뒤 황새가 물어올 아기 소식에 무척 들떠 있었다.

이제 유치원에서 돌아올 때 혼자서 와야 한다던 엄마는 정말 그를 마중 나오지 않았다. 정류장에 엄마가 없다는 것을 확인한 수현은 이상하게 섭섭했고 화가 나서 견딜 수가 없었다.

"뭐야! 엄마가 이러면 어떡해? 엄마는 모든 애를 다 예뻐하고 챙겨줘야지. 마중도 안 나오고, 너무해!"

아기만 예뻐하는 엄마에게 마음껏 따질 것을 생각하며 터덜터덜 집으로 돌아가는데, 모퉁이를 홱 돌아서자 옆집 재욱이가 나타났다. 역시 집으로 돌아가는 길인가 보다.

"어?"

혼자서 집으로 가던 길, 마음이 외로웠던 수현은 옆집에 사는 애를 보자 저도 모르게 반색을 하고 말았다.

그런데 재욱은 그의 반가움 따윈 쳐다보지도 않았다. 혼자 반가워했던 것이 살짝 무안해지자 그동안 저 애가 자신을 모른 척

무시하는 것이 생각나 또다시 화가 났다.

"야, 아는 사람을 봤으면 인사를 해야지. 넌 초등학교에 다닌다면서 그것도 모르냐?"

하지만 그의 윽박에도 재욱은 새침한 표정으로 그를 지나쳐 갔다. 노란 유치원 가방을 멘 자신에게 보란 듯, 진짜 책가방을 멘 채 말이다.

그것에 울컥한 수현이 다다다 뛰어가 재욱의 하얀 원피스 자락을 잡아 올렸다.

"아이스께끼!"

"야!"

도도하고 새침맞은 재욱의 얼굴이 붉게 달아올랐다.

"메롱이다."

화가 난 재욱에게 혀를 날름거린 수현이 줄행랑을 치자 재욱이 그를 쫓아왔다.

"씨, 너 가만 안 둬!"

얌전을 빼던 모습은 모두 거짓이다.

"히히, 잡아봐라."

그를 잡으러 마귀처럼 뛰어오는 재욱을 피해 수현이 마구 달려나갔다.

"너 우리 엄마한테 다 일러줄 거야!"

"바보야, 마음대로 해."

그렇게 한참 동안 앞서거니, 뒤서거니 서로를 쫓고 쫓아 뛰어가던 재욱이 순간 멈춰 섰다.

"야, 벌써 포기냐? 이런 바보…… 어?"

그것을 포기로 받아들인 수현이 멈춰 서며 재욱을 돌아보았다. 그런데 돌아본 재욱의 하얀 얼굴이 마치 고무 인형처럼 하얗기만 했다. 커다란 눈이 더 커질 수도 없게 커져서 앞을 뚫어져라 보기만 했다.

그 모습에 놀란 수현이 다가가 재욱의 팔을 툭 쳤다.

"너 왜 그래?"

하지만 재욱은 아무 말도 못한 채 앞만 보았다. 대체 무슨 일인지, 재욱의 시선을 따라가자 그곳에 남루한 옷차림의 사내가 술에 취해 비틀거리고 있었다. 콧등이 찌푸려질 만큼 지저분한 행색에 거뭇한 수염이 위협적이긴 했지만, 멀리 떨어져 있어 두렵지는 않았다. 하지만 재욱은 그렇지 않은 듯했다.

"무서워?"

설마하는 마음에 물었지만 재욱은 대답을 하지 못했다.

"야?"

그가 툭툭 건드려도 앙칼진 소리를 지르지 않는다. 이러다 순간 재욱이 기절이라도 하는 것은 아닌지 더럭 겁이 났다. 수현은 마치 아픈 사람처럼 창백한 얼굴로 꼼짝도 하지 못하는 재욱의 손을 잡았다.

일단 재욱을 데리고 빨리 이곳을 벗어나야 한다는 생각뿐이었다.

유치원에서 최고 빠른 달리기 실력을 자랑하며 그가 뛰자, 돌처럼 굳어 움직이지 않던 재욱 역시 그를 따라 죽을힘을 다해 달리기 시작했다.

얼마나 뛰었을까. 유치원 차가 매일 내려주는 정류장도 지나쳐 멀리까지 온 후에야 겨우 멈춰 섰다.

"에구, 힘들어."

숨이 턱 끝까지 차도록 뛰어온 수현은 여전히 그와 손을 잡은 재욱을 바라보았다. 재욱도 숨이 찼던지 쌕쌕 힘겨운 숨을 몰아쉬었다.

"괜찮아?"

그러자 재욱이 말간 눈으로 그를 보았다.

"괜찮냐고!"

못내 답답한 듯 소리치자 두려움이 한층 옅어진 재욱이 고개를 끄덕거렸다. 그러자 수현도 한결 마음이 놓였다.

"됐어, 그럼."

어색한 침묵과 힘겨운 숨 고르기가 이어진 뒤, 그들의 작은 발걸음이 자연 집으로 향해졌다. 집과 반대 방향으로 뛰었던 차라 돌아가는 길은 멀기만 했다. 터덜터덜 그가 앞서자 재욱이 따라왔다.

"왜 그랬어?"

중간쯤 왔을까? 수현이 멈춰 서 재욱을 돌아보며 물었다.

"무서워서……."

콧대 높은 모습은 온데간데없이 잔뜩 풀 죽고 의기소침한 재욱의 중얼거림에 수현이 고개를 갸웃거렸다.

"뭐가?"

"아까 그 아저씨가 누굴 되게 많이 닮았어. 그래서 난…… 나 데리러 온 줄 알고 정말정말 무서웠어."

재욱이 중얼거렸다. 가슴속 깊이 숨겨둔 두려움을 촉촉이 젖은 음성으로 털어놓자, 무슨 이야기인지 자세히 알지 못하는 수현의 가슴도 덩달아 젖어들었다.

이상하기도 하지. 정말 무서운 듯 고백하는 저 아이의 말이 수현의 가슴을 친다.

"난 저런 아저씨들이 제일 무서워."

눈시울이 붉게 물든 재욱이 옷소매로 눈가를 쓱 닦아냈다. 순간 수현은 재욱의 남자같이 멋진 이름과 동갑임에도 재욱이 벌써 초등학생이란 사실을 잊었다.

"야, 걱정하지 마."

수현은 가까이 다가가 그녀의 손을 꼭 잡고 엄숙하게 말했다.

"우리 엄마가 그러는데, 자꾸 기억하면 더 무섭대. 밥 많이 먹고, 엄마 아빠 말 잘 들으면 무서운 건 다 잊혀진다고 했어. 그러니까 너무 걱정하지 마. 알았어?"

그 말이 사실임을 다짐하듯 얼굴까지 디밀었다. 한눈에 확 들어오는 재욱의 젖은 얼굴. 그 모습은 정말 천사였다.

"……응."

천사가 순순히 고개를 끄덕거리자 수현이 재욱의 손을 잡아당겼다.

"가자. 우리 엄마가 오늘 팬케이크 해준댔어. 내가 아무도 안 주는 건데 넌 특별히 한 개 줄게. 우린 이제 이웃사촌이니까."

따뜻한 작은 손이 순순히 끌려오자 수현이 생각했다.

'그래도…… 그렇게 멋진 남자 이름만 아니었다면 정말 좋았을 텐데.'

그리 크진 않지만 그래도 일말의 아쉬움이 수현의 가슴속에 남는다. 그리고 그것이 자라는 동안 종종 심술로 표현이 되었지만, 아직은 몰랐다.

수현과 재욱은 꼭 마주 잡은 서로의 손이 따뜻하다는 것만 기억에 새겨 넣었다.

$2$004년 가을.

하늘은 무척 파랬다.

깊어가는 가을, 밤으로는 가을이란 말이 무색할 정도로 날씨가 추워졌다. 그런 날씨 탓에 팔랑팔랑 몸이 가벼운 아홉 살 은후는 아침부터 엄마와 실랑이를 벌였다. 낮에 바람이 많이 불거란 기상 뉴스를 들은 엄마가 싫다는 은후를 잡아다 앉히고 한 겹두겹 자꾸만 옷을 겹쳐 입도록 했다.

"엄마, 안 입을래! 답답해서 싫단 말이야."

원래 거추장스러운 것을 지독히 싫어하는 은후가 마구 버둥거리다 머리를 콕 쥐어박혔다.

"아유, 이 녀석. 누가 지 아빠 아들 아니랄까 봐! 답답해서 옷을 안 입을 거면 감기나 들지 말든지! 가을부터 겨울이 끝나도록 감기를 달고 사는 녀석이 그런 말이 나오니? 전은후, 마지막 경고야. 얼른 입어."

마지막 경고란 엄마의 말에 은후는 울며 겨자 먹기로 두툼한 스웨터를 집어 들어야 했다. 비록 아홉 살의 어린 나이지만 은후는 자신의 부모가 상황을 넘기기 위한 엄포나 협박은 하지 않는다는 것을 잘 알았다. 또한 '경고'란 말이 크게 혼나기 전 단계란 것도 명심하고 있었다. 하지만 마치 아기 곰처럼 옷에 감싸인 자신의 모습에 싫어 투덜거리는 것만은 멈출 수가 없었다.

"그래도…… 옷을 많이 입는다고 감기에 안 걸리는 건 아닌데……."

작은 입이 오리 주둥이처럼 뾰족이 나온 채 현관을 나오자, 모자간의 실랑이가 끝나길 기다리던 아버지가 은후를 반겼다. 눈밭에 굴러도 얼어 죽지 않을 만큼 옷을 껴입고 나온 아들을 본 아비지가 씩 웃었다.

"녀석, 결국 질 거면서 왜 그렇게 반항을 했어?"

"몰라. 나 지금 아빠랑 말할 기분이 아니야."

"후훗."

전대하는 불퉁하게 대화를 거부하는 아들의 시선에 맞춰 무릎을 꿇었다.

"어이, 전은후. 아빠가 비밀 하나 가르쳐 줄까? 은후가 어른이 되면 아주 필요한 건데 말이야."

"……뭔데?"

요즘 들어 부쩍 '어른'의 세계에 호기심을 보이는 아들을 보며 대하의 얼굴이 짐짓 진지해졌다.

"남자는 말이야, 여자 말을 잘 들어야 하는 거야."

"에이, 그런 게 어디 있어?"

잔뜩 호기심을 가지고 듣던 은후의 얼굴에 실망이 가득 내려앉았다. 그러자 대하가 정색을 해서 아들의 이마에 자신의 이마를 댔다.

"아들, 아빠가 거짓말하는 거 봤냐?"

지금 이 대화가 상당히 못마땅하긴 했지만 아빠가 거짓말할 분은 아니다. 은후가 꼭 맞댄 이마를 부비부비 저었다.

"흠, 아니."

"그래, 녀석아. 아빠가 아빠의 명예를 걸고 하는 말이야. 남자는 여자 말을 잘 들으면 인생 성공하는 거야. 은후 넌 지금 엄마 말을 잘 들어야 하고, 어른이 되어선 시연이의 말만 잘 들으면 돼."

"아빠, 내가 시연이 말을 왜 들어!"

대하의 말에 은후가 펄쩍 뛰었다. 시연이는 아빠의 절친한 친구 민식 아저씨의 딸이었다. 동갑내기였지만 엄연히 성별이 다른 데다 공주병이 엄청 심해 그와는 앙숙인 시연의 말을 왜 잘 들어야 하냐고!

"부자간에 무슨 대화를 그렇게 해요?"

때마침 현관문을 잠그고 나온 엄마가 끼어들자, 은후가 엄마의 옷자락을 움켜잡고 항의했다.

"엄마! 아빠가 이상한 말 해!"

"후후, 이상한 말이라니. 아들, 그건 진리라니까."

이상하리만큼 얼굴을 붉히며 두 손을 내젓는 아들의 모습이 귀여웠는지 대하가 가슴을 들썩거리며 웃었다.

"아빠!"

약이 바짝 오른 은후가 빽 소리를 질렀다.

"뭔데 그래요?"

궁금함에 엄마까지 끼어든 세 가족의 대화는 차에 올라타서도 계속됐다.

"그게 말이야……."

일요일 고속도로는 외곽으로 여행을 떠나는 차들로 북적거렸다. 은후네 역시 시연의 가족과 함께 춘천에서 경비행을 즐기기로 하고 집을 떠나는 길이었다. 춘천에는 동호회 사람들이 이미 나와 있을지도 몰랐다.

밖엔 바람이 꽤 불긴 했지만 경비행기를 못 탈 만큼 심하진 않았다.

어른들이 경비행을 즐기는 동안 은후와 시연, 그리고 시연의 남동생 시준은 비행을 지켜보며 자기들만의 놀이를 벌일 터. 아이는 시연이의 공주병이 눈에 거슬리긴 했지만 오늘이 되길 손꼽아 기다렸었다. 은후가 뒷자리에서 얼굴을 삐죽 내밀고 물었다.

"엄마, 아저씨네 출발하셨는지 전화해 봐야 하지 않아?"

"은후 넌 시연이가 그렇게 싫다면서 왜 전화를 하라고 해?"

"누, 누가 시연이가 보고 싶대? 나, 난 시준이 보려고 그런단 말이야!"

자꾸만 붉어지는 아이의 얼굴을 보며 엄마가 호호 웃음을 터뜨렸다.

"알았어. 엄마가 뭐라고 했니?"

"엄마!"

엄마까지 놀려대는 것이 억울한 은후가 항변을 할 찰나, 아빠의 휴대폰이 요란하게 울렸다.

발신 번호를 확인하던 대하가 피식 웃었다.

"양반은 못 되겠네. 여보, 민식이야. 전화 당신이 받아봐."

엄마가 얼른 아빠의 전화를 받았다.

"그래요. 네, 민식 씨. 저 은후 엄마예요. 출발했어요?"

한참 동안 말없이 듣기만 하던 엄마가 아쉬운 한숨을 내쉬었다.

"아유, 그래요? 할 수 없죠 뭐. 우린 춘천에 다 와가요. 네, 시연이 조리 잘 시키세요."

전화를 끊은 엄마가 말했다.

"시연이가 급성 장염이래요. 아침 먹은 게 잘못됐는지 지금 응급실인데 아무래도 못 오겠다는데요?"

"그래? 갑자기 왜 그래? 우리 안 가봐도 돼?"

“당연히 가봐야죠. 오늘 모임이 동호회 주체 모임이니까 일단 참석은 하고 일찍 서울로 와요. 벌써 절반 이상 왔잖아요. 그리고 고속도로에서 어떻게 유턴을 해요.”

“그러지 뭐.”

엄마의 제안에 아빠 역시 고개를 끄덕거렸다.

“민식이가 없으면 재미없는데…….”

아쉬운 듯한 아빠의 말에 은후의 고개도 같이 끄덕거려졌다. 시연이가 없으면 재미없는데…… 골려줘야 재미있는데…… 많이 아픈가?

내심 걱정은 됐지만, 곧 춘천임을 알리는 고속도로 표지판을 보자 이내 기분이 좋아졌다.

은후네는 동호회 사람들의 반가운 환대 속에 도착했다.

“아이고, 우리 은후 많이 컸네?”

산적 같은 수염이 일품인 회장 아저씨가 은후를 보더니 번쩍 들어 안아주었다.

“아이고, 무거워라. 이봐, 전 교수. 은후 산삼 먹여서 키워? 왜 이렇게 볼 때마다 키도 크고 몸무게도 늘어나?”

회장 아저씨의 너스레에 아빠가 고개를 끄덕거렸다.

“내가 금쪽같은 아들한테 산삼만 먹이겠어? 건강하게 잘 클 수 있다면 뭐든 다 먹여서 키우지.”

아빠의 눈에 어린 사랑을 느꼈을까? 회장 아저씨에게 안겨 있던 은후가 아빠에게 팔을 내밀었다.

“아빠!”

마치 꼬맹이 아기처럼 아빠에게 안아달라 팔을 버둥거리지만 은후는 부끄럽지 않았다. 어린애라곤 자신이 전부였고, 회장 아저씨의 품보다 아빠의 품이 훨씬 더 좋았기 때문이다.

“이 녀석, 네 아버지한테는 항상 안기잖냐? 오늘은 아저씨 아들 해라.”

아빠와 대학 동창인 회장 아저씨는 일찍 결혼을 해 두 아들이 모두 어른이 되었다고 했다. 그 탓인지 자신만 보면 막둥이 아들 하라고 성화를 피워대는 회장 아저씨를 피해 은후는 아빠의 품에 얼굴을 묻었다.

“싫어요. 난 우리 아빠 아들만 해요.”

“오늘도 거절이냐?”

부자간의 사이가 얼마나 좋은지, 빈말이라도 그러겠다는 적이 없다. 그러니 핏줄이 무섭다는 거겠지만 말이다.

비록 시연이와 시준이가 없어 재미는 없었지만 파란 창공을 나는 비행기를 보는 것은 무척 좋았다.

은후는 비행 준비를 마친 부모님께 옹골진 주먹을 꼭 쥐어 보였다.

“아빠, 엄마, 파이팅!”

“그래, 잘 보고 있어.”

“갔다 올게, 은후야.”

부모님 역시 그를 향해 손을 흔들어주었다.

시린 바람이 코끝을 스치고 지나가는 것을 즐기며 넓은 들판, 파란 창공 아래 은후의 작은 가슴은 행복했다.

자유…….

부모님이 하늘을 날며 즐기는 그것을 조금은 이해할 수 있을 만큼 이 순간이 평화로웠다. 자신도 조금 더 키가 크면 경비행을 즐길 수 있을 거란 생각을 하며 엄마, 아빠가 탄 비행기를 보았다.

그런데 갑자기 통제를 잃은 듯 불안하게 비행하는 비행기.

"어, 왜 저래! 무슨 일이야?"

은후 곁에서 같이 지켜보던 동호회 회장 아저씨의 커다란 목소리가 은후의 귀를 스쳐 갔다. 문제가 생긴 것이 분명했지만 그들이 무엇을 어찌해 볼 틈도 없이 비행기가 빠르게 추락했다.

"어, 엄마, 아빠……."

얼른 방향키를 올려!

발이 바닥에 들러붙은 듯, 꼼짝도 하지 못한 채 서서 지켜보는 은후는 소리 높여 그것을 말하지 못했다.

빠, 삘리…….

눈앞의 광경을 믿을 수가 없어, 목소리가 나오지 않았다.

"전 교수! 이봐 전 교수. 얼른 방향키를 올려봐!"

은후 대신 회장 아저씨가 무전기로 다급히 외쳤지만 비행기는 순식간에 바닥으로 추락해 버렸다.

쿵!

무시무시한 속도로 추락한 경비행기는 빨간 불꽃만이 넘실거렸다.

비명을 지르며 사람들이 그쪽으로 달려가는 것을 보며 은후가 멍하게 중얼거렸다.

"어, 어, 엄마…… 아빠……."

추락이…… 무엇을 의미하는지……. 말문이 막힌 입 대신 그것을 먼저 이해한 눈에서 뜨거운 눈물이 흘러내렸다.

"흐흑, 엄마! 아빠!"

작은 머릿속에서 차츰 현실을 받아들인 그가 현장으로 뛰어가려 하자, 뒤에서 누군가 강한 힘으로 그를 움켜잡았다.

"은후야, 가지 마라. 보면 안 돼!"

"이거 놔! 이거 놔요! 엄마한테 가야 해! 아빠! 우리 아빠, 엄마한테 가야 한단 말이야!"

은후가 단단한 품에서 미친 듯이 울부짖었다.

"은후야, 진정해라. 이봐! 은후 데려가!"

사고 현장에서 아이를 최대한 떨어뜨려 놓으려는 동호회 사람들에 의해 은후는 불꽃조차 보이지 않은 곳으로 가야 했다.

"가야 해! 가야 해요! 나 우리 엄마, 아빠한테 가야 해요! 엄마! 아빠!"

진정하란 듯 그를 꼭 껴안는 아저씨의 품에 갇혀 은후는 작은 얼굴이 온통 젖은 채 목이 터져라 소리쳤다.

"흐흑! 엄마! 아빠!"

$2$005년 여름.

열어놓은 창문으로 매미 우는 소리가 들려왔다. 푹푹 찌는 듯 더운 여름밤, 인공 바람을 싫어하는 탓에 에어컨도 켜지 않은 재욱은 연신 목을 타고 흐르는 땀을 닦아냈다. 가뜩이나 무더운 날에는 잠을 잘 이루지 못하는데, 밤도 잊고 악을 쓰는 매미로 인해 더욱 짜증이 치밀어 올랐다.

재욱은 결국 침대에서 일어나 방의 오른쪽 창턱에 앉았다. 이렇게 앉아 있노라면 땀을 적셔주는 바람 한자락은 불어주는데, 오늘은 그마저도 없다.

"휴, 열대야가 기승이네. 너무 덥다."

기운을 잃고 축 늘어진 재욱은 바닥에 털썩 주저앉은 뒤 창틀에 턱을 괴었다. 그러자 그녀 창에서 제일 잘 보이는 은목서가 그녀를 반겼다.

오늘처럼 너무 더워 숨도 쉴 수 없는 여름날이면 재욱은 종종 이렇게 창문을 열고 수현네 정원을 내려다보았다.

꽃이나 식물에 별다른 관심이 없는 그녀였지만, 은목서만은 좋았다. 세상 만물이 활짝 피는 봄날을 다 제쳐 두고, 깊어가는 가을 고고한 꽃을 피워내는 은목서가 대견했기 때문이다. 마치 봄날처럼 파릇한 향을 머금은 목서 꽃이 말이다.

눈부시게 파란 가을 하늘 아래, 녀석이 피워내고 품어낼 향기를 상상하노라면 언제나 그랬듯 한여름 더위는 자취를 감췄다.

이렇게 무더우니 가을이 머지않았다. 재욱은 가을이 되어 은목서의 연두향이 만날 가득하길 기대하며 힘을 얻었다.

하지만 싱싱하고 달콤한 은목서의 기운을 얻으려면 대가를 지불해야 한다. 어느 틈에 나타나 이층 창을 마주하고 물끄러미 그녀를 바라보는 녀석.

"하 양, 팔뚝 살 좀 빼시지?"

망할 녀석.

"살이 탄력을 잃고 추욱 늘어진다. 각성하자, 하재욱."

"신경 끄셔라."

지난 이십삼 년 동안 하얀 울타리 담을 마주하고 살아온 녀석의 도발에 재욱은 가운뎃손가락을 들어올리곤 창문을 탁 닫았다.

툭, 툭.

그러자 창문에 뭔가가 부딪치는 소리가 들렸다. 저놈 자식이! 얇은 홑이불을 뒤집어쓰고 누었던 재욱이 도끼눈을 하고 창문을 열었다.

"야, 유리 깨져! 특수 유리라서 비싸단 말이……."

그녀의 말이 채 끝나기도 전에 창턱에 턱을 괴고 앉은 녀석이 유혹을 한다.

"나와라. 옥수수 구워 먹자."

흠…… 구운 옥수수.

녀석이 들먹인 '탄력을 잃고 추욱 늘어진 팔뚝 살'에 깊은 상처를 받았건만, 그 제안은 솔깃했다. 하지만 어디, 자존심이 있지!

"됐다. 나잇살에 옥수수 살까지 더하면 어쩌라고. 잘 거다."

그녀가 새침하게 고개를 돌리자 수현이 창밖으로 쓰윽 몸을 내밀었다.

"두 개 줄게."

"불 지펴라."

튕기는 건 한 번이면 족하다. 먹을 것에 타협의 여지가 없는 설가가 두 개나 준다고 하는 건 나름의 선심이다.

편한 반바지 차림으로 현관을 나온 재욱은 슬리퍼를 끌며 이웃집으로 들어갔다. 대문이라고 해봐야 허리춤밖에 안 오는 키 작은 대문을 지나자 어느새 그릴을 들고 나온 수현이 숯을 넣고 있었다. 그리고 매캐한 연기에 눈물을 흘리며 불이 잘 붙도록 부채질을 해댔다. 재욱은 그릴 옆 플라스틱 테이블 위에서 온몸이 호일에 꽁꽁 싸인 옥수수를 보며 물었다.

"이왕 하는 거 감자도 구워 먹자. 감자는 없냐?"

"불행히도 옥수수뿐이다. 감자는 없더라."

"흠, 옥수수만으론 섭섭한데."

진정 숯불이 아까웠다.

"아, 잠깐만."

순간 뇌리를 스친 생각에 재욱은 얼른 자신의 집으로 뛰어들어 갔다. 며칠 전 마트에 들렀다 먹음직스러워 보이던 독일식 소시지를 사놓은 기억이 났다. 후다닥 집 안으로 뛰어들어 와 냉장고 문을 열자 역시나 소시지가 그녀를 반겼다. 흐뭇함에 들고 나와 수현네로 가자, 녀석도 열렬히 소시지를 반겼다.

"오, 좋다."

수현은 그녀의 손에서 소시지 뭉치를 뺏어 들었다.

올해 나이 서른을 꽉꽉 채운 동갑내기 설수현과 그녀는 일곱 살 어린 시절부터 이웃으로 지내온 사이이다. 대학 동료 교수 사이이신 아버지들의 친분만큼이나 뗄래야 뗄 수 없는 그들은 어지간한 친척들보다 허물이 없었다.

재욱은 수현이 숯불에 잘 익은 옥수수를 꺼내 건네주는 것을 받으며 물었다.

“애들은 없어? 수안이도?”

“없다. 애물단지 M.T 갔어. 수민이도 없고.”

수현이 두 동생의 부재를 알려주며 숯불에서 호일 뭉치 하나를 집게로 집어 그녀 앞에 놓았다.

“익었을 거다. 열어봐라.”

“벌써?”

재욱은 수현이 준 옥수수의 은박지를 벗기며 중얼거렸다.

“설가야, 또 저번처럼 호일에 다 눌어붙은 건 아닐까?”

“흐흐흐, 그런 걱정은 말아라. 내가 누구냐? 감싸기 전에 버터가 온몸으로 호일 위를 구르게 했지.”

“오, 그래?”

설가의 잘난 척을 들으며 호일을 벗겨내자, 정말 거짓말처럼 호일에 들러붙지 않고 노랗게 익은 옥수수가 그녀를 반겼다.

“야, 얼른 먹어. 식으면 맛없어.”

“그래, 먹자.”

군침이 넘어갈 만큼 먹음직스런 옥수수를 한입 베어 물자 천국이 따로 없었다.

“맛있지?”

“응, 너무 맛있다.”

그녀가 뜨거움에 옥수수를 호호 불며 맞장구를 쳐주자, 녀석은 어깨를 들썩거리며 으쓱해했다.

“맥주도 있다. 한잔할래?”

“좋지.”

수현이 센스있게 얼음을 가득 채운 유리 볼 속에 캔을 넣어 뒀어 이가 시릴 만큼 차가운 맥주를 즐길 수 있었다. 주말도 아닌 평일의 밤이었지만, 종종 은목서 아래 이렇게 불을 지펴놓고 맥주 한 잔씩 하는 것이 여름날 그들만의 즐거움이었다.

“맛있긴 하지만 말이야. 이건 진짜 시골집 모닥불에 구워야 제맛인데. 그렇지 않냐, 하재욱?”

“어디 그 맛을 따라갈 수가 있니?”

빈 대궁을 던지며 재욱이 맞장구를 쳤다. 소시지와 옥수수를 번갈아 먹으며 수현이 다시 말했다.

“너 기억나냐? 잣나무에 올라가 열매 따서 우리 할머니 집 커다란 아궁이에서 구워 먹었잖아.”

할머니 집 뒷산 커다란 잣나무에 주렁주렁 열렸던 잣 열매. 도시에서 자란 그들은 잣이 마치 솔방울 같은 모양으로 열린다는 것을 알지 못했다. 신기함에 그것을 들고 산을 내려오자 할아버지가 나무진을 없앨 겸 아궁이에 구워주셨는데, 그 맛은 십여 년이 지난 지금도 생생했다.

“그래, 정말 맛있었어.”

함께 지내온 어린 시절부터의 추억담을 들먹이며 밤이 깊어가는 줄도 모르고, 온 얼굴에 검정을 묻혀가며 수현과 재욱은 유쾌해했다.

띠띠띠.

"흠······."

요란한 자명종 소리에 재욱은 얇은 이불을 머리끝까지 뒤집어썼다. 새벽 늦게까지 자지 못했던 터라 잠이 절실했다.

띠띠띠.

요란하게 울리는 자명종 소리를 들은 재욱이 한 손으로 더듬거려 자명종 벨을 누른 뒤, 찾아든 고요에 만족의 한숨을 쉬었다. 폭신한 시트에 몸을 말고 다시 깊은 나락으로 빠져들 찰나, Rrrrr, 이번엔 요란한 전화 벨소리가 그녀의 단잠을 방해했다. 아무렇게나 놓은 쿠션으로 귀를 막아보지만, 끈질긴 전화벨에는 역부족이었다.

"아휴!"

결국 재욱이 벌떡 일어나 전화를 받았다.

"네!"

[딸, 전화 상냥하게 못 받니?]

"어, 엄마!"

순간 재욱의 퉁명스럽던 목소리가 놀라움과 반가움으로 변했다.

"거긴 밤이잖아. 어떻게 전화했어?"

[바쁘신 따님이 전화를 안 하니까 한가한 엄마가 대신 전화한다. 됐니?]

"훗, 미안해요."

엄마의 질책 어린 대답에 재욱이 배시시 웃었다. 대학 교수이신 아버지가 자매결연을 맺은 영국 대학으로 발령이 나자 엄마도 그곳으로 따라가셨다.

원래 엄마와 그녀는 서로 죽고 못사는 모녀지간이었다. 식탁에 마주 보며 앉아 하루에 있었던 일을 다 말해야 속이 시원했는데, 벌써 몇 달째 생이별 중인 것이다.

"아버진? 저번 주에 전화드리니까 감기 걸리셨다더니?"

[안 그래도 지금 약 드시고 주무신다. 기침을 하면서도 딸한테 전화한다니까 자기도 목소리 들어야 한다고 얼마나 성화시던지. 네 목소리 들어야 낫는다고. 남들 없는 딸 자기만 있다니?]

금실 좋기로 유명한 부부에게도 토닥거리는 순간이 있었으니, 그것은 다름 아닌 재욱과 관련된 경우였다.

[그런데 너 또 늦잠 자고 있었지?]

"응? 어머!"

윤연화 여사의 수다에 폭 빠져 웃고만 있던 재욱이 화들짝 놀라 시계를 확인했다. 아침 8시 27분.

"엄마, 전화 끊어!"

재욱은 작별 인사도 없이 전화를 끊고 욕실로 뛰어갔다. 제 할 일은 똑 부러지게 하면서도 이상하게 아침잠이 많아 번번이 곤욕을 치르는 딸인 것을 알기에 전화를 그렇게 끊어도 섭섭해하지 않으실 것이다.

그녀는 어깨까지 오는 머리에 가득 샴푸를 칠해 한 손으로 비비는 동안, 다른 한 손으로는 신들린 듯 양치질을 했다. 남들이 보면 어떻게 그것이 가능하냐 하지만, 양손이 분담하는 덕에 아침잠 많은 그녀가 지금껏 살아남을 수 있었다.

아침을 먹을 사이도 없이 은빛 정장 바지에 받쳐 입은 흰 블라우스 단추를 채우며 현관을 뛰어나왔다.

이상 출근 준비에 걸린 시간은 딱 십오 분, 아홉 시까지 앞으로 남은 시간 십칠 분.

재욱은 집 앞에 주차해 둔 빨간 스포츠카에 몸을 날려 시동을 켰다. 그리고 핸들 앞에 손을 모으고 기도했다.

"오늘도 무사하게 해주세요."

편안한 하루를 기도드리고, 앞을 보는 재욱의 눈이 비장하게 빛났다. 지킬 신호 다 지켜 딱 이십오 분 걸리는 사무실까지 십칠 분에 완주해야 한다.

오늘의 목표, 십칠 분.

"오케이."

부웅! 재욱의 차가 튕기듯 골목을 벗어났다.

"저저, 또 늦잠 잤구만."

현관문을 열던 수현은 골목을 빠져나가는 재욱의 빨간 총알을 보며 혀를 찼다.

"저러다가 사고 한번 낼 거야. 저렇게 운전을 할 거면 무사하게 해달란 기도를 하지 말든지."

키 작은 울타리를 사이에 둔 이웃사촌에 대해 모르는 것이 있을 리 만무. 현관문을 닫고 나오는 수현이 고개를 저었다.

"뭘 그렇게 중얼거려?"

수현의 뒤를 따라 나오던 동생 수민이 그를 보며 물었다. 벌써 나갈 채비를 말끔히 마친 동생을 보며 수현이 말했다.

"재욱이 말이다. 아주 날아간다."

"누나는 그래도 괜찮아. 항상 무사하게 해달라고 기도하잖아."

"훗, 그러냐?"

형제는 서로 마주 보며 히죽 웃었다.

거의 곡예운전 끝에 사무실로 들어선 시간은 9시 5분이었다. 그렇게 밟아댔는데, 빨간 신호등임에도 불구하고 노란 병아리가 그려진 옷을 입은 아이가 길을 건너는 것을 기다려 주는 바람에 결국 십칠 분 데드라인을 지키지 못했다.

시계를 확인하며 자리에 앉는 그녀에게 비서 유란이 커피 잔을 내려놓으며 말했다.

"웬일이세요, 변호사님이 지각을 다 하시고요?"

"그렇게 됐어."

"뭐, 그래도 상관은 절대 없어요. 하 변호사님, 오늘 오 분 지각입니다. 오늘 도넛은 변호사님이 쏘세요."

지각을 밥먹듯 해, 거의 매일 오후의 이런저런 군것질 거리를 공수하는 유란이 아주 신이 났다. 그녀의 생글거림을 따라 귀밑 애교머리가 춤을 췄다.

결국 노란 병아리 탓에 사무실 오후 티타임을 책임지게 되었다. 하지만 노란 병아리는 모든 어른들의 병아리 아니던가.

"알았어."

재욱이 선선히 고개를 끄덕였다. 희희낙락 즐거움에 그녀의 방을 나가던 유란이 다시 뒤돌아섰다.

"참, 사건 파일 책상에 올려두었어요. 강 부장님께서 전해주셨어요."

"고마워, 유란 씨."

최근 신축 빌딩을 둘러싼 소유권 이전 문제를 마무리 지은 그녀에게 새로운 사건이 주어졌나 보다. 재욱은 유란이 책상 위에 올려둔 파일을 펼쳐 보았다.

〈양육권 소송.〉

"흠……."

다른 어떤 것보다 재욱의 관심을 끄는 양육권이란 단어에 그녀는 집중하기 시작했다.

바쁘게 걸어가는 흰 가운의 무리가 있었다. 그중 가장 앞장섰던 남자가 따라오는 세 명에게 지시했다.

“오늘 수술한 환자 경과 관찰 잘해. 절대 움직이지 못하게 하고. 알았나?”

“네, 선생님. 알겠습니다.”

“그리고.”

수현은 열정적으로 대답하는 세 명을 무서운 눈으로 돌아보았다.

“수술실에서 다시 한 번 그런 실수 했다간 각오하는 게 좋을 거야. 알았어?”

“네.”

그의 질책에 세 명은 고개를 들지 못했다.

“가봐.”

수현은 인턴들이 그의 말에 살았다는 듯 자리를 벗어나는 모습을 보았다. 수술 어시스트를 하다 깜박깜박 졸던 것을 이 정도로 넘어가 주는 것이 믿어지지 않는다는 듯 서둘러 걸어가는 후배들을 보며 잠시 측은함이 들었다. 항상 잠이 부족한 후배들이란 것을 모르는 것이 아니었다.

하지만 이곳은 생명을 다루는 병원이다. 그들의 잠시 방심에 소중한 생명이 스러질 수도 있는, 긴장을 멈출 수 없는 곳.

주의를 주었음에도 오늘 같은 실수를 반복한다면 이렇게 쉽게 넘어가지 않을 거라 다짐하며 수현은 당직실로 갔다.

긴장을 늦출 수 없었던 수술이 끝난 뒤는 항상 이렇게 진이 빠졌다. 기운없는 손으로 가운을 벗어 의자에 걸친 뒤, 쓰러지

듯 주저앉았다.

Rrrrrr.

잠시 눈을 감고 휴식을 취할 찰나, 휴대폰 벨이 요란하게 울리기 시작했다. 무시하려 눈을 더욱 질끈 감았지만 악을 쓰듯 울려 퍼지는 소리에 결국 졌다.

"네."

[오빠아!]

전화를 받자마자 들리는 우렁찬 목소리, 애물단지! 저도 모르게 수현이 벌떡 일어났다.

"왜? 너 또 무슨 일이야?"

[나 계단에서 굴렀어!]

"뭐야?"

씩씩한 목소리가 전해주는 충격적인 말에 수현이 숨을 들이켰다. 새삼스러울 것도 없는 소식이지만 한 번씩 들을 때마다 섬뜩히기민 하다. 삼 남매 중 유일한 딸자식인 수안이가 아들 둘 키우기보다 더 힘들었다던 엄마의 말이 진정 이해가 됐다.

[다리가 부러졌나 봐!]

서둘러 재킷을 잡아 드는 그에게로 수안이 계속 말했다. 이 녀석아, 목이 안 부러지길 다행이다!

"지금 학교야? 데리러 갈 테니까 거기 꼼짝 말고 있어, 알았어?"

[아니, 나 지금 오빠네 병원으로 가고 있어. 다 왔으니까 기다

리고 있으셔.]

　"야, 설수안……."

　막 문을 열고 나가려던 수현은 뚝 끊기는 전화를 황당하게 보았다.

　다리가 부러졌다면서, 구급차에 실려오나?

　더럭 걱정이 물밀듯 밀려들었다. 일단 응급실로 들어올 것이다. 수현은 벗어두었던 가운을 입으며 당직실을 나왔다.

　"이 애물단지. 지가 무쇠덩이인 줄 아나? 조심을 해야지, 조심을……."

　'안전제일'이라고 식구 수대로 귀에 딱지가 앉도록 말했건만, 그의 막내는 오늘도 다리가 부러져 응급실 신세를 지려나 보다.

　의사가 뛰면 환자들이 불안해하기에 병원에서는 잘 뛰지 않는 것을 철칙으로 알지만, 자신도 모르는 새 발걸음이 조급해졌다.

　서둘러 응급실로 내려가자 아직 도착하지 않았는지 막내의 모습은 보이지 않았다. 행여나 누워 있을까 주위를 두리번거리자 누군가 그의 어깨를 툭 쳤다. 수현이 놀라서 돌아보자 동기인 연규가 서 있었다.

　"어이, 설. 무슨 일로 응급실까지 왔어?"

　트레이드마크인 보조개를 쏙 만들며 연규가 궁금해하자 수현이 물었다.

“우리 수안이 안 왔어?”

“수안이? 수안이가 왜? 어디 아프대?”

의대 시절부터 동기인 연규는 수현의 가족들 모두, 그중 막내 동생 수안을 가장 잘 알고 있었다.

“또 어디 다친 거냐?”

동에 번쩍, 서에 번쩍하는 수안이 종종 응급실 신세를 진 탓에 연규뿐 아니라 병원에서 수현의 동생 수안을 모르는 사람은 거의 없었다.

“계단에서 굴렀단다. 다리가 부러졌다는데, 혹시 앰뷸런스 나간 거 있어?”

“아니? 내가 알기론 없는데?”

연규가 고개를 갸웃거리며 수간호사를 향해 묻는 사이 수현은 초조하게 응급실 앞을 서성거렸다.

“금방 온다더니 대체 어디로 간 거야?”

~~부릉부릉.~~

고개를 빼고 수안을 기다리던 수현의 눈에 빨간 오토바이가 탈탈거리며 오는 것이 보였다.

바람이 조금만 세게 불면 날아갈 것 같은 작은 오토바이가 두 사람을 싣고 힘겹게 탈탈거리며 응급실로 오고 있었다. 참 힘들어 보인다는 생각을 하며 구급차의 모습을 기다리는데 오토바이 헬멧에 가려진 머리에서 익숙한 목소리가 들렸다.

“야야, 바람처럼 달려간다더니 이게 뭐냐? 여름 태풍은커녕

실바람도 안 되겠다.”

불만에 가득 찬 목소리. 설마…….

“우리 오빠 기다리는 거 싫어하는데 너무 늦었다.”

“설수안!”

겨우겨우 기다시피 그의 앞에 멈춰 선 오토바이 뒷 자석을 보며, 수현은 기가 차서 말도 안 나왔다.

“오빠, 미안. 많이 기다렸지? 나 좀 내려줘.”

“너, 너 이 녀석. 다리 부러졌다면서 왜 오토바이를 타고 와! 구급차는? 잘못 되려면 어쩌려고 이러는 거야!”

수현이 수안을 안아 내리며 마구 소리쳤다.

“정신이 있는 거야, 없는 거야!”

하지만 안겨 있는 수안은 그의 고함을 들으면서도 태연하기만 했다. 수현 앞에서 불안한 듯 초조해하는 과 동기 태동에게 손을 흔들었다.

“아구, 귀야. 태동아, 그만 가라. 고마워. 느리긴 했는데, 그래도 태워준 게 어디냐. 원수는 톡톡히 갚을게. 고맙다.”

“응, 나 간다!”

응급환자를 오토바이에 태우고 왔다고 행여 야단이나 들을까 태동은 꽁지에 불붙은 닭처럼 달아났다.

“하여튼 설수안, 너 치료하고 보자. 아주 혼날 줄 알아!”

수현이 고래고래 소리를 질렀다.

수안은 응급실 침대에 누워 정형외과 과장의 특진을 받았다.

"다리가 부러진 건 아니고, 금이 갔군. 아주 살짝."

병원 치료란 게 거의 정형외과 치료이니, 이제 안면을 익힐 만큼 익힌 과장에게 수안이 호들갑스럽게 웃으며 말했다.

"아구, 다행이다. 그럼 선생님, 깁스는 안 해도 되죠?"

"깁스는 안 해도 되지만 석고 붕대는 하고 있어야 해. 당분간 절대 발차기 하지 말고. 알았냐?"

수안의 아버지인 설 교수와도 안면이 있고, 수현과 한병원에 근무하기에 가족 같은 박 과장이 그런 수안을 귀엽다는 듯 보며 엄포를 놓았다.

"넵, 알겠습니다."

수안이 눈을 찡긋거리며 손을 이마에 댔다.

"설 선생, 그럼 나 가네."

"네, 감사합니다, 과장님."

"안녕히 가세요. 감사합니다, 과장님."

박 과장이 응급실을 나가자, 수현이 도끼눈을 하고 수안을 노려보았다.

"너, 다시 한 번만 이런 짓 해봐. 혹시라도 신경이 손상되면 어쩌려고 그렇게 무모한 거야? 응?"

"아구, 괜찮다고 하잖아. 괜찮아, 괜찮아."

그의 다그침에도 수안은 태평하게 귀를 후비며 침대에 누웠다. 그러자 수현이 으름장을 놓았다.

"엄마 오시고 계시니까 알아서 해."

"헉, 엄마?"

세상에 무서울 것 없는 설수안이 겁내는 유일한 사람, 엄마 한상미 여사. 한 여사가 도착할 거란 말에 수안의 인상이 구겨졌다.

"오빠, 엄마한테는……."

"병원까지 오토바이 타고 온 것 말씀드렸으니까 알아서 해."

"오빠, 그걸 말하면 어떡해!"

그의 말에 놀란 수안이 빽 소리를 질렀다.

한 여사는 오타바이라면 아주 질색을 했다. 영화배우인 둘째 수민이 오토바이를 타는 장면의 촬영 중 아주 심하게 다친 적이 있었다. 오토바이가 전복되면서 아스팔트 위를 굴러 전신에 생채기가 났고, 갈비뼈가 부러졌다.

그때 한 여사는 금쪽같은 자식이 죽을지도 모른다며 엄청 울었다. 수민은 다행히 별 탈 없이 자리를 털고 일어났지만 그 후로는 수민뿐 아니라 삼 남매 중 누구라도 오토바이를 타면 엄벌에 처해졌다.

그런데 겁도 없이 계단을 굴러 다리까지 다친 마당에 수안이 오토바이에 매달려 병원에 왔다. 이른바 한 여사의 분노 오로라를 피할 수는 없을 것이다. 더럭 겁이 난 수안이 허둥지둥 자리에서 일어나려 버둥거렸다.

"안 되겠다. 잠시 대피……."

"설수안!"

도망가려는 그녀의 뒷덜미를 소리 소문 없이 다가온 엄마가
잡았다.

"헉, 엄마."

"이놈의 지지배. 그렇게 조심하라고 말하면 뭐 해? 대체 왜
그렇게 조심성이 없어. 남들 멀쩡히 다 오르내리는 계단을 왜
너만 매일 굴러! 그리고 뭐? 이 몸을 하고서 오토바이를 타? 죽
으려고 작정을 했지?!"

찰싹! 찰싹!

한 여사는 늦둥이 막내딸의 팔을 때렸다. 민소매 티를 입어
드러나는 맨팔에 고스란히 손자국이 남았다.

"엄마 말이 우스워? 너 오늘 혼나봐."

"엄마, 여긴 응급실이야. 정숙해, 정숙."

"이놈의 지지배! 입이 아직도 살았어?"

찰싹!

언제나 그렇듯 모녀의 언쟁을 지켜보며 수현이 응급실을 빠
져나갔다.

로펌의 오후는 언제나 바쁘다.

서로 맡은 사건에서 우위를 점지하기 위한 변호사들이 저마
다 바삐, 또는 골몰히 집중하는 가운데 재욱은 자신의 사무실을
나왔다.

국내에서 세 손가락 안에 드는 거대 로펌에 몸을 담은 지 벌

써 삼 년 차다. 짧지 않은 시간 동안 일을 했건만, 사건 하나를 마무리 짓고 다른 사건을 맡으려는 순간은 도무지 적응이 되질 않았다. 재욱은 부장 변호사실의 문 앞에서 서서 심호흡을 한 뒤 노크를 했다.

"네, 들어와요."

달칵, 그녀는 문을 열고 사무실로 들어갔다.

"부장님."

"아, 어서 오게."

그녀를 본 강 부장이 자신의 자리에서 일어나 사무실 중간에 있는 소파에 앉았다. 변호사 생활 십오 년 차인 사십대 중반의 강 부장은 로펌 내에서 강직하기로 이름 높았다. 장신에 희끗희끗한 머리를 한 강 부장의 인상은 언제나 매서워 절로 긴장이 됐다.

"그래, 검토가 끝났나?"

"네, 지금 막 검토를 끝냈습니다."

마주 앉은 재욱의 대답에 강 부장은 소파 깊숙이 몸을 묻고 그녀를 보았다.

"그래, 소감이 어떤가?"

재욱은 두 손을 깍지 낀 채 자신의 대답을 기다리는 강 부장을 보았다. 속내를 알 수 없는 눈동자와 질문. 그녀는 솔직하게 대답했다.

"아주 힘들 것 같다는 생각을 했습니다."

“힘들겠다라…… 그렇지. 무척 힘이 들 거네.”

대답을 강 부장 역시 인정하며 재욱이 소파 테이블 위에 올려 둔 파일을 보았다. 양육권 소송, 그것도 친족을 상대로 한 사건 앞에서 두 사람은 잠시 아무 말이 없이 각자의 생각에 잠겼다.

소송은 엄밀히 말하면 법정 후견인 해임 건을 다루고 있었다. 사건의 중심 인물은 올해 열 살 남자 아이였다. 부모가 십 개월 전에 모두 경비행기 사고로 죽어 고아가 된 아이였다.

졸지에 홀로 남은 아이의 후견인은 유일한 혈육인 삼촌 내외가 되었다. 삼촌 내외는 심성 곧은 모습으로 법정 후견인 자리를 꿰찼지만, 의뢰서에는 실상은 그렇지 않았다는 주장을 담고 있었다.

적어도 사건을 의뢰한 사람들의 입장에서는 그랬다.

제일 문제가 되는 것은 아이가 물려받은 유산이었다. 여러 개의 발명 특허가 있는 유능한 과학자였던 부모가 남긴 재산은 거액의 보험료를 제외하고도 수억 원이 넘었다. 그런데 여느 재산가가 부럽지 않은 아이의 재산을 삼촌 내외가 빼돌리며, 아이를 학대하는 것을 의뢰인이 알고 말았다.

“의뢰인은 아이의 죽은 부모 친구라네.”

“네, 서류에 적혀 있어서 저도 알고 있습니다.”

“그 사람들 말로는 앞으로 들어올 특허 사용료도 만만찮다고 하더군.”

의뢰인이 제기한 문제가 사실이라면, 돈을 노리고 형의 아이를 유린하는 작자는 결코 아이를 놓아주지 않을 것이다. 그것을 생각하는 재욱의 이마가 살짝 구겨졌다.

보통 후견인의 결격 사유가 발생하면 아이의 남은 친척들이 친족회를 구성해 법원에 해임을 요청하면 됐지만, 이 아이의 경우 친척이라고는 현재 후견인인 삼촌이 전부였다. 그래서 더욱 복잡하고 힘들 수밖에 없었다.

"혈육과 혈육이 아닌 자의 후견인 다툼이라…… 승소할 확률이 낮은 싸움이지. 그래도 어떤가? 자네가 맡아볼 텐가?"

그렇게 질문을 했지만 강 부장은 이미 재욱의 대답을 알고 있었다.

"네, 한번 해보겠습니다."

"그래, 그럴 줄 알았지."

강 부장은 흡족한 마음에 고개를 절로 끄덕거렸다. 그가 아끼는 변호사 하재욱은 결코 물러나지 않을 것을 알기에 재욱이 맡아준다는 말에 더할 나위 없이 기분이 좋았다.

"하 변호사, 의뢰를 한 사람은 내가 개인적으로 아는 사람이야."

"네?"

자리에서 일어나던 재욱이 강 부장의 말에 멈춰 섰다.

"의뢰를 한 사람도 그렇고, 피후견인 아이의 부모도 그렇고 모두 아끼는 대학 후배들이야."

강 부장은 이마를 문지르며 말했다.

“내가 할 수 없는 이유를 알겠나?”

“네, 부장님.”

사사로운 감정이 너무 많이 개입될 것이다. 아이가 학대받은 증거에 분노하고, 성급한 행동으로 재판을 망칠 수도 있었다. 아무리 노련한 강 부장이라 할지라도 말이다. 그만큼 감정이란 연륜 앞에서도 쉽게 폭발한다.

“부탁하네.”

변하지 않은 어조로 하는 그 말에서 진심을 느낄 수 있었다.

“네, 알겠습니다. 걱정 마십시오.”

재욱은 최대한 씩씩하게 대답을 했다. 하지만 강 부장의 사무실을 나온 재욱의 입에서 한숨이 나왔다.

또 도졌다, 이놈의 고질병.

양육권과 친권에 관련된 소송이라면 앞뒤 잴 것도 없이 덤벼드는 그녀의 성격을 알기에 강 부장이 사건을 디밀었을 것이다. 그것을 알면서도 재욱은 덥석 미끼를 물었다. 걱정하지 말란 밀까지 덧붙이며!

“어유, 먹봉.”

그녀는 자신의 머리를 툭 쳤다.

일단 정황상 소송이 가능한지 그것부터 파악을 해야 했다.

다른 가족이 있어 후견인 자리를 바로 양도받을 수 있다면 소송 따윈 필요치 않은데, 이번 경우는 숨겨진 비리를 파헤쳐 증거를 수집해야만 피 하나 섞이지 않은 의뢰인이 아이의 후견인이 될 수 있었다.

　재욱은 사건의 정황을 파악할 수 있도록 서류를 한아름 들고 퇴근을 했다. 오후 여섯 시를 훌쩍 넘긴 시간임에도 거리는 여전히 뜨거웠고 하늘은 맑았다. 그녀는 눈을 감고도 가능할 만큼 익숙한 길을 따라 운전을 했다. 지난 이십삼 년 동안 뿌리를 내린 나무처럼 그 자리에 있는 집으로 가는 길을 더듬는 것처럼 재욱을 행복하게 하는 것은 없었다.

　저만큼 전원주택 풍의 하얀 집이 보였다. 얼른 집에 도착해 높은 습도와 기온으로 끈적끈적해진 몸을 차가운 물로 샤워하고 싶은 생각만이 간절했다. 애지중지하는 스포츠카를 집 앞에 주차시키고 두 팔 가득 서류를 든 재욱은 종종걸음으로 뛰어들어 갔다.

　엄마에게 처절한 응징을 당한 수안을 데리고 집으로 오는 길. 살인적인 더위에 모락모락 열기가 솟아오르는 아스팔트 도로 위를 운전하는 수현의 신경이 날카로워져 있었다.

　하지만 절대 그런 눈치를 보지 않는—그래서 더 화가 난다— 수안이 뒷자리에서 종알거렸다.

　"오빠, 제발 좀 음악 바꿀 수 없니?"

　수안은 그의 예민한 신경을 가라앉히는 '죽도록 차분한' 클래식 음악에 진저리를 치며 손을 앞으로 불쑥 내밀었다.

　"듣고 있으려니 숨이 막힐 지경이야."

수현이 그런 동생의 손을 쑥 밀어냈다.

"가만 좀 있어. 운전하는 데 방해되잖아."

"그러니까 음악 좀 바꿔달라고."

"내 차야. 난 내 차에서 내가 듣고 싶은 음악 들을 거니까 듣기 싫으면 네가 귀를 막든지 해."

집으로 향하는 골목길로 접어들며 수현이 말했다.

"오빠, 진짜 치사한 거 알지? 오빠가 말 안 해도 이거 오빠 차인 거 다 알거든?"

"그럼 얌전히 있어."

꼬마의 도발에 절대 동요하지 않는 수현이 무심히 대답했다. 빨간 총알이 얌전하게 주차되어 있는 것을 보니 그의 집과 나란히 위치한 하얀 주택의 주인도 퇴근을 했나 보다.

"빨리 퇴근했네. 맡았던 사건이 끝났다고 했던가?"

이웃의 근황을 모를 리 없는 수현이 중얼거리며 차의 시동을 서서히 줄어갔다. 집 앞에 다 왔으니 주차를 할 목적이었다. 그런데 갑자기 뒤쪽에서 애불단지가 불쑥 몸을 앞으로 디밀었다.

"오빠, 음악!"

"어엇!"

쿵.

요란한 목소리보다 너무나 갑작스레 몸을 움직인 수안을 보고 화들짝 놀라 브레이크를 밟다 막 곁을 지나가던 빨간 총알을 스치고 말았다.

끼이익!

차체끼리 부딪치는 날카로운 마찰음.

"너 진짜……."

그가 뒤를 확 노려보자 사고의 원인을 제공한 수안이 입을 꼭 다물고 딴청을 피웠다. 이웃 처자가 빨간 총알을 얼마나 애지중지하는지 너무나 잘 아는 수현은 절망스러웠다. 차에서 얼른 내려 그의 검은 승용차와 접촉된 스포츠카를 확인하자 다행히 차체가 구겨진 것은 아니고 페인트 칠만 살짝 벗겨져 있었다. 아주 사알짝.

총알이 불과 얼마 전에 공장에서 나온 새 차인 것을 너무 잘 아는 수현은 이 정도에 그친 것에 안도의 한숨을 쉬었다.

"별로 안 찌그러졌네."

창문을 내리고 그것을 보던 수안이 별일 아니란 듯 말했다.

"별로? 그럼 네가 도색하는 비용 다 내!"

동생의 대수롭지 않다는 목소리에 화악 불길이 치솟은 수현이 도끼눈을 했다.

"사고의 원인은 너잖아!"

"운전은 오빠가 했다 뭐. 오빠 말처럼 차 주인이 오빠니까 오빠가 알아서 해야 이치에 맞는 거야."

"어유, 진짜."

언제나 그렇듯 뻔뻔하리만치 유들한 수안의 대답에 수현이 발을 굴렀다. 그때, 이웃집 현관문이 열리며 총알의 주인이 나왔다.

"뭐야?"

젠장. 젖은 머리를 닦으며 반바지 차림으로 다가오는 재욱을 보며 수현은 한숨을 푹 쉬었다.

차갑게 떨어지는 냉수 샤워를 하고 흡족함에 머리를 닦던 재욱은 밖에서 들리는 마찰음에 현관문을 열었다. 그러자 옆집 설 남매의 맏이인 수현이 인상을 쓰며 서 있었다. 녀석의 검은 차가 그녀의 애마 곁에 세워진 것을 보던 재욱의 눈초리가 가늘어졌다.

"너 혹시 내 차 박은 거야?"

"아니야, 언니. 그냥 살짝 스쳤어."

그녀와 이웃한 설 교수님 댁 막내 수안이 차에 탄 채 고개를 저었다. 그 말에 화들짝 놀란 재욱이 소리쳤다.

"뭐야? 설수현 너 정말 박았어?"

"야, 그냥 페인트 칠만 벗겨졌다."

그러자 이 뻔뻔한 녀석, 이 소중한 애마를 들이박은 주제에 저런 말을 한다. 어렸을 때부터 받은 용돈을 모아뒀던 돼지도 잡고, 노후 대책용으로 들었던 정기 적금까지 깨서 불과 두 달 전에 산 애마를!

"그러게 운전 좀 잘하지!"

재욱이 빽 소리를 질렀다. 수현을 밀치며 상처난 애마를 보는 그녀는 애가 달아 죽을 지경이었다.

"넌 운전 연수할 때도 그러더니 아직도 그래? 이제 좀 벗어날 때도 되지 않았어?"

"그 말은 왜 해?"

"뭘 왜 해! 운전 학원 차 박살 냈던 경력을 내 차에도 발휘하니까 그런 거지!"

"그거 말하지 말랬지?"

재욱의 맹공격에 수현이 얼굴을 붉히며 씩씩거렸다.

바락바락 소리를 지르는 이웃집 처자와 그는 동갑이다. 올해 나이 서른. 이십삼 년 동안 변함없이 이웃으로 지낸 사이로 끝내기에 그들 사이에 붙는 수식어가 너무 많았다. 엎치락뒤치락, 성장통처럼 치러야 할 모든 것을 경쟁하듯 겪어낸 그들에겐 이렇게 순간순간 서로의 약점이 튀어나온다.

지금 재욱이 들먹이는 수현의 상처는 십 년 전으로 거슬러 올라간다. 나이 스무 살 되던 해. 재욱과 수현이 같이 운전을 배우게 되었다.

반사 신경이 둔하기로 따라올 자가 없다는 운동치 하재욱이 운전에서만큼은 빛나는 재능을 발휘하였다. 스릴 속에서 핸들 돌아가는 것을 마음껏 즐기던 하재욱이 딱 한 번만에 운전 시험에 통과했다. 그런데 농구면 농구, 축구면 축구. 온갖 운동을 즐기던 수현은 운전면허 시험에서 떨어지고 말았다! 브레이크 대신 액셀러레이터를 밟아서 정지 신호에 총알처럼 달려가 학원 담벼락에 차를 박은 채 말이다.

그 망신이 강산도 변한다는 십 년 동안 전혀 지워지지 않았건만, 페인트 칠 조금 벗겨진 것 가지고 아픈 과거를 들먹인다. 눈치를 보던 수안이 아픈 다리를 끌고 먼저 들어가 정원에서 고개만 삐죽 내밀고 있었다.

"야, 도색해 주면 되잖아!"

"너 같으면! 새 차를 도색하는데 기분이 좋아?"

"그럼 그냥 몰고 다녀."

자존심이 있는 대로 상한 수현이 홱 돌아섰다.

"야!"

그러자 재욱이 그 얄미운 뒷모습에 들고 있던 수건을 말아 던졌다. 힘껏 말아 던진 수건이 수현의 뒷머리를 정확히 강타했다. 툭 떨어지는 하얀 수건을 천천히 돌아보는 수현의 인상이 무시무시했다.

"하재욱, 너……."

일 년 차, 이 년 차 인턴들 모두 죽어나가는 수현의 험악한 인상에도 재욱은 가슴을 들썩거리며 방방 뛰었다.

"뺑소니로 잡아넣기 전에 얼른 물어주고 가라."

그 말에 열이 제대로 뻗친 수현이 재욱에게로 성큼성큼 다가와 그녀의 코앞에서 바락 소리쳤다.

"처음부터 내가 물어준다고 했잖아. 그런데 네가 싫다며!"

"네가 반성하는 기색이 없으니까 그런 거지! 넌 지금 뺑소니에 괘씸죄야. 괘씸죄 몰라? 집행유예로 풀려 나올 것도 괘씸죄에 걸리면 실형이야, 왜 이러셔?”

“어유!”

수현은 한숨을 푹 쉬며 하늘을 쳐다보았다. 정말 이럴 땐 할 말이 없다. 조목조목 법조문 들먹이며 따져 대는데 할 말이 더 무엇이랴.

그래, 의사가 되는 것이 아니라 검사가 됐어야 했다. 하재욱이 법대 원서 낸다고 할 때, 그도 의대가 아닌 법대로 진로를 수정했어야 했다.

“알았어. 내일 카센터 가서 말끔하게 고쳐 줄 테니까 진정해.”

결국 먼저 꼬리를 내린 수현의 제안에 재욱이 마지못해 고개를 끄덕였다.

“감쪽같아야 해. 알았어?”

팔짱을 낀 채 그를 보며 깐깐한 지시를 잊지 않은 이웃이 제 집으로 쏙 들어가는 것을 보며 수현이 쿵쿵거리며 집으로 들어갔다. 그리고 사고의 주범인 녀석을 찾아 고래고래 소리를 질렀다.

“설수안, 너 어디 있어! 이 녀석, 아주 혼이 나야 해!”

쿵.

살풋 잠이 들었던 재욱은 갑자기 들리는 소리에 잠이 깼다. 달빛이 내려앉은 어둠 속에서 잠시 오늘이 며칠인지 더듬으며 자리에서 일어나 앉았다.

원래는 법정 후견인 소송에 관련된 판례를 검토할 생각이었으나, 망할 설가 덕에 울화가 치밀어 그만 누워버린 것이 잠이 들고 말았나 보다.

머리를 흔들며 정신을 차리려는데, 습한 바람이 불어왔다. 평소 습관대로 창문을 열어둔 채 잠이 들었나 보다. 에어컨 바람을 싫어하는 탓에 집에 오자마자 발코니 창을 포함한 이층 창을 죄다 열어두었는데 단속하지 못했다. 재욱은 자신의 부주의를 탓하며 시트를 밀쳐 냈다.

달그락. 어둠을 더듬어 침대 아래로 내려서던 재욱은 가까이서 들리는 소음에 온몸이 굳어졌다. 잠시의 정적. 창밖에서 들리는 밤벌레 소리만이 아스라이 들렸다. 하지만 재욱은 분명 나무와 나무가 부딪치는 둔탁한 소리를 들었다.

무, 무슨 소리지……?

집 밖에서 들린다고 하기엔 너무 가까웠지만, 이 집에 소음을 닐 만한 사람은 오로지 그녀뿐이다. 그렇다면…….

순간 재욱의 등 뒤로 한기가 스쳐 지나갔다. 도둑. 창문이란 창문은 죄다 열어두었고 경보 장치 또한 작동해 놓지 않았다. 요즘 같은 한여름, 도둑들이 얼마나 기승을 부리는지 누구보다 잘 알면서 예방하지 못한 자신의 어리석음과 엄습하는 두려움에 가슴을 들썩이던 재욱은 갑자기 들리는 말소리에 숨을 들이켰다.

"젠장. 얼른 하지 못해?"

잔뜩 숨을 죽인 거친 남자의 목소리를 이어 드르륵, 문소리가 들렸다. 아마 이층 거실에 놓여 있는 장식장에서 값비싼 양주병들을 담고 있는 듯했다.

도둑이 혼자가 아니란 사실에 더욱 공포가 커졌다. 숨이 차 견딜 수가 없었지만 침착해야 했다.

생각을 해…… 생각을.

위급한 상황에 어떻게 대처를 해야 하는지 누구보다 제대로 교육받은 그녀였지만 막상 이 상황이 되자 그 어느 것도 생각이 나지 않았다.

달그락, 달그락.

초대받지 못한 밤손님들이 집 안의 모든 것을 쓸어가는 듯 계속 달그락거리는 소리를 냈다. 그 소리에 재욱의 온몸에 소름이 돋았다.

이렇게 가만히 있어선 안 된다, 하재욱.

절도는 중죄다. 더욱이 그녀의 소중한 집에서, 소중한 물건을 제멋대로 훔쳐 가는 놈들을 절대 그냥 두어서는 안 된다.

재욱은 협탁 위에 올려둔 휴대폰을 들며 얼른 방 안을 둘러보았다. 어두웠지만 달빛이 들어 방 안을 둘러보는 데 어렵지가 않았다. 정신없이 휙휙 둘러보자, 구석에 세워둔 골프채가 보였다. 나이스! 재욱은 최대한 발소리를 줄여 그것을 집어 들었다.

두근거리는 심장이 입 밖으로 튀어나올 것 같았지만 애써 침착하자고 자신을 다독이며 휴대폰 폴더를 열었다. 그리고 지금 이 상황에서 제일 빨리 그녀에게 와줄 수 있는 유일한 사람에게 SOS를 청했다. 말소리를 냈다간 방문 바로 밖에 있는 도둑들이 알아챌 것이 분명했다. 재욱은 재빠르게 문자 메시지를 보냈다.

〈우리 집에 도둑 들었어!〉

경찰보다, 119보다도 먼저 생각났으니 제발 빨리 와라! 휴대폰을 무음으로 전환해 놓은 채 자거나 요란한 음악 틀어놓고 러닝머신 뛰고 있으면 죽을 줄 알아!

제발 설가가 그녀의 메시지를 바로 받길 바라며 심호흡을 했다.

드르륵. 거실에서 훔칠 것은 다 훔쳤는지 이제 놈들이 그녀의 방을 노렸다!

고요한 밤에 들리는 문손잡이 소리가 이렇게 공포스러울 줄 몰랐다. 하지만 절대 여기서 굴하지 않을 것이다.

다 덤벼라!

이를 악문 그녀가 골프채를 들고 문 앞에 서자 기다렸다는 듯 문손잡이가 돌아갔다. 삐걱, 문이 조심스럽게 열리고 검은 군화발이 문턱에 걸쳐졌다.

골프채를 쥔 손에 힘이 들어갔다. 방 안의 고요에 안심을 했던지 스르륵 들어서는 도둑.

“아악! 다 죽어!”

재욱이 악을 쓰며 미친 듯이 골프채를 휘둘렀다.

너무 더워 웃옷을 벗고 하늘색 파자마 차림으로 누워 가물거리던 수현이 휴대폰 메시지를 확인하고 바람처럼 튕겨져 나왔다.

옷을 챙겨 입을 새도 없이 방을 나가 우당탕 아래층으로 뛰어내려 가자, 홀로 소파에 앉아 심야영화를 보던 수민이 화들짝 놀라 일어났다.

“형, 왜 그래?”

“재욱이네 도둑 들었대! 경찰에 신고해!”

“뭐야?”

그 말은 던진 수현이 현관문을 거칠게 열고 뛰어나갔다.

“무슨 소리야? 왜 이렇게 시끄러워?”

한밤의 고요를 깬 장남의 외침에 안방 문이 열리고 부모님이 나왔다. 도둑이란 말에 덩달아 긴장한 수민이 주위를 둘러 무기 될 것을 찾으며 말했다.

“누나네 도둑 들었대요.”

야구 방망이를 찾은 수민 역시 수현을 뒤따라 나가자, 절친한 동료의 딸인 재욱이 더럭 걱정된 설 교수가 잠자리 옷에 웃옷을 걸쳤다.

“당신, 얼른 경찰에 신고해.”

"네? 네. 아이고, 이게 무슨 일이람. 아이고."

자다가 놀란 가슴을 부여잡고 신고 전화를 하는 한 여사의 손이 부르르 떨렸다. 어느 틈인지 잠이 깨 나온 수안이 그것을 보다 얼른 수화기를 뺏어 들었다.

"엄마, 내가 할게. 내가!"

숨도 안 쉬고 현관을 달려나온 수현은 재욱의 집 안에서 들리는 날카로운 비명 소리에 심장이 발 아래로 툭 떨어지는 것만 같았다.

"재욱아!"

낮은 울타리 대문을 열 새도 없이 훌쩍 뛰어넘은 그가 재욱의 집 현관을 열자, 뒤에서 달려온 수민이 야구 방망이를 주었다.

"이거 받아!"

자신의 집만큼이나 익숙한 재욱의 집 구조이기에 어두컴컴한 거실로 들어서서도 수현은 나는 듯 이층으로 올라갔다.

"재욱아!"

우당탕!

그의 외침에 가구가 쓰러지는 요란한 소리가 섞여 들려왔다. 벽을 더듬어 불을 켜려는 순간 검은 그림자 두 개가 그의 앞을 스쳐 지나갔다.

"이 자식들!"

수현은 앞뒤 잴 것도 없이 검은 덩치 하나에 몸을 날렸다. 그가 도둑의 발목을 잡아 쓰러뜨렸지만 뜻밖의 사태에 당황한 도둑이 마구 버둥거려 수현을 벗어났다.

"젠장!"

멀리서 들리는 사이렌 소리에 필사의 의지로 수현을 벗어난 도둑은 탁한 음성이 마구 욕을 지껄이며 수현의 손을 발길질한 후 이층 창을 훌쩍 뛰어내렸다.

"형!"

"뛰어내렸어! 저놈 잡아!"

그의 외침에 아래층에 있던 수민이 달려나갔다. 그 역시 도둑을 잡기 위해 아래층으로 내려가려던 순간, 재욱이 생각났다.

얼른 난장판이 되어버린 이층 거실을 지나 재욱의 방으로 들어가 불을 켜자, 두 눈이 커질 대로 커진 재욱이 골프채를 들고 숨을 몰아쉬고 있었다.

환한 불이 켜진 방 안을 믿을 수 없다는 듯 둘러보는 재욱의 눈은 공포로 가득했다.

"다친 데는 없어? 괜찮아?"

그가 다가가자 재욱이 스르륵 주저앉았다.

"……응."

"괜찮아. 괜찮아."

넋을 잃은 듯 멍한 그녀에게 다가간 수현이 재욱을 꼭 안아주었다. 이층을 돌아본 수민이 들어와 말했다.

"휴, 없어. 이것들 벌써 도망갔어."

"개자식들, 할 게 없어 남의 집을 털어?"

재욱을 안아 달래주며 수현이 이를 갈았다.

"누나, 괜찮아?"

아무 말도 못하고 그저 고개만 끄덕이는 재욱을 형제 모두 걱정스럽게 보았다.

"이제 괜찮아. 걱정하지 마."

그나마 다행이다. 집은 난장판이 되었지만 사람은 무사해 더할 나위 없이 다행이다.

"그런데 너 골프채는 왜 들고 있어?"

재욱을 달래던 수현은 그때까지 들고 있던 골프채에 시선이 멈췄다. 그러자 재욱이 중얼거렸다.

"도, 도둑놈 머리통 쳐주려고."

"뭐야?"

"누나!"

재욱의 대답에 형제가 기암을 했다.

"너 제정신인 거야?"

어이가 없어 안고 있던 재욱을 밀쳐 얼굴을 보자, 재욱이 비장하게 말했다.

"내, 내 집은 내가 지킨다."

제정신이 아니다. 수현은 재욱이 도둑에게 덤비는 상상을 하며 진저리를 쳤다.

밤이 깊은 탓에 도착한 경찰은 재욱에게 간단한 질문만 하고 돌아갔다. 날이 밝으면 자세한 피해 규모를 파악하기로 하고 경찰과 뒤늦게 도착한 경보업체가 모두 돌아가자, 수현네 가족과 재욱만이 남았다.

"일단 집으로 들어가자. 재욱이 너도 오늘은 우리 집에서 자라."

설 교수의 말에 가슴이 두 근 반, 세 근 반 콩닥거리는 한 여사와 수안이 얼른 재욱을 데리고 들어갔다. 여자들이 우르르 집 안으로 들어가자 설 교수가 수현의 벗은 가슴을 보며 말했다.

"그리고 큰아들, 이제 그만 옷 좀 입어라."

"헉!"

그제야 자신의 옷차림을 의식한 수현이 두 팔로 가슴을 가렸다. 그 모습에 장난기가 발동한 수민이 다가와 형의 벗은 등을 스윽 쓰다듬어 주었다.

"뭘 그러서? 부끄러워하지 마. 벌써 볼 거 다 봤어. 나 지금 느끼고 있다고."

"으윽! 느끼긴 뭘 느껴? 하지 마."

너무나 느끼한 수민의 말에 수현이 질색을 하며 집으로 들어갔다.

정신이 하나도 없었다. 도둑이 방문을 열고 들어서던 기억에서 모든 것이 정지한 듯했다. 미친 듯이 휘두르는 골프채에 맞은 도둑이 그녀에게서 골프채를 뺏으려 우악스레 달려들던 모습이란.

수안의 침대에 앉은 재욱은 진저리를 쳤다.

"언니, 팔이랑 얼굴에서 피 나."

밝은 방에서 걱정스레 재욱을 보던 수안이 소리쳤다. 수안의 외침에 남의 신체인 것처럼 물끄러미 팔을 내려다보자, 길게 난 생채기가 군데군데 보였다. 아마 도둑과 육탄전을 벌일 때 생긴 상처인가 보다.

"잠깐만. 큰오빠한테 봐달라고 해야겠다."

수안이 방을 나가자 재욱은 쓰러지듯 침대에 누웠다. 정말 살다 보니 별일이 다 생기나 보다. 가구가 넘어지고 유리가 깨지는 것은 아무래도 익숙해지지가 않는다.

"상처가 났다고?"

"응, 팔이랑 얼굴에. 아무래도 소독은 해야 할 것 같아."

눈을 감고 마음을 다스리자 곧 수안과 수현이 들어왔다.

"하 양, 어디 보자. 얼마나 다친 거야?"

"이 정도야 뭐 아무렇지도 않아."

하지만 침내에 아무렇게나 누운 재욱의 팔을 잡아 상처를 본 수현이 진지하게 말했다.

"뭘 아무렇지도 않아? 날카로운 것에 찔린 것 같은데?"

그는 곧 구급함을 열어 소독약과 연고를 꺼냈다. 알코올 스폰지로 상처 부위를 닦자 쓰라림에 저도 모르게 팔이 움츠러들었다.

"아파도 잠깐만 참아. 오늘은 소독하고 내일 병원으로 와라.

알았냐?"

"병원? 병원은 왜?"

"아무래도 어디 찔린 것 같아. 파상풍 예방 접종 언제 했는지 기억 없지?"

"……응."

"그럼 아무 말 말고 와."

수현의 선언에 재욱이 침묵했다. 그들이 잠시 소독하고 연고 바르는 일에 온 정신이 집중된 사이, 그것을 지켜보던 수안이 저 혼자 중얼거렸다.

"그런데 어떻게 도둑이 들었을까? 이 동네 어지간하면 경보 장치 있는 거 다 아는데 말이야."

주로 중산층 이상에 전문직을 가진 사람들이 사는 동네라서 그런지 집집마다 경보 장치가 다 작동이 됐다. 수안은 재욱의 집 역시 마찬가지라 도둑들이 그것을 어떻게 해지하고 재욱네 집으로 들어갔는지 궁금하기만 했다.

"그러게?"

수안의 말에 그제야 의아함이 든 수현이 대답을 요구하듯 재욱을 바라보자, 재욱이 머쓱하게 중얼거렸다.

"흠. 내가 그냥 잠이 드는 바람에……."

"그럼 작동도 안 시켰어?"

"……응."

"문단속은 했어?"

설마하는 마음에 수현이 묻자, 재욱이 고개를 저었다. 순간 설 남매가 입을 모아 소리쳤다.

"아이구, 언니!"

"하재욱!"

너무나 씩씩한 부름에 재욱은 귀를 막았다.

"그만들 해. 나도 반성하고 있단 말이야. 놀란 가슴 진정 안 되게 소리 지르지 마."

"어휴, 문도 안 잠그고 자면서 네 집은 네가 지킨다는 말이 나오냐?"

수현이 도끼눈을 하고 재욱을 노려보았지만, 재욱의 말처럼 목소리는 작게 했다. 그때 방문이 삐죽 열리며 수민이 들어왔다. 물과 함께 들고 들어온 것.

"누나, 청심환 하나 먹어. 엄마가 누나 꼭 먹어야 한대."

"고마워."

삼 남매는 그녀기 청심환을 꼭꼭 씹어 삼키는 것을 확인했다. 한약이라면, 그 비슷한 냄새만 나도 질색을 하는 재욱을 너무 잘 아는 남매들은 물과 함께 약이 넘어가고서야 감시의 눈초리를 거두었다.

"늦었다. 그만 자라."

재욱의 팔에 밴드를 붙여준 수현이 구급함을 닫고 일어섰다.

"우린 그만 나가자."

수민의 어깨를 툭 치며 나가는 수현을 향해 재욱이 말했다.

“고마워.”

“뭘, 그 정도야 당근이지.”

그녀의 말에 이마에 손을 댔다 내려놓으며 수현이 나갔다.

“누나, 잘 자.”

“그래, 너도 고마워.”

“별말씀을.”

형제가 모두 나가고 나자 침대에 풀쩍 뛰어오른 수안이 자신의 옆 자리를 툭툭 쳤다.

“언니, 우리 같은 침대 쓰는 거 되게 오랜만이야. 그치?”

“그러게?”

형제마냥 워낙 허물없이 자란 그녀들이기에 한이불을 덮고서도 어색하지 않았다.

“언니, 잘 자.”

“응, 꼬마도 잘 자라.”

어린 시절 함께 시골로 내려가 같은 방을 쓰던 그때처럼 인사를 한 재욱은 잘 수 없을 거란 걱정에도 곧 쉽게 잠이 들었다.

지켜주는 사람들이 많은 곳이기에 가능했다.

간밤의 소란이란 없었던 일처럼 환한 태양이 솟아올랐다. 이불을 둘둘 말아 잠이 들었던 수현이 부스스 일어났다. 창가 가득 들어오는 아침 햇살에 눈이 부셔 이마를 찡그리다 책상 위에 올려 두었던 구급함을 챙겨 들었다.

슬쩍 창을 보자 평소 때라면 노란 커튼이 폭신하게 내려앉았을 재욱의 방 창가가 한산했다.

어젯밤 문자 메시지를 확인한 순간, 숨이 막힐 것 같았다. 비록 서로 투닥투닥, 같이 앉아 있으면 오 분 이상 평화와 고요가 지속되지 못하는 사이라 하더라도 말이다. 재욱은 그의 막내 동생 수안보다도 더 오래 알고 지냈다.

“하여튼 겁도 없이, 덤벼들긴 왜 덤벼들어서.”

외모로는 더할 나위 없이 차갑고 지성적인 이웃 처자의 용암 같은 성격을 누구보다 잘 아는 수현은 그저 고개만 저었다.

아래층으로 내려가자, 주방에선 벌써부터 아침 준비가 한창이었다. 경쾌한 도마 소리에 맞춰 수안의 방을 노크하자, 대답이 없었다.

방 안을 들여다보니 아주 가관이었다. 어젯밤 그 난리란 없었다는 듯 두 처자들이 대자로 뻗어 자고 있었다. 수현이 재욱의 등을 손으로 툭 쳤다.

“야, 일어나.”

“흐흠.”

“얼른 일어나, 나 지금 씻고 나가야 해.”

자꾸만 귀찮게 두드려 대자 재욱이 몸을 굴러 베개에 얼굴을 묻어버렸다.

“그냥 가아, 그냥…….”

“소독 안 하면 흉진단 말이야. 얼른 일어나.”

귀하고 바쁘신 몸이 친히 소독을 해주겠다는데 그것을 귀찮아하는 재욱의 등짝을 찰싹 내려쳤다.

“아얏!”

“얼른 일어나!”

재욱의 비명과 수현의 기상 소리가 방 안을 메웠다.

“아, 이 사람들이!”

그러자 시체처럼 누워 자던 수안이 벌떡 일어나 그들을 노려 보았다.

"좀 조용히 해주지?"

수안은 자신의 말이 존중받길 원하며 아직도 베개에 머리를 박고 허우적대는 재욱과 그런 재욱을 노려보고 선 수현을 번갈아 보았다. 하지만 그 둘 중 누구도 존중할 기색이 없음이 명백하자, 수안이 빽 소리 질렀다.

"다 나가!"

덩치는 작지만, 마음만 먹으면 그 어떤 태풍보다 강력한 수안의 팔 힘에 두 사람은 밖으로 밀려났다.

"뭐야……."

잠이 그대로 묻어나는 재욱이 어느새 거실로 쫓겨난 자신을 믿을 수 없어했다.

"쯧. 야야, 이리 와서 앉기나 하셔라."

수현은 아침잠 많기로 따라올 자 없나는 멍한 하재욱을 소파에 앉히고 구급함을 열었다.

"소독하자."

"뭘 또 해? 어제 했잖아."

"의사 말 들어라. 파상풍이 얼마나 무서운 건지 알아? 장미 가시에 찔려도 걸릴 수 있는 게 파상풍이야."

그래도 녀석, 참 고맙다. 도둑 들었단 소리에 벗은 몸으로 달려와 주고, 굳이 괜찮다는 소독도 제가 먼저 해주겠다고 나서는 녀석.

멍한 정신 속으로 고마움이 밀려들었다.

"설가야."

"왜?"

재욱은 아직 샤워 전이라 이렇게 소독을 해도 소용없다는 말을 굳이 하지 않았다. 대신 아무렇지 않게 무심히 중얼거렸다.

"내 차 도색 안 해줘도 괜찮아."

"무슨 바람이 불어서 안 해줘도 된대? 뺑소니니 뭐니 난리를 피우더니만?"

이해할 수 없다는 듯 대답한 수현이 소독약을 발라 후후 불어 주었다.

"뭐, 친구니까 내가 참는다."

그녀가 얄밉게 어깨를 으쓱거려 보이자 녀석이 너털웃음을 지었다.

"어이고, 친구? 그래, 고맙다."

"당근 고마우셔야지."

재욱이 잘난 척을 하거나 말거나 의사 본연의 자세에서 밴드를 꺼낸 수현이 뿌듯한 얼굴로 일어났다.

"보자, 이마에도 하나 붙이자."

그러면서 구급함 속에 들었던 노란 푸우가 그려진 밴드를 이마에 꾹 붙였다. 그리고 한 걸음 물러서 그녀의 모습을 보며 씩 웃었다.

“너 조폭 같다. 후후.”

“그러게 이런 걸 뭐 하러 붙이냐? 됐어. 그냥 뗄래.”

재욱이 이마에 손을 대자 수현이 얼른 그 손을 잡았다.

“그냥 붙여둬라.”

“아무리 그래도 이건…….”

“의사 말 듣고 그냥 가라.”

“휴, 알았다.”

한 손을 들어 강경하게 주장하는 수현에게 결국 졌다. 그녀는 구급함을 챙기는 수현을 두고 소파에서 일어나 주방으로 갔다.

주방에서 한창 식사 준비에 열중인 한 여사를 향해 씩씩하게 인사했다.

“아주머니, 저 갈게요.”

“응? 지금? 밥도 아직 안 됐는데? 조금만 기다렸다 먹고 가.”

옆집 하 교수 내외가 집을 비우는 동안 그들의 외동딸 재욱이 배를 곯고 있다고 항상 안타까워하는 한 여사는 나가려는 재욱의 팔을 잡아당겼다. 그러자 재욱이 웃으며 한 여사의 팔을 마주 잡았다.

“저도 먹고 싶어요. 그런데 지금도 서둘러야 할 만큼 시간이 촉박해서 그만 가야 할 것 같아요.”

“그럼 이거라도 마시고 가라.”

아무것도 안 먹이고 보낼 수 없다 생각한 한 여사가 냉장고 문을 열고 서둘러 우유를 꺼내 따랐다. 한 여사의 정성을 거절할 마음이 추호도 없는 재욱은 우유를 고맙게 마셨다.

"잘 먹었습니다."

"그래, 저녁에 일찍 들어오면 밥 먹으러 와라. 알았냐?"

"넵!"

재욱이 거수경례를 하고 주방을 나오자, 설가는 언제 사라졌는지 거실에 없었다. 벽시계를 보자 정말 서둘러야 출근 시간에 늦지 않을 것 같아 재욱은 수현네를 나와 얼른 집으로 갔다.

집은 현관에서부터 난리도 아니었다. 꼭 이사 가는 집처럼 평면 TV부터 오디오, DVD 플레이어 등등 심지어 공기 청정기까지 다 제자리를 벗어나 있었다.

"얼마나 대담하신지, 이걸 다 가져가려고 했단 말이야?"

눈으로 보면서도 믿을 수가 없었다. 고개를 절레절레 저으며 이층으로 올라가자, 이층은 아래층보다 더했다. 폭풍이 지나간 듯, 난장판인 이층과 자신의 방을 보며 재욱은 다시 한 번 진저리를 쳤다.

새삼 두려움과 이 안락한 공간을 침입한 도둑들에 대한 강한 분노가 샘솟았다. 방 안을 둘러보자 벽에 걸린 거울 속에서 또 다른 그녀가 그녀를 유심히 살펴보고 있었다.

거울 안에서 비치는 자신의 하얀 면 티에 카키색 반바지 차림. 거울을 보며 제일 먼저 느낀 것은 안도감이었다.

어젯밤은 평소처럼 탱크탑 차림으로 있지 않아 천만다행이다. 수현처럼. 하늘색 파자마에 벗은 가슴을 본 기억이 이제야 가물가물 떠올랐다.

재욱은 한숨을 푹 내쉬었다. 난생처음 겪는 강도였지만, 그것이 하필이면 새 사건을 맡은 직후에 일어나 더욱 당황스러웠다.

보통 새 사건을 맡으면 사건 정황을 파악해야 하기에 무척 분주한데, 집안 정리를 할 것을 생각하니 보통 일이 아니었다.

하지만 곧 기운을 차린 재욱은 이마에 붙은 밴드를 보며 말했다.

"됐어. 이 정도에서 끝난 것을 다행으로 여겨."

그녀가 잠에서 깨지 못했더라면, 수현이 그녀의 메시지를 받지 못했더라면, 둘 중 어느 하나가 현실이 됐다면 그녀는 지금 이렇게 거울을 보고 있지 못할 것이다.

"아자."

재욱은 두 주먹을 쥐며 거울 속의 자신을 응원했다.

샤워를 하고 출근 준비를 하던 그녀는 거울 앞에 붙여놓은 노린 푸우 밴드를 보았다. 샤워하기 전 조심스레 떼어 붙여놓은 것을 다시 붙여야 할까, 잠시 고민을 했다.

"에잇, 의사 말 들어서 나쁠 것 있나 뭐."

찰나의 고민 끝에 밴드를 이마에 척 붙인 그녀가 씩씩하게 방을 나갔다.

가까스로 늦지 않게 사무실에 도착한 재욱은 눈도장을 찍고, 곧 경찰서로 향했다. 간밤의 도둑 건을 확실히 해두어야 했다. 집 걱정 따위는 절대 하지 말고 즐겁게 지내시라 등 떠민 부모님이 도둑 소식에 거 보란 듯 걱정하시는 상상을 하자 비장함마저 솟구쳤다.

아침 시간임에도 경찰서 안은 시끌벅적했다. 잠시 주위를 둘러보던 재욱은 입구 바로 옆 책상에 앉아 있던 남자에게 말을 걸었다.

"저, 실례합니다. 전 어젯밤 강도사건 피해자 하재욱이라고 합니다. 그 사건을 담당하시는 형사님을 뵈러 왔는데……."

"아, 그래요? 이봐, 박 순경. 이분 허 형사님께 안내 좀 해드려."

재욱의 말에 남자는 근처에 있던 정복 경관을 불러 지시했다.

"네, 이쪽으로 오십시오."

그녀는 경관을 따라갔다. 그러자 어젯밤 경황 중에 봤던 듯, 희미하게 낯이 익은 남자가 그녀를 보며 일어났다.

"아, 오셨군요. 어서 오세요. 진정은 좀 되셨습니까?"

"네, 덕분에요."

재욱은 형사가 권하는 의자에 앉았다.

"진술서를 써야 하죠?"

"네. 그럼 사건 정황과 피해 물품, 그리고 피해 정도에 대해 한번 말씀해 보실까요?"

형사는 더 이상의 시간 지체없이 재욱에게 종이를 내밀었다.

재욱은 간단한 진술서를 작성하고 일어나며, '나쁜 놈'을 꼭 잡아달라 신신당부를 한 뒤 로펌으로 향했다.

사무실로 들어가기 전, 마치 복도를 지나던 강 부장과 딱 마주쳤다. 멈춰 선 재욱이 강 부장에게 정중히 인사했다.

"안녕하십니까?"

"흠…… 그래. 난 안녕한데, 자넨 그다지 안녕하지 못한 것 같군."

뭐 하나 놓치는 법이 없는 강 부장이 그녀의 이마에서 찬란하게 빛나는 푸우 밴드를 가리켰다.

"17대 1로 싸웠나?"

"훗."

그 말에 재욱은 저도 모르게 웃음이 터졌다. 하지만 근엄한 얼굴 표정 하나 바꾸지 않은 강 부장을 보며 얼른 입을 막았다.

"2대 1로 싸웠습니다."

"이겼나?"

강 부상은 심각했다. 덩달아 심각해진 재욱은 진지하게 대답했다.

"무승부였습니다."

'무승부' 란 말에 강 부장의 눈썹이 꿈틀거렸다. 분명 B&B 로펌의 명예를 들먹이실 태세였다.

"무승부라니, 적어도 망신은 아니군. B&B 군단의 일원으로서 우리의 목표는……."

"나가자, 싸우자, 이기자입니다."

재욱은 삼 년 동안 세뇌된 그 말을 씩씩하게 외쳤다.

"좋아. 그 정신을 되새겨 다음엔 꼭 이기도록."

대답의 크기가 마음에 들었던 듯 강 부장이 그녀의 어깨를 툭 두드렸다. 뭐든 매섭게 몰아치기로 유명한 분이지만 저렇게 가끔 대수롭지 않는 농담을 던지는 강 부장은 후배들로부터 깊은 존경을 받았다.

"네, 알겠습니다."

재욱은 그녀를 스쳐 지나가는 강 부장의 뒷모습에 꾸벅 인사를 했다. 강 부장이 복도의 코너를 돌아서는 것을 보고 사무실의 문을 열었다. 그녀가 들어섬과 동시에 유란이 반갑게 인사를 했다.

"안녕하세요. 아침부터 어딜 갔다 오세…… 어머?"

유란은 재욱의 이마에서 춤추는 푸우를 보고 말을 멈췄다.

"변호사님의 그 완벽한 얼굴에……?"

"웬 푸우냐고 할 거지? 어젯밤, 우리 집에 강도 들었어. 2대 1로 싸우다가 얻은 영광의 상처다."

그러자 유란이 호들갑스레 방방 뛰었다.

"어머머! 도둑이요? 세상에, 털린 것은 없어요? 더 다치신 곳은 없어요?"

"다행히도 피해는 없음. 큰 부상도 없고, 영광의 이 상처밖에는."

재욱이 자리에 앉으며 씩 웃었다.

"병원은요? 상처 꿰매거나 그러지 않으셔도 돼요?"

"응? 안 가도 될 것 같아. 일류 의사가 소독해 줬어."

매사에 정도 많고 걱정도 많은 유란이 그녀보다 더 걱정을 했다.

"휴, 진짜 천만다행이에요. 많이 놀라셨겠어요. 그런데 정말 웬일이래요? 도둑이 다 들다니?"

"그러게? 변호사네 집에 도둑이 들었단 말이야?"

그녀와 유란의 대화 속으로 경쾌한 목소리가 끼어들었다.

재욱이 유란의 뒤로 보일 익숙한 얼굴을 기대하며 삐죽 고개를 내밀자 푸우 밴드에 관한 소문을 들은 주화가 문에 기대서 있었다.

늘씬한 키에 차갑고 이지적인 외모의 재욱과는 달리, 주화는 작고 오밀조밀 인형 같은 외모의 소유자였다. 남들이 보면 외모처럼 성격도 그럴 거라 생각하지만, 실상은 반대였다. 도회적인 외모의 하재욱의 성격은 의외로 서글서글, 때론 덤벙거리기조차 했지만 주화는 철저히 이성적이었다.

가슴보다 머리가 먼저 움직이는 주화와 너무 다른 그녀였지만 법대 시절부터 그들은 단짝이었다. 그들은 서로를 밀어내는 자석의 극이 아닌 서로의 단점을 보충하고, 서로의 장점을 빛나게 했다.

"안녕하세요, 정 변호사님. 그럼 말씀 나누세요."

유란이 눈치 빠르게 방을 나가자, 친한 동료의 방문에 재욱이 긴장을 풀고 기지개를 켰다.

"휴, 그러게. 겁도 없이 숨어들었어."

주화가 다가오며 양손에 들고 있던 커다란 머그잔 하나를 재욱에게 건네며 말했다.

"잡았어?"

"아니, 도망갔다."

머그잔을 두 손으로 감싸며 재욱이 어깨를 으쓱거렸다.

"반드시 잡아서 콩밥 먹여줘야지."

"당연히 그래야지. 그런데 하재욱, 너 그 밴드 너무 유아적인 거 아니? 사람들이 하재욱 집에 도둑이 들었단 사실보다 하재욱의 이마에 푸우 밴드가 붙었다는 것을 더 놀라워해. 푸우가 뭐니, 푸우가?"

"왜? 꿀단지를 사랑한 푸우가 어때서 그래?"

뜨거운 커피가 식도로 넘어가자 그제야 살 것 같은 재욱이 항변했다.

"의사가 붙이고 있으라더라."

"뭐니? 그걸 꼭 붙여야 한대? 아주 귀여운 의사네?"

주화의 말에 재욱은 능글거리는 수현의 얼굴을 떠올렸다.

"그래, 너무 귀여워서 잇자국이 나도록 꽉 깨물어주고 싶을 지경이다."

"후훗, 그러니?"

재욱의 표현에 주화가 웃음을 터뜨렸다. 남들에겐 잘 보여주지 않은 웃음을 마음껏 지은 주화는 웃음 끝에 진지한 얼굴로 다시 말했다.

"조심해. 안 잡혔다면 다시 노릴 수도 있어."

"그러게……."

말끝이 흐려지는 재욱의 얼굴이 살짝 어두워졌다. 아무리 똑똑하고, 기본적인 호신 무술을 익힌 변호사라 해도 여자는 여자, 재욱의 부모님이 지금 영국에 체류 중이란 사실을 아는 주화가 제안했다.

"당분간 우리 집에서 지내든지. 아무래도 혼자는 위험하다."

"흠, 일단 경찰에 사건 접수해 놨으니까 한번 지켜보고. 사실, 어젠 내가 경보 장치를 작동시키지 않았었거든."

"어유, 하재욱! 넌 사건엔 안 그러면서 왜 일상생활에선 그렇게 덤벙거려?"

경보 장치를 작동시키지 않았단 말에 주화가 마구 잔소리를 늘어놓았다.

"혼자 살면서 더 철저히 단속을 해야지. 세상이 어떤데 그래?"

"네, 잘못했습니다, 엄마."

"뭐야?"

재욱이 고분고분 능청맞은 대답을 하자, 주화가 못 말리겠단 듯 너털웃음을 지었다.

"어유, 하재욱. 하여튼 넌 못 말린다. 알았다, 아무쪼록 조심,

또 조심해야 돼. 나 갈게. 오늘 하루도 수고.”

“알았어, 커피 고마워.”

주화가 나가자 홀로 남은 재욱은 책상 위에 놓인 작은 액자 거울을 들어 이마를 보았다.

“반드시 잡는다.”

그녀가 고요히, 그러나 확신에 찬 어조로 중얼거렸다.

보통 의뢰인과의 만남으로 사건이 시작된다. 변호란 일에 있어 의뢰인과의 만남이 가장 중요했다.

점심시간이 막 지난 오후 1시 30분, 재욱은 노크 소리에 자리에서 일어나 문을 열었다.

“어서 오세요.”

그녀는 방을 들어서는 사십대 남자를 향해 친근한 미소를 지어 보였다. 보통은 평생, 법률 사무소가 처음인 듯 어색한 방문을 하는 의뢰인들을 위한 재욱의 작은 배려였다. 그녀는 남자를 향해 손을 내밀었다.

“처음 뵙겠습니다. 전 변호사 하재욱이라고 합니다.”

“아, 예. 전 박민식입니다.”

그 손을 마주 잡은 남자의 손은 축축했다. 하지만 재욱은 긴장을 한 탓인지 땀이 난 손을 아무렇지 않게 잡았다.

“오늘 날씨가 무척 덥죠? 자리에 앉으시죠.”

재욱은 일상적인 인사로 의뢰인의 긴장을 풀며 자리를 권했다. 더운 날씨임에도 불구하고 깔끔한 양복에 넥타이까지 빈틈 없이 맨 남자는 재욱이 권하는 자리에 앉아 조심스런 눈으로 주위를 흘깃거렸다.

박민식이라 자신을 소개한 남자는 아마 이번 일이 아니었다면 평생 변호사 사무실에 올 일이 없을 만큼 선량한 인상이었다. 보통 체격에 화내는 일보다 웃는 일이 더 많은 듯, 그저 보기만 해도 편안한 인상의 남자. 목소리 또한 평생 남에게 싫은 소리 한번 못해봤을 만큼 조용조용하기만 했다.

하지만 눈에 보이는 것과 보이지 않는 것 사이의 괴리는 언제나 존대하는 법이다. 그래서 편견을 가지지 않기 위한 이성의 훈련을 해야 했다. 스스로 증거와 정황을 수집해 파악하지 않은 이상, 눈에 보이는 것을 진실이라 믿어선 안 된다.

"제가 은후를 데려올 수 있겠습니까?"

마음이 무척 급했던 듯, 남자의 인상에 대해 정리 중이던 재욱에게 박민시이 대뜸 물었다.

"날쎄요."

부정도 긍정도 아닌 아무 확답을 해줄 수 없지만, 박민식은 확답을 원했다.

"변호사님, 우린 꼭 은후를 데려와야 합니다."

전은후. 올해 열 살 난 남자 아이.

"법정 후견인은 보통 친족들이 지정됩니다. 특별한 사유가 없는 한 해임되지 않고, 아이가 성년이 될 때까지 그 아이의 법적인 대리권을 가지게 되죠."

재욱은 침착하게 말했다.

"법적인 문제가 있을 경우, 물론 아이의 법정 후견인은 가정 법원의 판결에 의해 해임, 재지정될 수가 있습니다."

단, 그것이 매우 힘들다는 말은 하지 않았다.

<후견인에게 현저한 비행이 있거나 후견인의 부정한 행위 예컨대, 피후견인의 재산을 처분하는 행위 또는 피후견인의 재산과 자신의 재산을 혼합시키는 경우, 기타 후견인의 임무를 수행할 수 없는 경우 피후견이나 친족의 청구에 의한 가정법원의 판결에 의해 해임될 수 있다.>

법 조항에서 분명히 명시하는 사실이었다. 하지만 후견인의 결격 사유를 현실에서 증명해 내는 것이란 쉽지가 않았다.

"꼭 은후의 법정 후견인이 되시겠다고 결정하신 이유를 여쭤봐도 될까요?"

재욱이 침착한 어조로 질문했다.

"전대준 그자가 우리 은후를 학대하고 있어요! 은후를 만나러 가도 보여주지 않아요. 학원이다 어디다, 집에 없다고만 하고 얼굴을 보여주지 않는단 말입니다. 그자의 말을 믿고 막상 은후가 다녔던 학원에 가면 아이가 그만뒀대요."

박민식이 생각하기엔 그것이 너무 이상했다.

집에선 낯선 여자의 목소리가 학원에 갔다고 하는데, 학원을 그만둔 지 오래됐다고 했으니 의심이 들기 시작했다. 원래 아이의 삼촌인 전대준의 인간성을 알기에 은후를 맡길 때부터 불안했는데 말이다. 결국 불안을 견디다 못해 은후의 학교로 찾아간 박민식은 깜짝 놀랐다고 했다.

은후는 열 달 전 그 아이가 아니었다. 오동통한 볼살은 온데간데없이 핼쑥했고, 얼굴빛 또한 좋지 않았다. 부모만큼 익숙한 그를 보고도 아이는 전혀 기뻐하지 않았다고 했다. 웃지도 화내지도 않는, 체념의 빛을 띠고 시선을 외면하던 아이.

이맘 때면 항상 그랬듯 마음껏 뛰어놀아 건강하게 그을려 있던 얼굴이 아닌 파리한 얼굴을 보는 순간, 그의 억장이 무너졌으리란 것은 충분히 상상이 됐다.

"전대준 그놈은 애초에 아이의 유산을 가로채기 위해 접근한 겁니다."

박민식의 분노는 폭풍처럼 거대하기만 했다. 온순한 인상으로 낯선 곳에 홀로 앉아 있던 모습은 온데간데없이 그녀를 이해시키려 했다.

"그놈이 돈을 노린 겁니다. 돈을!"

그렇다면 더욱 힘들다. 애초부터 돈을 노리고 접근한 것이라면 결코 순순히 물러나지 않을뿐더러, 돈을 빼돌린 정황 따윈 결코 흘리지 않았을 테니 말이다.

"선생님, 단순히 아이의 얼굴빛이 좋지 않다는 것만으론 사건이 성사되지 않습니다."

"아닙니다. 대준이 그놈은 원래 대하를 싫어했어요."

민식의 확신을 담은 어조에 재욱이 물었다.

"왜 그렇게 생각하시죠?"

"그놈은 은후 아빠의 배다른 동생입니다. 은후 아빠를 항상 시기하던 놈!"

재욱은 그의 말에 깜짝 놀랐다.

"지금 뭐라고 하셨어요?"

그것은 서류에 서술되지 않았던 사항이다.

"이복형제입니다. 지금 그놈과 은후 아버진 어머니가 달라요."

박민식이 가슴을 들썩이며 계속 말을 이었다.

"그래도 그놈을 믿었습니다. 나온 배가 다르다 해도, 그래도 남보다 나은 핏줄이라 여겼습니다. 졸지에 부모 잃은 아이를 보듬어줄 거라 믿었는데…… 제가 어리석었죠. 어릴 때도 교활하고 사납기만 했던 놈인 것을……."

그는 자신을 탓하며 은후의 복잡한 가족사를 들려주었다.

아이 아버지 전대하와 전대준은 이복형제 사이였다. 아버지가 본처를 두고 바람을 피워 낳은 자식이 현재 아이의 삼촌인 전대준인 것이다.

건넛집 숟가락이 몇 개인지 앉아서 훤히 깨고 있던 시골 동네 교장 선생님이셨던 그들의 아버지는 사람들의 입이 무서워 대준을 아들로 인정하는 데 십 년이란 시간이 걸렸다고 한다. 대준을 집으로 들인 아버지는 그 다음날 대준, 대하, 그리고 대하의 어머니를 데리고 서울로 이사했다. 소문이 두려워 자신의 아들을 인정하기까지 십 년이 걸렸던 남자는 아이를 호적에 입적시켜 데려오자마자, 아무도 그를 손가락질하지 못하게 서울로 이사를 한 것이다. 하지만 그는 미처 깨닫지 못했다.

잘못의 흔적을 지우기 위해 동분서주하느라 대하와 대하의 어머니, 그리고 대준이 누구보다 그를 경멸한다는 것을 말이다.

"그분은 사회적으로 무척 존경을 받으셨죠. 가정에서 인정받지 못한 그것을 한풀이하듯, 사회 공헌에 앞장섰습니다. 하지만 가장 중요한 가정에서 결코 행복하지 못했던 사람들입니다. 자존심 높기로 유명했던 대하 어머니는 그 때문에 속병이 났죠. 그분은 안방에 하얀 자리옷을 입고 홀로 누워 계시다 돌아가셨어요. 그렇게 대하가 서울로 이사 와 적응하지 못하고 외로워할 때 처음 만났어요. 3학년 4반. 난 15번, 내하는 16번이었죠."

낭시를 주억하는 민식의 입가에 쓸쓸한 미소가 어렸다.

"지난 삼십 년 동안 내게 녀석은 3학년 4반 16번이었고, 그 녀석에게 나란 인간도 3학년 4반 15번이었죠. 그렇게 우리는…… 유년의 기뻤던 일과 현실의 슬픈 일 모두 공유하던 사람이었어요."

현재형이 아닌 과거형으로 말하는 의뢰인은 참 슬퍼 보였다.

"서로에 대해 모든 것을 안다고 해도 과언은 아니죠. 그런

데…… 단 한 가지, 그 녀석이 이렇게 빨리, 저 혼자 가버릴 줄
은 몰랐어요. 그것만큼은 알 수가 없었어요……."

그는 말하기가 어려운 듯 한참 가슴을 들썩거렸다.

"이렇게 허무하게 가다니……. 하지만…… 더 예상치 못했던
것은 대준이 놈이 은후를 그렇게 학대할 줄 몰랐던 겁니다."

은후의 집을 차지한 여자의 말은 거짓이었다. 학원에 보낸다
는 말도, 스포츠 센터에서 운동을 배운다는 말도 모두.

아이가 밖에 나오는 시간은 학교에서 보내는 시간뿐이었다.
그리고 그 집에서 무슨 일이 일어나는지 아무도 몰랐다. 놀라서
싫다고 저항하는 아이의 옷을 걷어봤으나, 다행히 상처는 없었
다.

"하지만 몸에 상처가 있어야 꼭 학대를 받는 것이 아니지 않
습니까?"

남자는 간절한 눈으로 재욱을 보며 동의를 구했다.

"변호사님 같으면 그걸…… 그걸 눈뜨고 보시겠습니까? 친구
가 남긴 한 줌 혈육이 그 모진 꼴을 당하고 있는데, 친구의 소중
한 아들이……. 내 친구가 남긴 은후는 내게 남이 아닙니다. 내
자식이나 다름없어요. 그건 죽은 은후 아빠도 마찬가지여서, 내
아이들을 은후처럼 사랑했죠."

"네."

재욱의 대답에 민식의 말이 이어졌다.

"전, 전 말입니다. 은후가 행복하게 잘살면 그나마 다행이라

감사하려 했어요. 그런데 웬걸요. 그게 아닙니다. 녀석이 행복한 게 아닌데…… 날 보면 환하게 웃으며 뛰어오던 녀석이 차갑게 스쳐 지나가더군요. 난 그게 너무 마음 아픕니다.”

숨을 고르며 물 컵을 잡는 그의 손이 한없이 떨렸다.

“대준이 놈 말고 친가, 외가로 아무도 없어 도움 따윈 받을 수가 없는데. 그 몹쓸 녀석 말고는 아무도 핏줄이 남지 않는 은후를 그렇게 방치한 것은 온전히 내 책임이니까 말입니다. 은후 녀석의 그 눈이 하염없이 원망하는 것만 같아서…… 그래서…… 앉아 있는 이 순간조차 죄를 짓고 있는 것 같아요.”

박민식은 누구에게라도 진심을 이해받길 바랐다. 돈 때문이 아니라 진실로 아이를 걱정하는 마음을 이해받길 원했다.

“그럼요. 선생님 말씀에 당연히 공감합니다.”

재욱은 고개를 끄덕거려 주었다. 이해 못할 리가 없었다. 핏줄이라 해서 모두 좋기만 한 것이 아니란 것을 누구보다 잘 알고 있지 않은가.

“원래는 이렇게 찬란한 아이였어요.”

한결 안도감이 들었던지 박민식은 자신의 품 안에서 사진 한 장을 꺼내놓았다. 박민식과 또 다른 남자가 제일 뒤에 선, 그리고 그들의 아내들인 듯한 여자 둘과 아이 셋이 해변에서 제각각의 수영복을 입고 찍은 사진이었다.

생김새와 차림은 저마다 달랐지만 표정만큼은 하나였다. 행복. 그 이상도 이하도 아닌 찬란한 웃음을 사진 속 주인공들 모두 보여주고 있었다.

사진 속의 주인공들을 보자 재욱은 저도 모르게 콧등이 시큰해졌다.

지금 이 고통 따윈 상상조차 못했던 시간속의 사람들. 때론 타인이 더 풍부한 사랑으로 아이를 키울 수 있음을 안다. 또한 친구이기 때문에 친구가 남긴 혈육을 맡고 싶은 마음도 진정 이해가 됐다.

그녀는 자신의 가장 친한 친구들을 떠올렸다. 그러자 멀리 기억을 더듬을 필요도 없이, 그 어떤 동창보다 오래 알고 지낸 설가의 얼굴이 떠올랐다.

만약 그 녀석의 아이가 은후 같은 처지라면 재욱 역시 물불 안 가리고 덤벼들어 데려올 것이다. 물론 그녀가 나서기 전에 설 남매들이 전사처럼 돌진할 테지만.

"이 일이 원하는 결과를 이끌어낼 수 없을지도 몰라요. 어쩌면 무척 힘들 텐데, 괜찮으시겠습니까?"

재욱이 신중하게 물었다.

"네. 대하와 난 친구니까, 그러니까 은후를 위해서 견뎌낼 겁니다."

그러자 민식은 '친구'란 말에 모든 고생을 보상받을 수 있다는 듯 힘차게 고개를 끄덕거렸다.

친구. 그 단어에서 진실의 힘을 느끼게 한다.

"최선을 다해 변호해 드리겠습니다."

재욱은 저도 모르게 확신을 담은 어조로 말했다. 판결이 나는 순간까지 결과를 예측할 수 없는 것이 변론이건만, 재욱은 그만 민식의 마음에 동화되고 말았다.

사무실을 나가자, 민식의 아내인 듯한 삼십대 후반의 여자가 초조하게 서성거리는 모습이 보였다.

"여보."

그녀의 추측이 맞았다. 그녀의 뒤로 진땀을 흘리며 나오는 민식을 보자, 염려와 반가움을 담은 목소리로 남편을 불렀다.

부부란 이렇게 닮는 것일까?

그들은 하얀 얼굴에 어린 선량함이 서로 닮아 있었다.

"꼭 부탁드리겠습니다."

부부는 그녀에게 진심을 담은 부탁을 했다.

"네, 소송이 제기되면 연락드리겠습니다. 조심해서 가십시오."

그녀의 대답을 들은 부부는 서로를 의지해 법률 사무소를 나섰다. 평생 남에게 싫은 소리 한번 듣지 못했을 사람들의 뒷모습을 보노라니 재욱의 마음이 무거워졌다.

"이번 사건의 의뢰인이죠?"

한참 동안 그 뒷모습을 보는데, 유란이 다가왔다.

"응, 아이 부모랑 절친한 친구 사이래."

3학년 4반의 15번과 16번을 나란히 했던 사이. 그것이 그 어떤 말보다 재욱의 가슴을 울리는 이유는 대체 무엇일까.

유란이 타이핑한 서류를 재욱에게 넘겨주며 자신의 자리로 앉았다.

"요즘엔 자기 아이 하나 키우기도 힘들다던데, 참 대단한 사람들이에요. 힘든 소송까지 해서 데려오려는 거 보니 정성이야, 진짜."

"정성…… 그 말이 맞네."

정성, 재욱은 유란의 말을 되새기며 자신의 방으로 들어왔다.

그녀는 자리에 앉아 사건을 담당할 때 받았던 서류 파일을 다시 꺼내 들었다. 그리고 인터폰으로 유란에게 지시했다.

"유란 씨, 전대준이 법원에 신고한 재산 목록 좀 찾아줘."

[네.]

일단 소송을 시작하려면 증거를 확보해야 했다.

Rrrrrr.

유란이 가져다준 아이의 재산 목록을 파악하느라 골머리를 앓던 그녀는 정적을 깨고 울리는 휴대폰 소리에 깜짝 놀랐다.

얼른 휴대폰을 들고 주위를 둘러보자, 창밖은 벌써 긴긴 여름 해가 저물고 있었다.

"네."

[나다.]

설가. 익숙한 목소리에 긴장을 푼 그녀는 기지개를 켠 뒤 의자 등받이에 깊숙이 몸을 묻었다.

“어쩐 일이야, 바쁘신 레지던트 나리께서?”

[영광으로 생각하셔라.]

수현의 거만한 목소리에 재욱이 무심히 대답했다.

“끊어버린다.”

[알았어, 알았어. 까칠하시긴.]

수현이 폴더를 확 닫으려는 그녀를 제지했다.

“용건이 뭐냐? 좀처럼 없는 전화를 다 걸고?”

[아주 중요한 용건이 하나 있다.]

수화기 너머 녀석은 자못 진지했다. 설가에게 ‘진지’란 사막에서 얼음보다 더 귀한 것이기에 재욱은 귀를 쫑긋 세웠다.

“뭐냐?”

[흠, 나 통닭이 먹고 싶다.]

어휴, 그럼 그렇지. 잔뜩 기대를 하던 재욱은 수현의 말에 김이 피시식 빠졌다. 먹보 설수현. 그 말을 서류의 여백에 긁적거리며 대답했다.

“나 지금 무척 바쁘다. 할 말이 그거라면 끊자.”

[너 퇴근할 거잖아. 퇴근길에 사달라고오.]

참 끈질긴 녀석.

그녀는 전화를 끊으려다 부아가 치밀어 바락 소리치고 말았다.

“배달시켜 먹어!”

[안 된대. 배달하던 사람이 오토바이 사고가 나서 오늘은 배

달이 안 되고 포장만 된다더라. 내가 다 알아봤다니까.]

"설가, 너……."

고함 소리에도 전혀 굴하지 않고 조목조목 이유를 들먹이는 설가에게 마구 소리를 치려다, 갑자기 어제 녀석이 바람처럼 달려왔던 기억이 났다.

"그게 그렇게 먹고 싶냐?"

[응! 눈을 감으면 통통한 닭다리가 나를 향해 손을 흔들어.]

절실한 애원마저 담긴 어조에 재욱은 눈을 감았다. 그래, 야구 방망이를 들고 숨을 몰아쉬며 달려온 녀석이란 얼마나 든든했던지 기억해, 하재욱.

[하 양, 부탁해.]

거기다 녀석이 좀처럼 없는 애교 어린 목소리까지 들려주자 결국 재욱이 졌다. 그녀는 한숨을 푹 쉬며 말했다.

"알았다. 기다려."

어차피 밤도 깊었다. 아이를 찾아가기로 잠정 결론 내린 재욱은 서류를 덮고 자리에서 일어났다.

열대야가 기승을 부리는 밤은 가만히 있어도 절로 땀이 났다. 습도까지 높아 불쾌지수가 상상을 초월하고 있었다.

애지중지하는 애마에 올라타 시동을 걸면서 재욱은 곰곰이 조금 전 설가의 전화를 되새겨 보았다.

다 좋다! 어제 도와준 것도 좋고, 녀석이 친구인 것도 좋은데 이 밤에 일하다 나와 꼭 치킨을 사줘야 하느냔 말이다. 좋게 좋게 생각하자 다짐해도 부아가 치밀어 오른다.

재욱은 신호를 받아 멈춰 선 차의 핸들을 쿵 내려쳤다.

"아니, 잘 시간에 무슨 치킨이야, 치킨이?"

하지만 그보다도 녀석의 부탁을 매몰차게 거절하지 못한 자신이 더 한심했다. 설가가 집에서 뒹굴거릴 녀석임을 뻔히 알면서도 일하던 것을 멈춘 채 달려가는 자신이 미련하기만 했다.

"어휴, 뺀질이 녀석."

그녀는 끈적끈적한 밤공기를 뚫고 동네 앞 치킨 집으로 갔다. 동네 토박이인 주인집 아주머니가 재욱을 보고 반색을 했다.

"아이고, 왔어?"

아주머니는 반평생 이 동네에서 치킨집을 했다. 아주 어린 꼬마일 때부터 이 집에서 치킨을 사 먹었던 재욱은 넉넉한 인상의 얼굴을 보며 인사를 했다.

"네, 잘 계셨죠? 저 치킨 하나만 포장해 주세요."

"그래. 우리 집이 오늘 배달이 인 됐는데 잘됐네. 뇌근실에 사러 온 모양이야?"

"아니요. 수현이가 먹고 싶다고 난리를 쳐서요."

"그래? 여전하지?"

"그럼요. 아직도 너무 여전해요."

가게 안 의자에 앉으며 재욱이 맞장구를 쳤다.

"후후, 그래 그럼 다리 하나 더 넣어줘야 할까 보네."

주인 아주머니가 푸근하게 웃으며 말했다. 이렇듯 수현의 넉

살은 이 동네 아주머니 모두를 포로로 만들기 충분했다. 어딜 가나 수현은 단골로서의 혜택을 톡톡히 누렸다.

닭이 튀겨지는 동안 이런저런 일상의 안부를 전하던 재욱은 맛있는 냄새를 솔솔 풍기는 치킨을 들고 가게를 나왔다.

짧은 거리를 질주하여 집 앞에 도착하자, 이층 방 창문에서 고개를 내밀고 있는 수현의 모습이 보였다.

"하 얏!"

마치 아이처럼 요란하게 그녀를 부르는 소리. 그러더니 얼굴을 감춰 버렸다. 보지 않아도 우당탕 이층 계단을 소리나게 내려올 테다.

재욱은 차의 시동을 끄고 수현네 대문을 열고 들어갔다. 정원으로 들어서자 곧바로 현관문이 열리며 수현이 나왔다. 초록색 반바지에 긴 다리를 훤히 드러낸 녀석은 그녀 손에 들린 종이 가방을 냉큼 뺏어 들었다.

"생각보다 빨리 왔네?"

반색을 한 얼굴을 보며 재욱이 말했다.

"레지던트 얼굴 보기가 하늘에 별 따기라는데 넌 어째 얼굴이 너무 자주 보인다?"

"원래 오늘 오프였다. 그런데 병원 갔었던 거야. 어제 목 디스크 수술했던 환자가 상황이 좀 안 좋다고 해서 경과 체크하러 갔었어. 내가 집도했거든."

"그래? 괜찮아?"

“응, 다행히 호전되는 거 보고 왔다.”

유들유들, 깔랑한 녀석이지만 의사 설수현으로서는 절대 그렇지 않았다. 자기가 맡은 일에 막중한 책임을 느끼고 완수하려 노력하는 녀석이었다.

재욱은 은목서 아래, 플라스틱 테이블 위로 치킨이 든 종이 가방을 탁 놓으며 앉는 수현을 보며 주위를 둘러보았다.

“부모님은 안 계셔? 애들도?”

“엄마 아버지 부부동반 모임 가셨고, 수민이는 영화 후반부 작업한다고 스튜디오 갔어. 애물단지는 또 술독에 빠져 있겠지.”

집을 모두 비운 식구들의 행방을 말해준 수현은 종이 가방 안을 들여다보며 치킨 상자를 꺼냈다. 갓 튀긴 치킨의 구수한 냄새에 군침이 절로 감돌았다.

“얼른 앉아, 얼른.”

누가 설 남매들의 대장 아니랄까 봐 설수현, 먹을 것 앞에서는 이성을 잃고 만다. 호들갑스레 상자를 여는 녀석을 보며 너털웃음을 지은 재욱이 자리에 앉았다.

그런데 상자를 열자마자 달려들 거라 생각했던 녀석이 상자를 열고서는 재욱을 빤히 보았다.

설가를 거들어 무 포장 용기를 뜯던 재욱이 그의 시선에 고개를 들었다.

“왜 그래?”

“하 양, 간만에 닭다리 올인을 위한 가위바위보 어때?”

재욱은 수현의 그 말에 콧방귀를 켰다.

“야, 우리가 아직도 초등학생이냐, 고작 닭다리를 위해 가위바위보를 하게? 싫어, 안 해.”

하지만 수현은 재욱의 어이없다는 표정에도 불구하고 밤하늘을 향해 손바닥을 쭈욱 펴보았다. 재욱이 다시 한 번 확인을 시켜줬다.

“안 한다니까?”

“포기한다고? 게임 포기는 곧 패배를 뜻하는 거다. 그래도 좋아?”

“설가야, 너……..”

진정 어처구니가 없어 설가를 부를 찰나, 이 자식 비겁하게도 부정 스타트를 끊는다. 하늘을 향해 손바닥을 펼쳐 자기가 원하는 패를 선택하고 기습적으로 내미는데,

“가위바위보!”

“보!”

눈뜨고 닭다리를 빼앗길 수 없는 재욱의 반사 신경이 빛이 났다. 주먹 대 보자기.

“오오! 내가 이겼어. 다 내 거네?”

손바닥을 쫙 편 재욱이 승리의 환호성을 외쳤다. 그녀는 호들갑스럽게 수현 앞에 있던 치킨 상자를 끌어당겼다.

그러자 당혹감 어린 얼굴로 자신의 주먹을 내려다보던 그가

곧 상황을 받아들였다. 재빨리 잔머리를 굴리며 은근한 어조로
말했다.

"야, 밤에 먹으면 살쪄. 지금 먹으면 지구 반 바퀴를 돌아도
절대 안 빠질 거야. 그러니까 내가 널 위해 하나……."

"됐거든?"

재욱은 슬금슬금 다가오는 수현의 손을 매몰차게 밀쳤다.

"승부의 세계는 냉정한 거야."

"우와. 닭다리 하나도 양보 못하는데 어떻게 우리가 친구냐?
어?"

수현이 그녀에게 얼굴을 디밀었다. 분한 듯, 애처로운 표정을
잊지 않는 수현의 얼굴 표정이 계획적임을 이미 알고 있다.

"내가 섭섭한 건 절대 내색 안 하지만, 그래도 섭섭했던 기억
은 오래하거든?"

한술 더 뜬 녀석의 말에 재욱은 어이가 없었다.

"어이구, 넌 닭다리 하나에 우정을 들먹이냐?"

"응, 난 그래."

반협박에 결국 재욱은 양손에 들고 있던 닭다리 하나를 불쑥
내밀었다.

"다시 올인 하자는 말 하지 마라."

"우와. 진짜 잘 튀겨졌다. 너무 바삭한데?"

수현은 대답 대신 능청스레 먹기 시작했다. 그 모습에 시장기
를 느낀 재욱도 맛있게 치킨을 먹기 시작했다.

"맡은 사건은 잘 해결됐냐?"

한참 동안 말없이 치킨을 먹던 수현이 불쑥 물었다. 재욱이 자신의 잔과 수현의 잔에 콜라를 나란히 따르며 말했다.

"소유권 이전 소송은 승소했다. 그런데 바로 새 사건을 맡아서 조금 정신이 없어."

"이번엔 뭐냐?"

수현은 재욱의 건네준 콜라 잔을 받으며 관심을 드러냈다.

"아이의 법정 후견인 건인데, 조금 복잡하다."

"법정 후견인?"

"응, 보통 어느 한쪽 부모가 생존해 있으면 양육권이나 친권 문제가 되는데, 이번 아이는 부모가 모두 사망해서 현재 삼촌이 아이의 법정 후견인으로 되어 있거든. 근데 삼촌이 문제가 있어서 아이의 죽은 부모 친구가 대신 후견인이 되려고 해."

"흠……."

재욱의 설명에 수현이 잠시 생각을 하는 듯 의자 깊숙이 몸을 묻었다.

"무슨 생각 하냐?"

"이길 자신은 있냐?"

그녀의 질문과 동시에 수현이 물었다.

"이길 자신이라, 글쎄? 열심히 해야지."

재욱이 어깨를 으쓱거리며 무심한 어조로 대답했다. 수현은 그런 그녀를 유심히 바라보았다.

“왜 그러냐?”

평상시의 녀석과는 너무 다른 진지한 얼굴에 머쓱해진 재욱이 냅킨을 말아 던졌다.

“그렇게 진지한 얼굴을 하고서 또 무슨 엉뚱한 소리를 하게? 난 네가 그런 얼굴만 하면 아주 무섭다.”

재욱의 너스레에 수현은 머릿속을 떠다니는 생각을 접고 희죽 웃어주었다. 그는 재욱이 아이와 관련된 사건에 무척 예민하다는 것을 알지만 내색하지 않았다. 먼저 말하지 않는 이상, 그가 나서서 기억을 더듬게 할 필요는 없었다.

“참! 내가 너 병원 오라고 했잖아!”

대신 핑계 거리를 찾아 소리쳤다.

“의사 말을 무시하냐?”

“아구, 그거 꼭 맞아야 하니?”

생각지도 못한 채 까맣게 잊고 있던 재욱이 얼굴을 찡그렸다.

“별일없을 거야. 그런데 뭐 하러 병원 가서 그걸 맞아? 나 바쁜데…….”

“하재욱.”

귀찮아하는 그녀의 말을 가로막으며 수현이 엄숙하게 불렀다. 결국 재욱이 졌다.

“알았다, 알았어. 얼른 먹기나 하셔. 치킨 먹고 싶다고 노래를 부르더니.”

원래 그렇지 않는 녀석이라 종종 한 번씩 엄숙한 목소리를 내면 저항을 할 수가 없었다.

"꼭 와야 한다."

그녀의 재촉에 다시 한 번 강력히 주장한 뒤 치킨 조각을 들던 수현이 갑자기 코를 움켜쥐었다.

"아구."

"왜? 어디 아파? 갑자기 왜 그래?"

갑작스런 신음 소리에 더럭 걱정이 된 재욱이 놀라 자리에서 일어나 다가가자, 수현이 우는 소리로 말했다.

"탄산가스가 코로 나왔어. 너무 따갑다."

"뭐야?"

어유! 재욱은 어이가 없어 하늘만 쳐다보았다.

"넌 대체 나이를 어디로 먹니?"

"사람들은 그걸 왜 그렇게 궁금해하냐? 우리 어머니도 궁금해하시는데, 그런데 너도 그러냐?"

휴, 녀석의 대답을 듣자 적어도 설수현이 이런 건 그녀 앞에서만은 아닌 듯했다. 진지하고 엄숙했던 것이 바로 몇 초인데, 짜릿한 탄산가스에 눈물까지 찔끔거리는 녀석을 한 번 흘겨준 뒤 자리에서 일어났다.

"나 그만 들어갈란다. 내가 직접! 사 왔으니까 치우는 건 네가 해."

"야야, 아직 집 정리도 안 됐잖아. 가지 말고 그냥 수안이 방에서 같이 자라."

“됐네요.”

수현의 만류에도 일어난 재욱은 현관으로 나갔다.

고집스런 이웃 처자의 모습에 수현 역시 따라나가야 했다. 밖에선 제법 똑똑하니 영리한데, 사소한 일에 매우 덤벙거리는 처자의 문단속을 직접 챙기려는 심산이었다.

“왜 따라오냐? 얼른 가라.”

“잔말 말고 얼른 경보 장치 작동이나 시켜. 창문도 열지 말고 바로 에어컨 켜고. 알았냐?”

가족만큼이나 가까운 이웃이라 에어컨을 싫어하는 습관도 모두 알고 있었다. 수현의 충고에 재욱이 고개를 끄덕거렸다.

“알았다. 걱정 말고 얼른 가. 대문을 닫아야 작동시키지.”

“그래, 알았다. 나 나가면 바로 작동해.”

재욱의 재촉에 대문을 나온 수현은 절로 이마가 찌푸려졌다. 어젯밤 저 집에 숨어든 도둑도 잡지 못했는데 혼자 두는 것이 못내 불안하기만 했나.

고집은 얼마나 센지, 수안이랑 같이 있으면 더할 나위 없이 좋으련만.

사람들은 재욱을 볼 때 늘씬하고 아름다운 여자의 모습만 보지, 고 예쁜 머리가 얼마나 날카로운 지성에 번뜩이는지 몰랐다.

재욱이 그래서 더 무모한 것일까? 겉으로 보이는 것이 전부가 아니란 것을 증명하기 위해?

하지만 그것이 무엇이든 집을 지키고 도둑을 잡겠다는 재욱의 배짱은 절대 칭찬해 줄 수가 없었다.

"도무지 저 녀석은 겁이 없어, 겁이."

재욱은 어릴 때부터 그랬다. 하늘하늘 가녀린 몸임에도 그를 이기려 아등바등 전력 질주를 멈추지 않은 녀석이다.

4- 찰랑이는 마음

외과는 통상적으로 신경외과와 정형외과로 구분이 된다. 남들이 꺼려하는 외과, 그것도 신경외과 레지던트 삼 년 차인 수현의 일상은 바쁘고 힘들었다.

실컷 잠을 잤으면 소원이 없겠다고 눈을 비비며 의국을 나오던 수현은 순간 단단하게 부딪쳐 오는 뭔가에 화들짝 놀랐다.

"아이구."

품속으로 돌진한 것은 한 달 전 퇴원한 꼬마 환자 정은이었다. 갈래 머리가 앙증맞고 사랑스러운 여덟 살 난 여자 아이가 앞니 빠진 얼굴로 그를 올려다보았다.

"선생님!"

숭배하는 듯 환하게 웃는 아이를 본 순간 수현의 얼굴에도 함박꽃이 피었다.

"이게 누구야? 우리 공주구나."

수현은 아이를 높이 들어올려 한 바퀴 돌려주었다. 작은 입에서 터지는 웃음소리가 마치 방울 소리 같았다.

"어떻게 왔어? 또 다쳤어?"

재빠른 시선으로 살펴봤지만 아이는 멀쩡했다.

"아니요, 저 안 다쳤어요. 오늘은 사진만 찍으러 왔어요."

"그래? 아, 오셨습니까?"

그는 녀석의 머리를 부벼주며 다가서는 아이 엄마에게 꾸벅 인사를 했다.

정은이는 두 달 전, 초등학교 1학년인 저보다 덩치 큰 아이를 따라 구름다리 위에 올라섰다가 발을 헛디뎌 그대로 떨어지고 말았다. 푹신한 흙이 깔린 운동장이라 해도 등이 바닥으로 먼저 떨어진 아이는 곧장 병원 응급실로 실려와야 했다.

극심한 목덜미 통증을 호소한 아이는 검사 결과 경추 육 번이 살짝 어긋나 있었다. 다행히 수술을 필요로 하지 않을 정도였지만, 한 달 동안 꼼짝 말고 누워 지내야 했던 아이는 지겨움에 몸살을 앓아야 했다.

"요즘엔 구름다리 안 올라가?"

"올라가면 선생님한테 혼나요."

정은이는 두 눈을 동그랗게 뜨고 속삭이듯 말했다.

"제발, 제에발, 선생님 정신 나가게 하지 말래요. 우리 선생님이 나 붙잡고 그러셨어요."

수현은 아이의 말에 웃음을 삼켰다.

왜 아니겠는가.

아이 엄마의 말에 의하면 정은이는 학교에 입학하고부터 계속 병원 문턱이 닳도록 드나들었단다. 제일 처음은 아이들과 장난을 치다 책상 모서리에 부딪쳐 이마가 찢어져 곧장 병원으로 실려가선 세 바늘 꿰맸다고 했다. 이마에 영광의 상처를 남긴 녀석은 곧이어 미끄럼틀에서 넘어져 인대가 늘어나 석고 붕대를 했는데, 풀자마자 구름다리에서 떨어져 병원 신세를 졌다. 수현은 진정 정은이를 보는 선생님의 마음을 이해할 수 있었다. 수안을 보는 그의 마음과 같을 것이었다.

하지만 도무지 미워할 수 없는 녀석의 귀여운 웃음이란.

어릴 적 그의 막둥이 수안이 그랬던 것처럼 원기왕성, 사고뭉치인 아이가 예쁘기민 했다. 물론 그의 막둥이는 아직도 계단을 구르지만, 부디 이 녀석은 그러지 않길 간절히 바랐다.

"그런데 선생님, 잊은 건 없어요?"

그의 품에 안긴 정은이가 뜬금없이 물었다. 녀석이 노리는 것이 무엇인지 잘 아는 수현이 짐짓 어깨를 으쓱거렸다.

"글쎄, 잊은 거라니?"

"아이~ 잘 생각해 보세요."

수현은 아이의 간절한 염원이 담긴 눈을 보며 웃었다.

“음, 잘 모르겠는데? 정은이가 내준 수수께끼는 모르겠지만, 그래도 선생님이 우리 정은이가 오는 것을 알았나 보다. 여기 사탕 있네?”

그가 가운 주머니에서 알사탕 두 개를 꺼내 내밀자, 아이의 눈이 별처럼 반짝거렸다.

“이야~”

입원해 있는 동안 수현이 건네는 알사탕에 푹 빠져 있던 정은 은 오늘 역시 선물 받은 사탕을 보고 환호성을 질렀다.

“너 사탕 때문에 선생님 보고 가자고 그런 거지?”

아이 엄마 역시 정은의 속셈을 눈치 채고 추궁했다.

“아니야. 지인짜 선생님이 보고 싶었다니까.”

바스락거리는 종이 포장을 벗기며 아이는 건성으로 대답을 한다. 녀석이 귀엽기만 한 수현은 아이의 머리를 쓰다듬어 주었 다.

“선생님, 나 또 와도 되죠?”

우물우물 사탕을 녹여 먹으며 정은이 물었다. 여전히 그의 품 에 안긴 채 기대를 담아 묻는 순진함이 너무 예뻤다.

“그럼. 그런데 다치지는 말고 와야 해. 그러면 선생님이 언제 든지 우리 정은이 몫으로 사탕 남겨둘게.”

“오예!”

아이는 그의 품에 안겨 환호성을 질렀다.

“이제 가야지. 늦으면 사진 못 찍을 거야.”

"응, 가자. 엄마. 선생님, 안녕히 계세요."

수현은 진료 예약 시간이 다 되어 엄마 손에 붙잡혀 가면서 손 흔드는 아이에게 마주 손을 흔들어주었다.

오후 진료 스케줄을 확인하기 위해 데스크로 나온 수현은 왁자지껄 모여선 사람들을 보며 잠시 멈춰 섰다.

"답답해서 그래! 퇴원하고 싶다니까!"

병원 복도가 떠나가라 소리치는 익숙한 목소리, 또 난리다. 일주일 전에 입원해 허리 디스크 수술을 받은 오십대 남자 환자. 입원한 그날부터 의료비에 반발하더니, 결국엔 병원비를 반만 주겠다고 억지 주장을 하는 환자였다.

수현은 한 손으로 머리를 쓸어 올리며 한숨을 쉬었다.

"담당 의사는 어디 가고 쓸모없는 간호사들만 있어?"

"이보세요. 말씀 조심하세요."

남자의 도발에 데스크에 있던 간호사 두 명의 일굴이 분노로 달아올랐다. 매일같이 반복되는 남자의 도발을 알면서도 환자니까, 치료를 필요로 하는 사람이기에 아무 말 하지 않았던 그가 사람들을 헤치고 다가갔다.

"무슨 일이십니까?"

"선생님!"

그가 다가서자 간호사들이 억울한 얼굴로 그를 불렀다.

"저 환자 분이……."

"네, 들었습니다."

수현은 간호사들을 향해 고개를 끄덕인 다음 남자를 돌아보았다.

"퇴원하시고 싶다 하셨습니까?"

"그래! 당장 퇴원시켜 줘!"

"그럼 허리는 어쩌시고요? 수술 후 물리치료를 받지 못해 그대로 신경이 굳어지면, 그것을 감수하시겠습니까?"

"허참! 이봐! 나으라고 비싼 돈 들여 수술했어! 이놈의 병원비 더 물라고 붙잡아두는 거 모를까 봐 그래? 개나 소나 다 장삿속이지."

남자의 비아냥에 수현의 얼굴이 눈에 띄게 굳어졌다.

"그리고 수술이 잘됐는데 왜 신경이 손상돼? 물리치료가 왜 필요하냔 말이야! 혹시 네놈들이 수술을 잘 못해서 그런 거 아니야? 먹고 살 돈도 없는데 병원비가 웬 말이야! 좀 깎아주든지."

"환자 분 몸이 기계라면 수술만으로 가능하지요. 하지만 몸은 기계가 아니라 인체입니다. 아주 사소한 것 하나에 수술의 성공 여부가 달라지는 것을 이해하지 못한다면, 우리도 더 이상 치료를 해드릴 수가 없습니다. 분명 수술 후 경과 관찰과 물리치료 과정이 남아 있고, 그 주의사항까지 다 들었음에도 고집을 꺾지 않으신다면, 좋습니다."

수현이 데스크 뒤에 선 간호사에게 말했다.

"허 선생, 이분 퇴원 수속해 드려요."

"이, 이봐!"

고집대로 했다가 분명 문제가 있을 거란 강한 뉘앙스에도 퇴원을 허락하는 수현을 남자가 당황해서 불렀다.

"저흰 어떤 경우에도 환자의 목숨을 가지고 목숨 값을 에누리하지 않습니다. 인체를 한낱 기계로 치부하는 것은 저희에게도 모욕이지만, 환자 분께 더한 모욕이 되니 말씀입니다."

그가 마지막까지 단호하게 말을 한 뒤 정중히 고개를 숙였다.

"허참, 이 병원 배가 불렀군, 배가 불렀어! 환자한테 이렇게 해도 되는 거야? 어!"

"원무과에 가셔서 퇴원 수속하세요."

냉정하게 돌아선 그의 뒤에서 남자와 간호사의 신경질 섞인 목소리가 들렸다.

"내가 언제 지금 나간대!"

허리를 못 쓰면 남자 구실두 못할 텐데……. 간호사에게 뺵 소리를 지른 남자가 중얼거리며 병실로 들어갔다.

아침 시간은 정신없이 흘러갔다.

각 파트별 회의에 참석하느라 진땀을 쏟은 재욱은 방으로 들어오자마자 벗어두었던 재킷과 백을 집어 들었다.

"어디 가시게요?"

들어오자마자 급하게 나서는 재욱을 보며 유란이 물었다.

“전대준 집에 가볼 거야.”

은후의 부모가 죽은 후 그 집에 들어가 살고 있다는 전대준의 주위를 살펴볼 필요가 있었다.

“나 찾는 전화 있으면 모두 휴대폰으로 돌려줘.”

“당연하죠. 다녀오세요.”

“응, 수고.”

로펌을 나와 주차장으로 걸어가는 동안, 짧은 시간임에도 땀이 났다. 감히 하늘을 올려다볼 수도 없을 만큼 쨍쨍한 태양 아래 공기는 숨이 턱 막힐 지경이었다.

재욱은 얼른 애마에 올라타 에어컨을 최고 단계로 틀었다. 에어컨 바람을 싫어하지만, 도심의 더위에 열사병이 걸릴 것 같아 틀었다. 에어컨 바람을 맞는 동안 재욱의 머릿속에 수현의 으름장이 스쳐 지나갔다.

“아, 맞다.”

파상풍 주사. 재욱은 잠시 핸들에 머리를 기댔다.

“왜 이제야 기억을 해. 밤에 생각이 나든지, 아니면 완전히 잊어버리든지.”

바빠서 녀석이 근무하는 병원까진 도저히 갈 여유가 없건만, 그렇다고 아무 곳에서 주사를 맞거나 또는 맞지 않았다는 것을 알면 펄펄 뛰고도 남을 녀석인데. 설가네 남매들은 다 좋은데, 가끔 못 말릴 정도로 집요한 구석이 있다.

아무리 핑계를 찾아 머리를 굴려봐도 벌써 한 번 잊어버린 탓에 오늘은 맞으러 가야 할 것 같았다. 종이에 적어온 전대준의 주소를 확인하자, 마침 병원과 같은 방향이었다. 불행 중 다행이다.

재욱은 일단 병원으로 차를 몰았다.

최첨단 시설을 자랑하는 경상종합병원은 밖에서 보기에도 무척 으리으리했다. 팔층 신경외과 병동으로 간 재욱은 우르르 모여선 사람들 가운데 수현을 발견했다.

반가움에 저도 모르게 한 발 다가서던 재욱은 진지한 수현의 목소리에서 분노를 느끼고 멈춰 섰다.

항상 얼렁뚱땅 능청스러운 녀석이 물론 일에 관한 한 그렇지 않다는 것은 이미 알고 있었다. 하지만 저렇듯 엄숙한 얼굴을 보노라니 낯선 사람을 보는 것 같아 기분이 이상했다.

환자와의 실랑이를 확고하게 매듭지은 수현이 등을 돌리고 걸어가자, 재욱은 얼른 뒤를 따라갔다.

"실가야."

그녀의 부름에 잔뜩 긴장해 있던 그의 넓은 등이 획 돌아섰다.

"어, 왔어?"

낯선 장소에서 만난 녀석을 보니 185cm의 건장한 몸에 걸쳐진 흰 가운이 무척 매력적이었다.

'단지 가운만 매력적인 거야!'

나름 결론을 내린 재욱은 두 손을 가운 주머니에 찔러 넣고 삐딱하게 선 그에게로 다가가며 말했다.

"너, 환자한테 왜 그렇게 정색을 하고 그래? 요즘 병원은 고객 맞춤이니 뭐니, 비위 안 건드리려고 난리던데."

"후, 봤냐?"

"그래. 왜 그래? 환자한테 그러면 안 쫓겨나?"

"쫓겨나기 전에 꼭 비위를 맞춰야 의사짓 해먹는 거라면 안 하고 싶은데, 어쩌냐?"

지친 수현의 대답에 재욱이 놀라 멈춰 섰다. 그녀가 아는 세월 동안 설가는 의사가 되는 것에 한 점 의문을 품지 않고 이 길을 달려온 녀석이었다.

"너⋯⋯."

재욱이 할 말을 잊지 못하고 바라만 보자, 그가 그녀의 머리를 툭 쳤다.

"뭘 그렇게 놀라냐? 난 농담도 못하냐? 아까 본 저 남자, 강남에 고층 빌딩을 몇 개나 소유하고 있다더라. 그런데 병원비 깎아보겠다고 하루가 멀다 하고 저 난리인 거야. 의료 서비스는 최고급으로 누리고 싶어하면서 마땅한 대가를 지불하지 않으려는, 한마디로 얌체인 거지."

막상 치료를 하려고 해도 끼니를 걱정해야 하는 환자들이 많은데 말이다. 수현은 부의 차이에 의해 생명이 연장되고 단축되는 것에 씁쓸함이 가득 밀려들었다. 그런 그의 기분을 느낀 재욱이 분개한 듯 주먹을 불끈 쥐었다.

"나쁜 놈이네."

"그렇지? 정말 나쁘다니까."

"내가 가서 확 때려줄까?"

재욱이 허공을 향해 과장되게 주먹을 날렸다.

"어이고, 이 사람 좀 보시게. 변호사란 양반이 사람을 치면 되나. 쯧쯧."

그러자 어느덧 장난스러움을 회복한 수현이 그런 그녀의 주먹을 툭툭 치며 말했다. 서로의 기분을 풀어주는 법을 알고 있기에 아주 오랜 시간 동안 알아온 사이란 참 좋다.

"가자. 바쁠 텐데 얼른 파상풍 주사 맞고 가라."

"그래."

수현의 뒤를 따라가며 그녀가 숨죽여 웃었다.

재욱은 커다란 주삿바늘이 팔을 관통하는 느낌에 비명을 지르고 싶었지만 곁에서 유심히 보는 수현으로 인해 간신히 참았다. 아이처럼 비명을 시르면 아마 늙어 꼬꾸라실 때까지 놀리고도 남을 녀석이란 것을 알기에 말이다.

그래도……. 재욱은 수현이 앞장서 걸어가는 것을 보며 울상을 지었다. 알코올 스폰지로 꼭 누른 팔이 마치 자신의 것 같지 않았다.

아무리 해도 병원은 익숙해지지 않는단 말이지.

괜히 왔다. 아프기만 하고. 아무 일도 없을 텐데, 망할 설가 녀석. 괜히 주사 맞으러 오라…… 흠, 흠.

괜한 트집을 잡아 마구 수현을 욕하던 재욱은 갑자기 돌아선 수현으로 인해 얼른 표정을 고치며 딴청을 피웠다. 그것을 아는지 모르는지 수현이 그녀에게 저벅저벅 다가와 그녀의 손바닥을 펼쳤다.

"자, 이거 받아라."

"뭐냐?"

재욱은 수현이 손바닥 위에 올려준 것을 바라보았다. 투명 비닐에 포장된 작은 알사탕 두 개.

"웬 사탕이냐?"

"그거 우리 병원 꼬마 녀석들한테만 주는 사탕인데, 내가 넌 특별히 준다."

의아해하는 재욱에게 수현이 거만을 떨었다.

"고마워해라."

"그래, 진짜 고맙다."

재욱이 너털웃음을 지으며 사탕을 가방 안에 넣었다.

"일해. 나 갈게."

그녀는 그들의 오래된 인사를 위해 주먹을 쥔 수현의 오른손에 역시 주먹을 쥔 오른손으로 툭 쳤다.

"가라."

그는 흔들림없이 앞을 향해 걸어가는 재욱을 보았다. 당당한 뒷모습이 로비를 나갈 때까지 쳐다보다 돌아서자, 언제 다가왔던지 연규가 턱 버티고 서 있었다.

“언제 왔냐?”

“누구야?”

그의 물음에는 대답조차 하지 않고 연규는 고개를 빼 사라진 재욱의 뒷모습을 살폈다.

“진짜 섹시하다. 저저, 라인이 예술이구만.”

언제 재욱을 봤던지 연규의 감탄사가 쏟아졌다.

“자식, 싱겁긴. 일하러 가자.”

팔랑팔랑 가볍다는 그보다 더 가벼운 연규 녀석의 호들갑에 뒤돌아서는데 연규가 매달려 왔다.

“누구냐? 응? 아는 사람? 애인은 아니지?”

연규의 호기심 어린 질문에 수현이 천천히 돌아보았다.

“그게 왜 궁금하지?”

“왜 궁금하다니? 저런 퀸카가 누군지, 어디 숨었다 나타난 건지, 애인은 있는지 궁금한 게 당연하지.”

음……. 하 양이 좀 퀸카스럽긴 하다.

“애인 없어. 물론 내 애인도 아니야.”

수현이 침착하게 대답했다.

“좋았어. 작업 시작이다.”

수현의 대답이 흡족했던지 연규가 휘파람을 불었다. 그러나 신이 난 연규를 보는 수현의 기분이 이상해졌다.

그는 재욱이 누군가의 작업 대상이 될 거란 생각 따윈 해보지도 않았다.

연규는 말이다. 그가 보기에 의사로서 실력도 좋고 환자들을 대하는 매너도 좋지만…… 결정적으로 바람기가 다분하다! 똑똑한 척하지만 실상은 아기처럼 순진하기만 한 이웃 처자의 안위를 위해 그가 나서야 했다.

"작업이라니?"

물론 재욱의 성격상 연규 같은 녀석을 좋아할 리 없겠지만 말이다. 섣부르게 덤볐다간 재욱에게 뼈도 못 추릴 연규에게 충고를 해야 하는 것이 친구 된 당연한 도리 아니겠는가.

"네가 그렇게 가볍게 생각해도 좋을 사람이 아니야. 그러니 허튼짓은 안 하는 게 좋을 거다."

"허튼짓이라니?"

그를 돌아보는 연규의 얼굴은 확실히 잘나긴 했다. 그보다 조금 작지만 훤칠하니 큰 키에 운동으로 다져진 체구. 반들반들 잘생긴 얼굴 하며, 멋들어진 옷매무새. 아무리 봐도 바람둥이처럼 보인다.

"아무튼 이 선생, 절대 명심하게."

수현은 연규의 어깨를 두드려 주곤 엘리베이터로 걸어갔다. 하지만 자기만의 확신에 빠진 수현은 뒤에 남은 연규의 대답을 듣지 못했다.

"훗. 작업할 거라니까, 설 선생."

저런 퀸카는 다른 누군가 낚아채기 전에 얼른 그의 것으로 만든다, 그것이 이연규의 신조였다. 연규는 휘파람을 불며 막 로비의 정문을 열고 나가려는 재욱을 향해 뛰어갔다.

"잠시만요!"

느닷없는 커다란 외침과 함께 연규가 달려가는 것을 뒤돌아본 수현의 인상이 마구 찌푸려졌다.

"저 녀석이……."

재욱은 사람들의 두런거리는 목소리 틈에서 삐져 나온 음성이 자신을 부르는 것이리라 상상하지 못했다. 막 로비를 나오던 그녀를 누군가 가볍게 잡기 전까지는 말이다. 예측하지 못했던 접촉에 놀라 돌아보자 처음 보는 남자가 서 있었다.

"죄송합니다. 놀라셨나 봅니다."

"아, 네. 누구시죠?"

훤칠하고 잘생긴 남자의 정중한 사과에 그녀가 물었다.

"네, 이연규라고 합니다. 처음 뵙네요, 저 수현이 의대 동기입니다."

설가의 동창이란 말과 함께 사근사근한 얼굴로 인사를 하는 연규란 남자를 향해 재욱도 엉겁결에 고개를 숙였다.

"아, 네."

처음 보는 남자를 향해 다른 어떤 말을 해야 할지 판단이 서지 않아 그녀가 당황해하는 사이 수현이 다가왔다.

"수현아."

차갑고 도회적인 이미지인 그녀였지만 생김새와는 다르게 낯선 사람에 대한 거부감이 심한 터라, 재욱은 이 순간 수현이 반갑기만 했다.

"친구 분이라면서?"

"응."

그의 팔을 가볍게 잡고 묻자 수현이 간결한 대답을 했다.

"제 이름을 들으셨으니, 말씀을 부탁드려도 될지……."

"네? 무슨……. 아, 네. 전 하재욱입니다."

잠시 남자의 말에 어리둥절하던 재욱이 악수를 청했다. 그러자 기다렸다는 듯 그녀의 손을 잡은 연규가 싱글벙글 웃었다.

"이렇게 예쁘신 분이 이름은 남성적이시네요. 사실은 수현이를 찾아오신 분이 너무 아름다우셔서 제가 얼른 따라왔던 겁니다. 불쾌하신 것은 아닌지, 제 여린 마음에 살포시 걱정이 됩니다."

넉살 좋게 너스레를 떠는 남자는 반들반들 웃는 얼굴이 무척 매력적이었다. 과연 바람돌이 설수현의 친구 될 자격이 있는 자였다. 재욱은 음흉스럽게 속내를 숨기지 않고, 솔직한 호감을 드러내는 남자가 싫지 않았다.

"불쾌하지 않으니까 걱정하지 마세요."

그녀가 환하게 웃으며 대답하자, 연규는 짐짓 가슴을 쓸어내렸다.

"다행입니다."

수현은 아직까지 연규에게 잡힌 재욱의 손을 불쾌하게 바라보았다.

'뭣들 하는 거야, 지금?'

가만히 지켜보노라니 아주 가관이다.

"재욱이 너 바쁘다며, 얼른 가라."

"그래. 만나뵈어서 반가웠어요. 담에 또 뵙겠습니다."

재욱이 잡힌 손을 가볍게 빼자, 연규가 아쉬운 듯 놓아주었다.

"기회가 되면 식사라도……."

"너 얼른 가."

수현은 연규가 미처 말도 끝나기 전에 재욱의 등을 밀었다. 그리고 심술 사나운 사람마냥 그녀를 따라 로비 바로 앞 주차된 차까지 갔다.

"인사도 못하게 왜 그러냐?"

"인사는 무슨! 얼른 가셔라."

"아유, 오라고 할 땐 언제고 이젠 또 가라고 성화니? 알았어, 간다."

차에 올라타는 그녀를 보며 돌아섰던 수현이 무슨 생각에서인지 다시 차로 다가왔다. 할 말이 있는 폼이라 쳐다보자 그가 눈을 부라렸다.

"야, 하재욱! 내가 말하는데 절대 저런 녀석 앞에서 웃지 마!"

"뭐야, 너 왜 그래?"

재욱이 시동을 걸며 반문하자, 수현이 짜증을 냈다.

"웃지 말랬다!"

그리고 홱 돌아서 성큼성큼 걸어갔다. 걷는 모양새가 잔뜩 화가 난 듯해 재욱은 어이가 없었다.

"저 녀석이 더위를 먹었나, 웃기셔."

그녀는 저만큼 떨어져 기다리던 연규가 가까이 다가선 수현의 등을 툭툭 치며 환하게 웃는 모습을 바라보았다. 하지만 여전히 심기 사나운 듯 쿵쾅거리며 걸어가는 폼이 연규에게도 화가 난 듯했다.

"하여튼 알 수 없어, 설수현."

하지만 그러려니 치부하고 넘어갈 수 없는 재욱이었다. 잠시 멍하게 앉아 로비로 사라지는 수현이 화를 내는 것에 가만히 이유를 찾던 그녀는 이내 고개를 저었다.

"아니야. 너도 미쳤구나, 하재욱. 정신 차려."

정말 잠시 미친 생각을 한 그녀는 자신의 머리를 툭툭 때린 다음 시동을 걸었다.

한적한 골목, 겉으로 보기에도 부촌인 동네 어귀에 접어든 재욱은 시동을 끄고 차에서 내렸다. 그리고 종이에 적힌 주소와 집을 유심히 번갈아 보았다.

"여기가 맞나?"

전원주택 풍의 집은 밖에서 보이기에도 무척 부유해 보였다.

원목으로 지은 이층집과 넓은 정원은 말끔했다. 블라인드가 쳐진 전면 유리창이 거실의 한쪽 벽을 대신해 있었다. 병원에서 나온 뒤 곧장 이곳으로 온 재욱은 고요한 집을 보며 고개를 갸웃거렸다.

"너무 조용한데……."

의뢰인의 말에 의하면 이 집엔 은후뿐 아니라 은후의 사촌 형제도 함께 산다고 했다. 혈기왕성한 아이 셋이 사는 집이라고 하기에 정원은 지나치게 말끔했다.

재욱은 그 또래 사내아이들이 즐겨 타는 자전거나 축구공, 하다못해 농구 골대 하나 없는 정원이 의아하기만 했다.

그녀가 주위를 배회할 때, 최신형 고급차가 집 앞에 멈춰 섰다. 시동이 꺼지자, 뒷좌석에서 피둥피둥 살찐 남자 아이 둘과 앞자리에서 부부인 듯한 중년의 남녀가 내렸다. 당연한 듯 열쇠로 대문을 열고 집 안으로 들어가는 가족의 모습을 보며 재욱은 그들 중에서 사진 속의 아이가 없음을 확인했다.

아이는 어디로 간 것일까?

재욱은 저도 모르게 입술을 깨물었다.

사진 속의 아이가 보이지 않는다고 해서, 아이가 학대받는다 생각할 근거가 없었다. 하지만 짧은 시간 바라본 중년의 남자는 무척 탐욕스러워 보였다.

단순히 굵고 살찐 목에 휘감긴 금 목걸이와 불룩 튀어나온 배로 판단한 것은 아니다. 제법 사람을 겪어봤다는 그녀가 보기에 남자의 얼굴은 진실성이 없었다.

그럼, 아이는 진짜 학대받고 있을 것이다. 어디 간 것일까?

네 가족의 틈바구니에 보이지 않는 아이는 또 어떤 괴로움에 빠져…….

"아……."

어지러운 상상에 마음이 혼란할 무렵, 재욱은 중요한 것을 깨닫고 말았다. 그녀의 마음속에 이미 편견이 생겨 버렸다.

남자가 탐욕스런 얼굴로 보인다니…….

알 수 없는 감정의 소용돌이 속에 발걸음을 돌리던 재욱은 거칠게 열리는 문소리에 놀라 뒤돌아보았다.

"이놈의 새끼, 당장 나가!"

현관 밖으로 끌려 나온 아이는 멱살을 잡힌 채 버둥거렸다. 재욱은 곧바로 남자가 뺨을 거칠게 때리는 것을 놀란 눈으로 지켜봤다. 소리칠 틈도 없이 힘없이 쓰러지는 가녀린 아이.

아이를 때린 사람은 조금 전 승용차에서 내린 그 남자였지만, 아이는 그녀가 보았던 아이가 아니었다. 박민식의 사진 속에서 보았던 아이. 찬란한 웃음을 머금던 은후였다. 그녀가 보기 갈망했던 아이지만, 기대하던 모습이 아닌 것에 충격을 받았다.

남자는 쓰러진 아이를 일으켜 세워 또 거칠게 뺨을 때렸다.

"시키면 시키는 대로 해야 될 거 아니야!"

"이봐요!"

재욱은 생각할 여유도 없이 분노를 담은 목소리로 남자를 불렀다.

"아이를 때리면 어떡해요?"

그러자 남자가 돌아서 울타리 대문 밖의 그녀를 보았다.

"당신은 누군데 남의 집 일에 참견을 하는 거야?"

가래가 낀 듯 탁한 음성, 남자는 아이의 멱살을 잡았던 손을 놓고 천천히 대문을 향해 다가왔다.

"아이를 그렇게 때리면 어떡합니까? 법적으로 아이 학대는……."

애써 감정을 조절하고 말문을 열었지만, 그것은 대문을 열고 나온 남자로 인해 곧 저지당했다.

"아이고, 법? 아이 학대? 이봐, 뭐 하는 사람인지는 모르겠는데, 대한민국에서 이 정도로 아이 학대면 전부 다 잡혀가. 그리고 내 집에서 내가 내 새끼 때리는데 당신이 뭔 상관이야? 당장 내 집 앞에서 꺼져!"

남자는 거칠게 재욱을 밀쳤다. 그리고 겁에 질린 듯 바라보는 아이를 향해 소리쳤다.

"넌 얼른 들어가!"

재욱은 고분고분 남자의 말을 따라 집 안으로 들어가는 아이의 뒷모습을 손놓고 바라볼 수 밖에 없었다. 무기력한 자신에 대한 분노와 남자에 대한 분노가 뒤엉킨 그녀를 보며 남자는 침을 탁 뱉었다.

"에이, 재수가 없으려니까!"

쿵!

남자는 대문을 잠그고 들어갔다. 육중한 몸이 실룩거리며 현

관문마저 닫자, 집은 그녀가 처음 봤던 그 순간처럼 고요해졌
다.

하지만 저 집 안에서 무슨 일이 일어날까.

분명 고요와 평화와는 상관없는 일들이 벌어질 것이다. 박민
식의 말이 맞았다. 그가 꼭 맞아야 학대가 되느냐고 물었건만,
아이를 대하는 거친 남자의 태도는 육체적, 정신적으로 학대가
분명했다.

어떻게 손을 쓸 수도 없는데 분노는 화산처럼 들끓었다. 남자
와 은후가 사라진 집 안만 하염없이 바라보다 결국 차에 올라탔
다. 운전석에 앉아서도 나아지지 않았다. 오히려 감정이 더 격
해져 주체할 수 없이 손이 떨려왔다.

"죽을 거다, 죽고 말 거야."

순간 기억 속 잔상까지 겹쳐지자 재욱은 욕지기가 치밀어 올
랐다. 꼭꼭 숨겨놓았던 어느 한때가 떠올라 숨을 쉴 수도 없었
다.

유리창이 깨지는 날카로운 소음이 귀에 쟁쟁했다. 움막 같은
낡은 집. 더 이상 깨질 게 남아 있지도 않는데, 어디선가 유리는
참 잘도 깨졌다. 쨍그랑! 과거를 회상하면 언제나 그렇듯 환청
을 들린다.

재욱은 귀를 막고 고개를 저었다.

여섯 살이 되던 해까지 그녀는 알코올 중독자 생부와 함께 살았었다.

그녀가 기억하는 한 집은 언제나 음침했다. 낡은 천막이 슬레이트 지붕을 덮은, 동네 아이들이 거지 집이라 놀려대던 것이 생생이 떠오른다.

덥수룩한 머리와 수염을 길게 늘어뜨리고 한쪽 구석에 구겨져 앉은 아버지. 그의 주위로는 항상 푸른 소주병들이 널려 있었다. 너무 일찍 철이 든 여섯 살 재욱은 아버지가 술에 곯아떨어지면 조심스레 술병을 치워야 한다는 것을 명심해야 했다.

술이 깰 때쯤 찾아드는 지독한 두통과 육신의 고통에, 아버지라 불리던 인간이 얼마나 난폭해지는지 알기 때문이었다.

마땅한 가구조차 없는데, 손에 잡히는 것은 무엇이든 던지고 부수는 아버지가 너무 무서웠다. 그중에서도 제일 참기 힘든 것은 바로 아버지의 자해. 현실을 잊게 만들어주던 술병을 깨 자신의 팔다리 할 것 없이 아무렇게나 그어버리던 것은 아무리 노력해도 잊혀지지 않았다. 눈앞에서 붉은 피를 흘리며 고통스러워하는 생부를 보는 것은 지옥이었다.

"그만 해. 그만."

핸들에 고개를 묻은 재욱이 낮게 중얼거렸다. 좋을 것 하나 없는 기억을 들추어낼 필요가 없는데, 자꾸만 떠오르는 영상에 가슴이 짓눌린 듯 아파왔다. 그녀는 애써 고개를 들어 은후가 들어간 집을 보았다. 어린 그녀가 바랐듯, 누군가 지옥에서 빼내주길 바랄 아이.

"그냥 가서 미안해. 미안해……."

하지만 어떤 힘도 되어줄 수 없는 재욱은 자꾸만 그 말을 되뇌어야 했다.

아무것도 한 일이 없는데 긴 여름 태양이 저물고 있었다. 그 집에 아이를 두고 혼자 뒤돌아가야 하는 차 뒤로 긴 그림자만이 남았다.

생모의 얼굴은 기억나지 않는다, 처음부터 없었던 사람처럼. 궁금하지도 않았고, 그립지도 않았다. 기억하는 가장 오래된 순간부터 술에 취한 생부만이 있을 뿐이다.

그래도 친부는 아까 그 남자처럼 그녀를 때리지는 않았다. 삶에 힘겨워 자신을 놓아버리고, 술에 미친 짐승처럼 날뛰어 집안 가재도구를 부수며, 유리 파편에 자신의 손목을 그을지언정 어린 그녀는 결코 때리지 않았다.

하지만…… 재욱은 그런 남자가 더 무서웠다.

저번에는 때리지 않았지만, 이번에는 때릴지도 모른다……. 그 확실하지 않은 상상이 어린 그녀를 더욱 공포로 몰아넣었다. 차라리 맞았다면……. 물론 그 지독한 아픔에 더 상처받았을지 모른다. 하지만 상상이 불러일으키는 두려움과 공포보다 눈으로 확인하는 상처가 낫지 않았을까?

그래, 차라리 남자가 그녀를 마구 때렸다면…… 증오라도 했을 것이다. 철저히 미워하고 또 미워해 그녀 마음속에서 남자의 존재를 지워 버렸을 텐데. 그런데 그럴 수도 없다.

남자가 던진 돌에 유리창이 깨어져 창가에 주저앉았던 재욱이 유리 파편을 고스란히 맞던 그날 운명이 달라졌다. 누구에게도 도움을 구할 길 없어 유리 파편 속에 쓰러져 신음하던 그녀를 남자는 하룻밤이 지나서야 알았다. 남자가 술에 완전히 깨어났을 때, 겨우 숨을 몰아쉬던 그녀를 안고 울부짖으며 달려갔다.

병원에서 퇴원하던 날, 그녀는 집으로 돌아가지 않았다. 재욱은 사회복지사의 손을 잡고 병원을 나서던 그녀를 보며 울던 남자를 아직도 기억했다. 그날만큼은 말짱한 정신으로, 그가 시장에서 직접 사다 입힌 말쑥한 원피스에 검은 구두를 신은 딸을 배웅해 주었다.

자신의 광기로…… 자신의 술에 취한 손으로 딸을 죽일지 모른다는 생각에 보내야 하는 부정(父情).

"잘 가…… 잘 가라. 아비 따윈 잊고 잘살아야 해."

남자는 그 말만 되풀이하며 서럽게 울었었다.

사는 동안 끔찍했던 모든 기억을 지워 버렸지만, 남자의 마지막 모습을 떠올리면 목이 메어왔다.

그렇게 싫던 사람인데…… 차라리 죽어버렸으면 좋겠다고 생각한 사람인데 보이지 않을 때까지 서서 그녀의 뒷모습을 지켜주던 사람, 아버지.

그는 이렇게 끈덕지게 가슴 한구석에 남아 밀어내도 밀어내지지 않은 채 그녀를 괴롭힌다.

　자신이 무기력하다고 느낀 것이 얼마 만일까.
　복잡한 도로 위를 운전하는 재욱의 가슴은 온갖 감정들로 뒤섞여 전쟁을 치르고 있었다. 여름밤을 수놓은 네온사인 불빛은 화려하기만 한데, 그녀가 버려두고 온 어린 마음은 어둡기만 할 것이다. 그녀는 그것을 알고서도 홀로 돌아선 자신은 나약하고 무기력한 인간이란 자괴감에 괴로웠다.
　복잡한 마음을 추스릴 길이 없어, 로펌으로 돌아가지 않고 집으로 가던 재욱은 집 근처 포장마차를 보고 차를 세웠다.
　지친 걸음으로 포장마차 테이블에 앉은 그녀는 소주를 시켰다. 죽어도 쳐다보지 않을 거라 다짐했던 소주가 지친 삶에 위안을 줄 수도 있다는 것을 아는 데 아주 오랜 시간이 걸렸다.
　"휴…… 이게 뭐니. 이게……."
　재욱은 처량하게 자신의 잔에 소주를 따르며 중얼거렸다. 의뢰받은 아이가 눈앞에서 욕설과 함께 뺨을 맞는데 그것을 버려두고 나와 한다는 일이 기껏 망상에 허우적대며 소주를 마시는 것이라니.
　여섯 살 이후 처음으로 자신이 쓸모없는 인간이 되어버린 기분이 들었다. 단숨에 소주를 들이키자 식도를 타고 흐르는 느낌에 진저리를 치며 병을 잡았다. 그런데 그녀가 잡기 전 병이 허공에 떠 있었다.

어라, 너 벌써 취했니?

멍하게 생각을 하다 병을 들고 선 사람과 눈이 마주쳤다.

"다 늙어서 이게 무슨 청승이냐?"

수현이었다. 재욱은 눈처럼 하얀 와이셔츠를 입고 선 그가 낯설어 한참 동안 눈을 깜박거렸다.

퇴근길에 빨간 총알을 본 것은 우연이 아니었다. 검은색으로 넘쳐 나는 대로변 한쪽에 주차된 총알의 꽁무니가 익숙해 번호판을 보자 이웃 처자의 애마가 맞았다.

이 저녁에 그렇게 애지중지하는 애마를 버려두고 어딜 갔는지 총알의 주인을 찾아 두리번거리자 포장마차에 홀로 앉은 여인네가 보였다.

몸에 꼭 붙는 청바지에 흰 블라우스. 분명 그의 병원에 들렀을 때 차림새 그대로인데, 홀로 술을 마시는 폼이 예삿일 같지 않았다.

연규 일 때문에 아직도 기분이 좋지 않긴 했으나, 지나칠 수가 없었다. 총알 뒤에 차를 주차시킨 후 내려 다가갔지만, 재욱은 그의 기척을 눈치 채지 못했다.

"무슨 일이냐?"

그는 플라스틱 테이블에 마주 앉아 주인이 가져다주는 소주잔에 술을 따르며 물었다.

"아무 일도 없다."

건배할 사이도 없이 자신의 잔을 홀랑 털어버리는 괘씸한 이웃 처자.

"건배는 해야지. 넌 아직도 술 마시는 자세가 안 되어 있다."

그가 툭 내뱉으며 재욱의 빈 잔에 '짠' 소리가 나게 부딪쳤다. 여느 때라면 그의 말에 발끈할 텐데, 아무 말 없이 조용한 재욱이 이상했다.

"자, 마셔라."

그는 아무 말 없이 재욱의 빈 잔에 술을 따라주었다. 말하고 싶지 않을 때 억지로 말을 시키면 짜증만 낼 뿐, 속마음을 들을 수 없다는 것을 익히 알기 때문이었다.

서로 별말없이 한동안 술만 축내고 있을 때, 드디어 재욱이 입을 열었다.

"넌 의사가 된 것을 후회한 적이 없냐?"

"왜 없겠냐? 많지. 하루에도 수십 번 그런 생각이 든다."

"너도 그래?"

별 기대 없이 물어본 말을 수현이 긍정하자 재욱의 눈이 동그래졌다. 그녀는 의사를 천직으로 아는 녀석이 그것을 후회한다는 것이 놀랍기만 했다.

"언제? 사람 목숨 살리겠다고 잠도 못 자고, 먹을 것도 못 먹는 널 볼 때? 시도 때도 없이 울리는 호출에 환청이 들릴 지경이 되었을 때?"

재욱은 언젠가 수현이 하소연처럼 내뱉던 것을 말했다. 그러나 수현은 고개를 저었다.

“아니, 한계를 느낄 때. 아무리 노력을 해도 환자의 목숨을 살릴 수가 없을 때. 결국 신이란 존재를 받아들여야 한다는 생각과 의료 기술이 여기까지란 생각이 들 때는 정말 싫어.”

“그래…… 너도 그렇구나.”

그가 변호사로서 무기력한 것처럼, 수현도 그렇다. 재욱은 수현의 말에 적어도 하나의 위안을 얻은 것 같았다.

“난 있잖아. 나이를 먹는 게 싫어.”

“왜?”

“나이를 먹는 게 싫은 건 단순히 몸이 늙기 때문만이 아닌 것 같아. 나이가 들기 때문에 어린 시절 내가 몰랐던 것을 꼭 배워야 한다는 것, 그게 슬퍼. 그 방법을 모르면 남에게 당하니까. 비겁하게…… 분명 누군가를 도와야 하는 걸 알면서도 이렇게 물러나 앉은 내가 너무 싫다. 비겁한 내가 싫어.”

정말 그래서 마음이 아프다. 쓴 소주를 말없이 들이키는 그녀를 보던 수현이 빈 잔에 술을 따르며 말했다.

“그럼 인생 날로 먹으려 했냐? 다 그런 거야.”

속상한 마음에 쓴 소주를 들이키던 재욱은 수현의 말에 픽 웃음을 지었다.

“넌, 어째 한마디로 분위기를 깬다?”

“어쩔 수 없는데 자꾸 마음을 쓰니까 그러지. 살기 위해 반드시 필요한 것은 배워야지. 그런데 넌 가끔 그런 것에 너무 많은 의미를 둬. 알고 있냐?”

"의미라…… 무슨?"

"가끔 너무 우울한 감정에 사로잡혀. 당연히 알아야 한다고 여기면 너도 덜 힘들 텐데 말이지."

수현은 지금 사건에 감정적으로 동요되고 있는 그녀를 너무 잘 알고 있었다. 아이에 얽힌 사건엔 이상할 정도로 집착하는 이유가 무엇인지 말이다.

그는 이십삼 년 전 봄꽃이 흐드러지게 핀 어느 날, 하 교수님 손을 잡고 걸어오던 여자 아이를 똑똑히 기억했다.

"아저씨의 가족이 되었단다."

하 교수 아저씨는 어린 그에게 다정한 얼굴로 재욱을 소개했었다. 수안이 태어나기도 전이라 그는 그렇게 작고 예쁜 여자아이는 처음 보았었다.

뭐, 나중에 알고 보니 드센 성격에 경쟁심도 어찌나 강한지 그가 두손두발 다 들 정도에다 그와 같은 나이임에도 일찍 학교를 다녀 유세가 대단했지만 말이다. 하여튼 첫인상은 그랬다.

그러나 가끔 한 번씩 저렇게 공허한 얼굴을 한다. 훌쩍 커버린 녀석의 가슴 한구석에서 아픈 무언가를 기억하는 것이리라 짐작했지만, 섣불리 물을 수도 없었다.

수현은 재욱 앞에 놓인 소주병을 치워 버렸다.

"너 술은 더 마시지 말고, 잠깐 있어봐."

그리고 자리에서 일어나 포장마차의 테이블 사이를 헤쳐 나갔다.

"야, 너 어디 가? 나 집에 갈 거야."

"조금만 기다려."

엉뚱한 녀석. 어깨를 으쓱인 재욱이 그 말처럼 가만히 앉아 밤하늘을 올려다보았다. 겨울이라면 주홍색 천막에 둘러싸여 있을 테지만, 숨이 막힐 정도로 더운 여름, 천막 따윈 다 걷혀 밤하늘을 볼 수 있었다.

도심의 매캐한 공기로 인해 별들을 찾을 수가 없다. 어린 시절, 설가네 남매를 따라 수박밭이 있는 시골집에 놀러갔던 기억이 생생했다.

"거긴 별들이 참 많았는데."

나이가 먹으면서 느껴야 할, 그리고 배워야 할 것들이 있는지 몰랐던 그 시절이 그립기만 했다. 모깃불 피워두고 둘러앉아 찐 감자와 밭에서 금방 딴 수박만으로도 행복했던 시절.

"자."

그때를 회상하던 재욱에게 금세 갔다 온다던 녀석이 말처럼 금세 나타났다.

"뭐야?"

그녀가 수현이 불쑥 내민 것을 얼결에 받아 들고 보니 그것은 아이스크림이었다.

"너 이거 사러 갔던 거야? 내가 먹고 싶단 말도 안 했잖아."

“그래도 먹어라.”

녀석이 달콤하게 웃는다. 그 웃음에 재욱이 포장을 벗기며 의심을 보였다.

“왜? 이거 먹고 지구 반 바퀴를 돌아도 빠지지 않을 뱃살을 얻으라고?”

“응. 뱃살도 뱃살이지만, 수안이의 말이 아이스크림을 먹으면 힘이 난다더라. 아이스크림이 녹는 것처럼 걱정도 다 녹는다네?”

수현이 히죽 웃더니 그녀의 머리를 쓰윽 어루만졌다.

“걱정하지 마. 다 잘될 거다. 네가 누구냐? 천하의 하재욱 아니냐? 이렇게 의기소침한 건 너한테 어울리지 않아. 힘내, 아자!”

하여튼…… 이 녀석 때문에 웃는다.

설가의 말을 들어서인가……. 부드러운 아이스크림을 한입 베어 물자 조금 힘이 났다. 조금씩, 조금씩.

그녀가 맛있게 아이스크림을 다 먹을 때까지 기다려 주던 수현이 자리에서 일어났다.

“그만 가자. 늦었다.”

“알았어.”

계산을 하고 나와 그들은 잠시 고민에 빠졌다. 술을 많이 마신 것은 아니지만—한 사람당 한 병—차를 운전할 수 없어 난감한 눈으로 바라보았다.

"그냥 슬쩍 몰고 갈래?"

수현이 낮은 목소리로 속삭였다. 그 유혹에 넘어가고픈 재욱은 두 눈을 질끈 감고 고개를 저었다.

"됐네. 그냥 가, 그냥. 누가 보든 안 보든 사람은 양심적으로 살아야 해. 모르니?"

"아, 진짜 더운데."

결국 그들은 애마를 두고 십 분 남짓한 집으로 걸어가야 했다.

나란히 걸어가는 그들을 지나던 사람들이 힐끔거렸다. 마치 모델처럼 늘씬한 데다 짓궂은 장난기가 잘생긴 얼굴에 가득한 수현과 웨이브진 머리가 얼굴을 감싼 재욱은 몹시 아름다워 보였다. '그림처럼'이란 단어가 적절하게 어울리는 그들이었지만, 정작 당사자들은 그것을 모른 채 발길을 집으로 재촉하고 있었다.

날도 더운데 집까지 걸어가노라니 온몸이 진득해졌다.

"술이 웬수지, 술이."

수현이 구시렁거리며 걷는데 옆에 있던 재욱이 돌부리에 걸려 휘청거렸다.

"어머."

하이힐이 삐끗해 쓰러지려는 재욱을 빛나는 반사 신경의 수현이 낚아챘다.

"어이, 조심해."

오, 팔 근육이 제법 단단하다.

맞닿은 팔의 감촉에 재욱은 술이 확 깨는 것 같았다. 그것은 남자의 팔이란 기분이 확실하게 들게 했다. 안정되고 든든한 기분을 느끼게 해주었다. 처음 만났을 땐 키가 그녀 이마에 겨우 미칠 만큼 작았던 녀석이 말이다. 그 커다란 변화 앞에서 재욱의 얼굴이 이상할 정도로 붉어졌다. 화끈거리는 볼을 감히 어루만지지도 못한 채, 그녀는 어두컴컴한 밤이란 사실에 감사했다.

그건 수현도 마찬가지였다. 그대로 꼬꾸라지게 둘 수 없어 앞으로 넘어지는 재욱을 뒤에서 껴안듯 붙잡느라 본의 아니게 가슴의 풍만함을 알아버렸다. 달콤한 살내음이 풍기는 듯한 착각마저 들었다. 어릴 적 꼬마의 모습이 생생하기만 한데…….

"진짜 섹시하다!"

순간 연규의 말이 귓가를 울렸다. 술기운이 그대로 달아난 수현이 불을 만진 듯 얼른 손을 떼고 앞만 보자, 재욱 역시 별일 아니란 듯 앞만 보고 걸었다.

흠……. 몸에 딱 붙는 청바지가 저렇게 잘 어울리기도 힘들긴 해.

연규의 말처럼 라인도 예술이긴 하다. 수현은 곁눈질을 멈추지 않은 채 물었다.

"B냐?"

“응? 뭐가?”

“흠. 아니다.”

그녀의 반문에 얼굴을 붉힌 수현이 마침 도착한 제 집으로 얼른 들어갔다.

“뭐가 B…… B? 이 망할 설가가!”

수현이 대문 안으로 들어가는 것을 보고 나서야 ‘B’의 뜻을 이해한 재욱이 붉으락푸르락 난리를 쳤다.

“이 자식, 너 그거 성추행인 거 몰라? 너 진짜 죽는다!”

“웃기지 마셔라. 무슨 성추행? 흥이다!”

그녀의 말에 막 현관문을 잡던 수현이 콧방귀를 꼈다. 죄를 지어도 반성의 기색이 역력하면 정상참작이 되거늘, 오만방자한 설가의 태도에 재욱의 분노가 화악 달아올랐다.

“저, 저 자식이!”

“동네 시끄럽게 하지 말고 들어가서 자라.”

태평하기만 한 녀석의 목소리. 재욱이 목청껏 소리쳤다.

“넌! 넌 어릴 때부터 그랬어!”

“내가 뭘?”

그녀는 순진한 듯 능청을 떠는 녀석을 참을 수가 없었다.

“빨간 여자의 속사정! 빨간 여자, 그 여자가 사는 법! 네놈이 좋아하던 거 다 알아! 아직도 잊혀지지 않는 잡지 제목이다!”

“야! 너 그만 하지 못해?!”

그녀가 수현이 십대 시절 즐겨 읽던 도색 잡지의 제목을 마구 소리치자, 기겁을 한 수현이 뛰어왔다.

"뭘 그만 해, 뭘! 네가 빨간 여자 좋아한 게 부끄럽긴 하냐?"

"아우, 진짜! 넌 왜 시시콜콜 과거를 들먹이냐? 엉? 매사가 그래요, 매사가. 내일은 내일의 태양이 뜨는 법이다. 알아? 과거는 하나도 안 중요하다 이거다!"

"웃기시네, 이 변태 자식아!"

키 작은 대문을 사이에 두고 그들은 피 튀기는 눈싸움을 벌였다. 그때 살벌한 공기를 가르며 들리는 얼큰한 취기 어린 목소리.

"어째 며칠 조용하다 했네. 또 싸우냐?"

음주가무에 정신이 몽롱해진 수안이었다.

"상관하지 마!"

"상관하지 마!"

수현과 재욱이 동시에 소리쳤다.

"그래그래. 아무나 싸워서 이기셔. 세상 뭐, 이기는 사람 있음 지는 사람도 있는 거지. 아무나 파이팅이다."

흥얼흥얼 수안이 중얼거리더니 둘 사이를 비집고 들어왔다. 그럼에도 좀처럼 움직이지 않고 대문을 꽉 막고 선 두 사람을 보며 수안이 말했다.

"두 사람은 어떤지 모르겠지만 난 들어가고 싶거든? 좀 비켜 주지?"

"흥!"

결국 남의 집 대문인 관계로 재욱이 콧방귀를 끼며 휙 돌아섰다.

"변태돌이."

"야!"

"부르지 마!"

어떻게든 이겨보겠다고 불렀지만 들은 척도 하지 않은 매정한 이웃 처자는 제 집으로 쏙 들어가 버렸다.

"어유!"

발을 동동 구르며 분해하던 그에게 기름을 끼얹는 이 있었으니,

"게임 오버. 하 양 승."

술독에 들어갔다 나온 수안이 그 정신에도 현관에 주저앉아 꼬이는 발음으로 재욱의 승리를 선언했다.

"너, 안 들어가?! 쪼끄만 게 또 술 마셨지? 석고 붕대도 안 풀었는데 술을 마셔? 아주 혼이 나봐야 정신 차릴 거야?"

"아구, 귀 따가워. 기차 화통이 친구 하자고 하겠네."

그의 호통에도 윗사람에 대한 버릇이라고는 손톱만큼도 찾을 수 없는 수안이 귀를 후비며 집 안으로 들어갔다.

홀로 남은 수현은 땅이 꺼져라 한숨을 쉬며 바닥을 보았다. 이렇게 또 그는 이웃집 처자에게 지고 말았다. 뭐, 그래도 새삼스러울 것 없는 패배감이란.

"내일은 내일의 태양이 뜨는 법이지."

좋게좋게, 둥글게둥글게 사는 것이 인생의 목표인 수현은 어깨를 한번 으쓱거린 뒤 집으로 들어갔다.

새벽 일찍 일어난 수현은 눈을 비비며 아래층으로 내려왔다. 집안 식구 누구도 깨어나지 않은 이른 아침, 정신을 차리기 위해 냉장고 문을 열어 차가운 우유 한 잔을 마셨다.

어젯밤 두고 온 차를 모시러 가야 했기에 일어난 수현이 밖으로 나가자, 상쾌한 공기가 그를 반겼다. 태양이 뜨기 전이라 새벽 이슬이 그대로인 잔디밭을 가로질러 나가자 이웃집 빨간 총알이 얌전하게 주차되어 있었다.

"잠도 안 자고 끌고 왔나?"

주인이 있나 싶어 두리번거려도, 이웃 처자의 모습은 보이지 않는다. 수현은 터덜터덜 차가 주차되어 있는 곳으로 걸어갔다.

"밤새 잘 잤나?"

대로변, 다행히 견인되어 가지 않은 차를 보니 반가웠다. 시동을 걸어 집으로 돌아오니 언제 나왔던지 재욱이 제 애마를 정성스레 닦고 있었다.

"흠흠."

그가 헛기침을 하고 내려도 아는 척도 안 한다.

그러거나 말거나!

수현 역시 아는 척하지 않고 집으로 들어가 매일 아침마다 하는 아령을 들었다. 하나, 둘, 셋…… . 규칙적으로 오르내리는 아령에 맞춰 근육을 번갈아 수축과 이완하는데, 어제의 여파인가. 숏 팬츠에 하얀 민소매 티를 입고 애마를 닦는 재욱을 보는 수현의 기분이 싱숭생숭했다.

그는 아령의 무게도 전혀 느끼지 못한 채, 계속 재욱을 힐끔거렸다. 이상하기도 하지, 새삼 새로울 것 없는 이웃 처자의 몸매가…… 섹시하다!

괜히 심장이 두근거리고 얼굴이 화끈거렸다. 그러다 재욱과 시선이 마주치자 화들짝 놀란 수현은 얼른 딴청을 피우며 아령을 가슴까지 들어올렸다.

"백만 스물하나, 백만 스물둘……."

그런데 평소 같으면 뭔 말이 날아와도 날아올 텐데, 조용하기만 했다. 다시금 슬쩍 옆으로 보자, 재욱은 어느새 제 집으로 쏙 들어가고 없었다. 다행이다 싶으면서도 어째 기분이 이상하다.

"미쳤어, 미쳤어."

날씨가 더워 미쳤나 보다. 왜, 대체 왜 그런 쓸데없는 생각을 해서 얼굴을 붉히나?

"참 알 수 없다, 너."

수현은 자신의 머리를 툭툭 쳤다.

집 안으로 들어가자 언제 일어났던지 거실 소파에 수민과 수안이 머리를 맞대고 있었다.

"뭘 또 하래? 팔 아파, 그만 할 거다."

뭘 하고 있었던지 소파 테이블에 흰 종이를 놓고 끙끙거리던 수민이 소파로 쓰러졌다. 그러자 지쳐 쓰러진 수민의 팔을 잡고 수안이 흥분했다.

"그런 게 어디 있어! 라면 끓여주면 해준다며, 이 사기꾼아!"

"내가 이렇게 많을 줄 알았으면 절대 안 했다. 내가 직접 끓여 먹지 끓여달란 소리 안 했어. 너 나 모르게 여대 다녔냐? 니네 과에 여자애들이 뭐 그렇게 많아?"

흥분한 수안만큼이나 수민도 분했던지 짜증을 냈다.

"니들 뭐 하냐?"

수현이 끼어들자 수안이 속사포처럼 일러댔다.

"큰오빠, 작은오빠 순 사기꾼이야! 계란 넣은 라면 끓여주면 우리 과 여자애들 이름 적어서 사인해 준다고 해놓고, 이제 겨우 열 장 했는데 안 해준대!"

"겨우 열 장? 야! 이름 다 적고, 사인 적고, 그것도 모라자 '설수민과 함께 행복하세요' 까지 적는데 그게 겨우 열 장이냐?"

수민까지. 두 녀석이 목청을 높이자 수현은 귀를 틀어막았다.

원래도 인기있는 수민이지만, 개봉 전 촬영한 영화에 대한 기대가 높아질 무렵이 바로 수안이 노리는 때였다. 한참 주가가 올라 있을 때 오라비의 사인을 팔아먹으려는 상술에 빛나는 머리.

아닌 게 아니라 수민이 영화배우를 해서 제일 좋은 것은 수안이다. 영화제 상을 휩쓸어도, 영화 흥행 성적이 좋아서 몸값이 천정부지로 올라가도, 당사자인 수민이 수안보다 좋지는 못할 것이다.

수민이 영화배우로 성장하는 데 어떤 도움도 주지 않은—뭐, 아주 가끔 라면을 끓여 먹이긴 했다. 수민의 협박과 애원으로 말이다—수안이 공공연한 오라비 자랑을 해대, 수민의 사인이라도 하나 받고 싶은 친구들로부터 열화와 같은 애정 공세를 받았다. 먹을 것 얻어먹지, 대리출석 해주지, 레포트 대신 해주지 아주 호사를 누렸다.

"형, 출근할 때 수안이 데려가서 좀 팔아버려. 아주 귀찮아 죽겠어."

그러자 수민에게 질세라 수안도 소리쳤다.

"큰오빠, 고물 장수한테 수민 오빠랑 엿이랑 바꿔 버려!"

"그래그래, 서로 죽이지만 말고 사이좋게 놀아라."

수현은 눈에 불꽃을 피우는 두 녀석을 두고 이층으로 올라왔다.

Rrrrrr.

샤워를 하고 옷을 갈아입던 수현은 요란하게 울리는 휴대폰을 찡그린 얼굴로 보았다.

"또 호출이냐? 안 그래도 출근할 거라고."

그는 병원 호출인 줄 알고 투덜투덜거리며 전화를 받았다.

"네, 설수현입니다."

[오랜만이다.]

심드렁하게 얼른 오란 말을 기대하던 수현은 난데없는 목소리에 깜짝 놀랐다.

"박태원?"

[그래, 설마 내 목소리도 잊은 거냐?]

"너 이 자식, 안 죽고 살아 있었냐? 왜 그렇게 연락이 없었어?"

전화의 주인공은 다름 아닌 그의 절친한 친구였다. 복잡한 집안 사정으로 열여덟 살에 미국으로 가 독하게 살아남은 녀석. 목소리만 들어도 수현의 얼굴에 반가움이 가득했다.

"요즘은 어때? 건강은 괜찮고?"

[그럼.]

그와는 다르게 과묵함을 최고로 아는 태원은 낮고 간결한 대답만 들려준다.

"거긴 밤 아니냐? 안 자고 왜 전화했어? 내가 그렇게 보고 싶냐?"

[녀석.]

그의 너스레에 태원의 헛웃음이 들려왔다.

[여기도 태양이 훤하다.]

"뭐? 미국은 지금 밤 아니냐? 시차가……."

그가 녀석이 있는 곳과 이곳의 시차를 계산하는데, 친구란 놈이 하는 말.

[여기 서울이다. 한 달 전에 들어왔어.]

"뭐야? 박태원! 너 이런 게 어디 있어!"

십이 년 만에 한국에 온 녀석이 절친한 친구에게 알리지도 않고 들어왔단 말인가! 그가 고래고래 소리쳤다.

"이건 배신이다, 배신!"

[훗, 알았다. 저녁에 술 한잔하자.]

"술값은 네가 내."

심술이 풀어지지 않는 수현의 불퉁한 대답에 태원이 그럴 줄 알았다는 듯 대답했다.

[여전하구나.]

하지만 그렇게 대답하는 태원이나 그 말을 듣고 전화를 끊은 수현이나 서로의 존재에 대해 반가움을 숨기지는 못했다. 얼마 만에 만나는 친구란 말인가.

하 양에 대해 싱숭생숭하던 기분은 온데간데없이 친구를 만난다는 것에 들뜨기 시작했다.

5. 기억이 남긴 흔적

햇살 한자락 스며들지 않는 어두운 방. 숨소리마냥 가냘픈 아이의 음성이 정적을 가르고 있었다.

"햄버거, 포테이토, 콜라. 치즈스틱도 좋고…… 밀크 쉐이크도 좋은데……."

배가 고프다…… 배가 고프다…….

급식으로 받은 점심 말고는 아무것도 먹지 못했다. 참기 힘들만큼의 허기는 지난 지 이미 오래. 이불도 없어 맨바닥에 누운 은후는 그가 무척 좋아하던 패스트푸드를 떠올리며 현실을 잊었다.

"아니, 포테이토는 먹지 말자. 엄마가 그건 별로 안 좋은 거라고 많이 먹지 말라고 했었어. 기억나지?"

먹을 것을 떠올려도 침이 넘어가지 않았다. 쓰릴 듯 아픈 위만 움켜잡을 뿐.

지난 열 달 동안 은후가 버틸 수 있었던 것은 과거가 있기에 가능했다. 기억할 수 있는 온기를 부여잡고 힘들게 버텨왔다.

"엄마는…… 내가 시금치 먹을 때 제일 좋아했는데……."

그런데 소풍날 아침, 푸릇한 시금치가 김밥 속에 버젓이 끼어 있는 것을 보고 엄마에게 짜증을 냈었다. 시금치와 더불어 빨간 당근까지 든 날은 얼굴을 마구 찌푸리며 엄마에게 소리쳤었다.

엄마, 미워!

진짜가 아닌 말을 해서 벌을 받는다. 진짜 미워서 그런 말을 한 것이 아닌데…….

"아니야, 엄마. 난…… 난 절대 엄마 안 미워했어. 지금도 안 미워. 엄마…… 진짜 믿은 건 아니지?"

뜨거운 눈물을 흘리며 은후는 가슴을 움켜잡았다. 많이 슬프면 이렇게 가슴이 아프다는 것을, 너무 슬퍼서 숨도 쉴 수 없다는 것이 무엇인지 의미를 잘 알고 있는 은후는 오늘도 슬픔에 가슴이 아팠다.

이럴 줄 알았으면 시금치도 잘 먹었어야 했는데…… 싫어도 눈 질끈 감고 꿀꺽 삼켰다면, 좋았을 텐데.

벌컥!

그때 작은 방문이 열리며 험상궂은 얼굴을 한 삼촌이 들어왔다. 은후는 저도 모르게 자리에서 일어났다. 삼촌이 다가와 그의 다리를 아프게 걷어찼다.

"이놈 새끼가 아직도 드러누워선! 게을러 터진 자식."

탁. 은후의 작은 머리가 삼촌의 거친 손에 맞아 돌아갔다. 비릿한 피 맛이 느껴지는 것이 눈에서 별빛이 반짝거릴 만큼 아팠지만, 은후는 얼른 고개를 숙였다.

아픈 내색을 하면 히죽거리며 더 때리곤 하는 삼촌이란 사실을 안 뒤, 은후는 절대 아파도 아프다고 울지 않았다.

"잘 들어."

그런 은후 앞에 대준이 앉아 아이의 머리카락을 아프게 움켜잡았다.

"학교에서 네놈이 하는 짓이 정상을 벗어나면 각오하는 게 좋을 거야. 어제처럼 또 그러면 아주 죽여놓을 거니까 알아서 해."

대준은 역한 입 냄새를 풍기며 살벌하게 경고했다. 눈을 번뜩이며 하는 그 말이, 듣고 있는 아이가 이제 열 살이란 생각 따윈 조금도 포함되지 않았다. 어제 은후는 걸신들린 듯 급식을 먹었다가 빈속이 그것을 받아들이지 못해 배탈이 났다. 대준의 작은 아들 은기와 같은 반인 은후가 이상하게 야위어가고 자주 아픈 것을 걱정한 담임의 전화를 받은 대준은 무척 짜증이 났었다.

이렇게 거둬주는 것만 해도 어딘데!

똥개 새끼를 동물병원에 데려가는 것이 아까운 것처럼 이놈 새끼를 병원에 데려가는 돈이 아깝다.

"경고했다."

그는 다시 한 번 성질을 내곤 방을 나갔다. 열린 문틈으로 은기의 목소리가 들려왔다.

"아빠, 나 파워레인저 로봇 사줘. 우리 반 애 하나가 그거 가지고 있는데, 캡 멋져. 응? 사줄 거야?"

"그래, 그깟 거 얼마나 한다고, 사준다."

방에서와는 확연히 다른 목소리.

그제야 아픈 볼을 천천히 어루만지는 은후의 눈에 차츰 눈물이 고였다.

아이는 미래를 상상하는 것의 자유를 잃었다. 이제 열 살. 아이는 행복했던 과거를 되새기며 과거로 돌아가고 싶을 뿐. 가혹한 현실과 불확실한 미래 따윈 원치 않았다.

딩동댕동.

재욱이 막 학교 앞에 도착하자 마침 쉬는 시간인 듯 차임벨 소리가 운동장 밖까지 새어나왔다.

이른 아침부터 세차니 뭐니 몸을 움직이고, 로펌으로 출근해서 소장을 작성하며 정신을 분산시키려 해도 계속 남자에게 맞던 아이의 얼굴이 눈앞에 아른거렸다. 결국 그녀는 견디다 못해 은후가 다닌다는 학교로 갔다.

때마침 찾아온 시간은 점심시간이었다. 급식판을 들고 이리저리 다니는 아이들을 보며 재욱은 3학년 1반 교실을 찾았다.

점심시간 배식이 이루어지는 교실 안을 복도 유리창을 통해 살피다 담임 선생님과 눈이 마주쳤다. 삼십대 후반으로 보이는 짧은 커트 머리 여자 선생이 복도로 나왔다.

"안녕하세요."

재욱이 먼저 인사를 건넸다.

"네, 안녕하세요. 우리 반 아이를 찾아오셨나요?"

학부모라고 하기에 지나치게 젊은 재욱을 보며 담임이 물었다.

"네, 은후를 만나러 왔습니다. 전은후요."

"아, 은후……."

그러자 담임 선생이 모호하게 말끝을 흐리며 그녀를 살펴보기 시작했다.

"어떻게 되는 사이신지……."

"네, 은후 삼촌 심부름 왔습니다. 전해줄 것이 있어서요."

확실하지 않은 이상 신분을 밝히지 않는 것이 좋았다. 재욱은 웃음을 지으며 담임을 안심시켰다. 담임은 친근하고 주저없이 말하는 재욱을 더 이상 의심하지 않고 반으로 들어가 은후를 불러내 주었다.

잠시 후 아이가 나왔다. 어제 겁에 질린 듯 남자의 손아귀에 멱살이 잡혔던 아이.

"누구세요?"

녀석은 복도로 나오자마자 금갈색 머리가 자를 시기를 넘긴

듯 눈가를 살짝 가린 채 무표정한 얼굴로 물었다. 환하게 웃는다면 더 잘생겼을 작은 얼굴.

"괜찮니?"

아이의 질문에 대답할 생각도 없이 저도 모르게 묻고 말았다. 그녀의 질문에 커다란 눈이 더욱 굳어지자, 그제야 재욱은 자신의 실수를 알아챘다.

"잠깐만, 은후야."

그녀는 아무 말 없이 뒤돌아서는 아이의 팔을 잡았다.

"시연이네 아저씨 알지? 응? 누나는 아저씨가 보내서 온 사람이야."

시연이네 아저씨란 말에 은후가 멈춰 섰다. 하지만 그것뿐, 박민식의 아이들과 무척 친했다는 아이는 박민식의 딸 이름을 듣고도 아무 말이 없었다.

"아픈 곳은 없니?"

안타까움이 재욱의 가슴을 파고들었다.

"점심시간이에요. 저 배고파요."

더 이상의 거부 반응은 없지만, 다가오지도 못하도록 차갑기만 한 녀석은 그녀의 손을 뿌리치고 교실 안으로 들어가 버렸다.

"은……."

들어가는 아이의 뒷모습에 차마 이름을 부를 수가 없었다. 경솔했다. 재욱은 무엇 하나 해결해 줄 수 없는 입장이면서 단지 자신의 마음 편하고자, 아이를 찾아온 자신에게 화가 났다.

아무 소용없이 은후의 생채기를 건드리고 돌아서야만 한다니. 무기력감에 절로 분노가 치밀었다. 입술을 깨물며 유리창을 통해 아이를 보자, 급식을 받은 아이는 기계적으로 밥을 먹고 있었다. 곁에 앉은 아이들이 수다를 떨고 웃는 것과는 너무 다른 얼굴로 앉아서 말이다. 마치 홀로 외딴 섬에 갇힌 사람처럼.

담임 선생의 의심스런 눈초리가 재욱을 향했다. 담임이 자리에 앉은 은후와 복도에 선 그녀를 번갈아 보며 자리에서 일어나 다가오자, 재욱은 얼른 뒤돌아서 복도를 나왔다.

변덕스런 여름 날씨는 그녀가 학교에 도착할 무렵 화창하기만 하더니, 지금은 소나기가 내릴 것처럼 먹구름이 잔뜩 끼어 있었다.

마치 그녀의 마음을 알기라도 한 듯, 어둡기만 한 하늘. 재욱은 천천히 운동장을 가로질러 교문을 나섰다.

막 차가 주차되어 있는 교문의 왼쪽 모퉁이를 돌 찰나,

"헛!"

옹골차게 탁 튕기는 소리와 함께 눈앞이 캄캄해졌다. 재욱은 외마디 비명 소리와 함께 주저앉아 얼굴을 감싸 쥐었다. 무슨 일이지, 대체 무슨 일이…….

후다닥 달려가는 소리가 희미하게 들려왔지만 재욱은 신음하며 자리에 주저앉아 일어나지 못했다. 이마와 눈동자가 빠질 듯 불로 지지는 통증과 뜨겁게 파고드는 피로 눈을 제대로 뜰 수가

없었다.

"아이고, 이게 무슨 일이야? 이봐요. 괜찮아요?"

마침 길 가던 중년 여인이 피를 흘리며 주저앉은 재욱을 보고 서둘러 다가왔다.

"하……. 조…… 좀 도와주세요."

재욱의 하얀 민소매 블라우스가 눈에서 떨어진 피로 온통 물들고 있었다. 통증을 이기지 못한 그녀가 얼굴을 들지도 못한 채 사정했다. 가까이 다가와 눈을 움켜쥔 손과 옷이 온통 피범벅이 되는 것을 본 여인이 혼비백산 휴대폰을 찾았다.

"대체 이게 뭐야. 아니, 이럴 때가 아니야. 119, 119에 신고해야지."

아……. 인두가 살을 타고 내리며 지지는 것 같다. 사람들이 모여드는 게 느껴졌지만, 재욱은 통증에 정신을 차리지 못했다.

급히 온 앰뷸런스를 타고 재욱은 가까운 종합병원으로 호송됐다. 응급실에 도착하자 피범벅이 된 재욱의 얼굴을 본 의료진이 놀라 허둥대는 것이 느껴졌다.

다른 외상보다도 피가 들어가 눈을 뜨지 못하자 일단 소독부터 한 다음 안과 전문의의 진단을 받기 시작했다.

"흠, 고의적으로 한 것 같은데. 누가 한 짓인지 아십니까?"

재욱의 오른쪽 눈 주변을 살피며 의사가 물었다.

"갑자기 일어난 일이라서 경황이 없었어요. 달려가는 소리는 들었는데……."

“새총이나 그 비슷한 무엇에 맞았어요. 천만다행으로 눈썹 위 이마 부위를 맞았는데, 피가 많이 난 건 돌이 깊숙이 박히면서 혈관을 건드려 그렇습니다. 자세한 검사를 해봐야겠지만 안구를 둘러싼 뼈는 골절되진 않은 것 같습니다.”

실명은 아니겠구나. 진통제를 맞고 안정을 취하는 몽롱한 머릿속에 그나마 다행이란 의사의 말이 새겨졌다.

혹시 모를 이상에 대해 검사를 받고 안정을 취하기 위해 병실에 누워 있자, 난데없는 사고 소식에 주화와 유란이 급히 병원으로 달려왔다.

“왔어?”

침대에 누워 힘없는 목소리로 반기자, 며칠 전 푸우 밴드와는 비교도 안 되는 커다랗고 두꺼운 밴드를 붙인 재욱의 모습에 주화와 유란이 숨을 들이켰다.

“변호사님!”

“대, 대체 이게 뭐야? 응? 누가 이랬어?”

좀처럼 흥분하지 않는 주화의 목소리가 높아졌다.

“어떤 놈이야!”

“몰라, 어떤 놈인지. 잡히면 죽여놔야지.”

욱신거리는 통증에 재욱이 인상을 쓰며 말했다.

“대체 어떻게 다친 거야? 응?”

혹시라도 실명의 위험이라면⋯⋯. 대답을 요구하는 주화의 숨이 가빠왔다.

"자세한 건 몰라. 아마 돌인 것 같은데 뾰족한 날이 이마에 박혔어. 그래도 이마라 다행이지, 조금만 밑으로 내려갔으면 나 실명했단다. 불행 중 다행이래."

"미친 거 아니야? 멀쩡한 사람이 실명 위기까지 다쳤는데 다행이라니! 대체 누가 그래, 누가?"

실명은 아니란 말에 주화의 분노가 다시 활활 타 올랐다.

"맞아요, 변호사님. 이건 상해라구요."

유란까지 분노를 감추지 않자, 재욱이 힘없이 한 손을 들었다.

"자자, 그만. 머리가 매우 울려요. 머릿속에 살고 있는 쥐들이 여러분들 목소리에 리듬을 맞춰 탭댄스를 추는 기분이니까, 제발 릴렉스하세요."

"넌 이 순간에도 그런 말이 나오냐! 응? 농담이 나와?"

"그럼 우냐?"

한마디도 지지 않는 재욱의 대답에 주화가 가슴을 쳤다.

"어우, 이 답답아!"

찢어진 살갗이 잘 아물도록 무려 열네 바늘이나 꿰맨 재욱은 며칠 입원을 하며 안정을 취하라는 의사와 주화의 말을 거절하고 퇴원했다. 입고 있던 옷이 피범벅이 되어 환자복 상의를 빌려 입은 그녀는 영락없는 환자의 모습이었다.

"정말 네 고집은 이상한 데서 질겨, 알아?"

막무가내로 고집을 부리는 재욱에게 져 집까지 데려다 주는 동안 주화의 잔소리는 끊이지 않았다.

"주화야, 나 머리 울린다니까."

잔뜩 기운없는 재욱의 목소리는 주화의 걱정을 더욱 부추겼다.

"그냥 병원 가자. 아니, 병원이 싫으면 우리 집 가자. 응?"

"됐어. 나 내릴래."

"어유, 진짜 못 말려."

곧 쓰러질 듯 차에서 내리는 재욱을 부축하기 위해 운전석에서 내린 주화가 재욱의 팔을 잡았다.

"고마워. 원수는 꼭 갚을게."

주화에게 손을 흔들며 뒤로 돌아서자, 저만큼 익숙한 목소리가 들려왔다.

"재욱 언니다!"

재욱과 주화가 돌아보자, 검은 비닐봉지를 빙빙 돌리며 수안이 뛰어왔다.

"언니야, 오늘은 일찍…… 헉! 언니! 얼굴이 왜 그래? 응?"

그녀를 본 수안이 기겁을 해서 멈춰 섰다.

"언니야!"

수안의 정체를 궁금해하는 주화의 얼굴을 보며 재욱이 희미하게 웃었다.

"우리 옆집 꼬마. 수안아, 동네 사람들 다 깨. 소리 지르지 말고 들어와.”

호들갑스럽게 그녀의 팔을 잡는 수안을 먼저 들여보내고, 재욱이 주화를 보았다. 그녀는 괜찮다고 그렇게 다짐을 해도 걱정스러운 기색이 역력한 주화에게 미안했다.

“야, 김주화. 괜찮다니까. 의사 선생님도 괜찮다고 했고, 약도 있는데 뭐가 걱정이야.”

“널 혼자 두는 것이 걱정이지. 며칠 전에 도둑 들고, 오늘은 실명이란 말이 나올 정도로 얼굴을 다친 널 혼자 두는데 네가 나라면 걱정 안 되겠니?”

“어유, 우리 주화. 걱정하지 마. 저기 저 꼬마 오빠가 의사야. 언제든 내가 부르면 달려올 테니까 걱정 마. 응?”

“네, 우리 큰오빠가 의사예요. 실력 좋으니까 걱정 마세요. 그리고 오늘은 제가 언니랑 잘게요.”

대화를 듣고 있던 수안이 믿음직스럽게 장담했다.

“네, 그럼 부탁해요.”

결국 마지못해 주화가 차에 올라탔다.

“무슨 일 있으면 연락해.”

“알았어, 조심해서 가.”

재욱은 주화의 차가 사라질 동안 지켜보았다.

“언니야, 언니.”

“응?”

“왜 그랬어? 응? 괜찮아?”

달빛 아래서도 하얀 재욱의 얼굴이 더럭 걱정이 된 수안이 대답을 채근했다.

"괜찮아. 병원 갔다 왔는데 뭐."

"괜찮은 사람이 이마가 그러냐? 안 되겠다, 언니 우리 집 가자."

"설수안, 부모님 걱정하셔. 그냥 우리 집 가자."

"지금 우리 부모님 걱정하는 게 문제냐? 게다가 언니 집 아직 정리도 안 됐잖아! 얼른 따라와!"

평소에도 강력한 수안의 팔 힘은 현재 재욱의 상태로 이길 수가 없었다. 거의 끌려서 수안의 집으로 들어가자, 역시나 그녀의 얼굴을 본 한 여사가 기겁을 했다.

"재욱아!"

"죄송합니다. 별일 아니니까 너무 걱정 마세요."

"응, 엄마. 병원 갔다가 왔대. 언니 쉬어야 하니까 들어간다."

수안은 재욱을 자신의 방으로 데려왔다. 한 여사는 얼른 주방으로 들어가 마실 것을 챙기며 걱정스럽게 중얼거렸다.

"아이고. 대체 어디를 어떻게 다친 거야? 이게 자꾸 무슨 일이람. 도둑이 들지 않나, 다치질 않나."

이상하게 불길한 마음에 음료를 챙기는 한 여사의 손이 떨렸다.

"알고 있잖아, 전화번호 가르쳐 주기 싫으면 어디서 일하는지 그것만이라도 가르쳐 줘봐. 응? 설 선생아, 네 동기가 궁금해서 죽는 거 보고 싶냐?”

의국 안으로 그의 뒤를 졸졸 따라 들어오는 연규로 인해 수현은 폭발 직전이었다.

“말해봐, 얼른 말해주라.”

“이봐, 이연규 선생.”

하루 종일 연규와 마주치지 않기 위해 피해 다녀야 했던 수현은 결국 연규를 정면으로 응시했다.

“내 입에서 절대 못 들을 거야. 어디서 일하는지, 전화번호가 뭔지, 결코!”

“왜? 애인도 아니라면서 왜 못 가르쳐 주냐?”

진지하기만 한 수현이 이상한 연규가 다그쳤다. 그는 한숨을 푹 쉬며 가운의 단추를 풀었다.

왜 가르쳐 주기 싫은지, 꼭 이유가 있어야 할까? 굳이 이유를 찾으라면 수현은 재욱이 연규의 가벼운 호기심의 상대가 되는 것이 싫었다.

“그냥 싫어.”

“야!”

어처구니가 없었던지 가운을 벗는 수현에게 연규가 소리쳤다. 그러나 수현은 뒤도 돌아보지 않고 의국을 나갔다.

“바람둥이 녀석. 라인만 좋으면 다 애인 하자고 덤비는 가벼운 놈!”

수현은 의예과 시절부터의 동기인 연규 녀석의 가벼움을 마구 탓하며 로비를 벗어났다.

재즈 바 〈SKY〉에 들어선 수현은 은은한 조명 안의 홀을 둘러보았다. 그러자 그가 들어서는 것을 보고 있었던 듯, 한 손을 드는 녀석.

한걸음에 다가가자 태원이 자리에서 일어났다.

"잘 지냈어?"

"그럼! 대체 얼마 만이냐?"

수현과 태원은 서로의 등을 툭툭 쳤다. 본과를 시작하기 전, 몇 년 동안 정신없이 바빠질 거란 판단에 배낭 하나 메고 태원을 찾아갔었는데, 그때나 지금이나 녀석은 변하지 않고 그대로다. 수현은 편안한 캐주얼 차림의 그와는 다르게 비즈니스 정장을 입고 앉은 녀석을 보며 말했다.

"덥지도 않냐?"

"훗, 습관인가 봐."

그의 말에 태원이 넥타이를 느슨히 풀었다. 서늘한 표정과 군살 하나 없이 날렵한 몸매의 태원을 주위의 여자들이 힐끗거리고 있었다.

"혼자 들어왔어?"

"응? 그럼 혼자 오지, 누구랑 오냐?"

글라스에 담긴 호박색 위스키를 찰랑이며 태원이 되물었다.

"왜 아직도 혼자냐? 능력 좋지, 얼굴 잘났지. 애인이 왜 없
어?"

수현은 태원이 많이 외롭다는 것을 알고 있었다. 아껴주던 형
까지 세상을 떠난 뒤 태원을 보면 홀홀단신 외롭게 세상을 표류
하는 느낌을 받았다. 안정을 찾을 때도 됐건만, 누구와도 진지
한 관계를 거부하는 태원이 안쓰러웠다.

말하지 않아도 그의 마음을 아는 수현을 보며 태원이 희미하
게 웃었다.

"그러는 넌 왜 여자 친구가 없어?"

"응?"

질문을 받은 수현은 한 번도 그런 생각은 못해봤다는 듯 당황
해했다.

"그거야, 공부하느라 바쁘고, 졸업해선 잠도 못 자는 병원 생
활을 하느라……."

"그럼 고등학교 다닐 땐? 너 좋다는 여자애들 참 많았잖아."

"흠, 그랬던가?"

태원의 질문에 수현이 고개를 갸웃거렸다.

글쎄, 여자 친구가 없는 것에 대해 진지하게 생각해 본 적이
있었던가? 곰곰이 기억을 더듬어보니, 진짜 그에겐 여자 친구가
없었다. 물론 친구는 많았다. 알고 지내는 동창도 꽤 있지만, 그
만의 사람이라 생각한 사람은 없다.

"진짜 이상하다? 나 제법 괜찮은 남자인데, 왜 없었을까? 이

상하군.”

당최 이유를 모르겠다.

그런 벗의 고민을 지켜보며 태원은 희미하게 웃기만 했다. 항상 곁에 있는데, 다른 여자가 필요할 이유가 없지 않은가.

누가 봐도 명백한 것이지만, 수현은 너무 오래 곁에 있어 잊어버렸나 보다. 하지만 태원은 굳이 사실을 말하지 않았다. 숨긴다고 숨겨지는 것이 아니고, 지금 모른다고 영원히 모르는 것이 아닌 마음 아니던가. 태원은 위스키 잔을 들어 보였다.

“자, 다시 만난 것을 건배하자.”

“그래, 어쨌든 돌아와서 좋다.”

두 사람의 잔이 허공에서 마주쳤다.

오랜만에 만난 친구란 참 좋다. 십이 년 만에 처음, 그 중간에 딱 한 번 만났던 녀석이지만 대화는 끊이지 않았다.

다만…… 수현은 우진가에서 무슨 속셈인지 그것을 몰라 걱정이 됐다.

“간다. 조심해서 가라.”

흐트러진 모습을 절대 보이지 않는 태원은 꽤 술을 마셨음에도 발음이 새지 않았다. 수현은 녀석이 택시를 타고 멀어지는 것을 한참 동안 보았다.

여자 좋아하기로 소문난 태원의 아버지가 밖에서 낳은 자식이 태원이라, 본가에서 태원을 무척 싫어한다는 것을 잘 알고 있었다. 평범한 사람이라면 상상치도 못한 일을 아무렇지도 않게 저지를 수 있는 사람들이 태원의 본가 사람들이었다.

"휴."

어쩐지 썩 좋은 일이 있을 것 같지가 않아 한숨이 절로 나왔다.

집으로 돌아오던 수현은 이웃집 총알이 없는 것에 의아했다. 시간을 보니 꽤 늦었는데, 아직도 퇴근을 안 했단 말인가.

아무래도 혼자 사는 재욱이 불안하기만 했다.

"아우, 왜 이렇게 불안해 보이는 사람들이 많은 거야."

수현이 중얼거리며 집 안으로 들어오다, 마침 주방에서 나오던 어머니와 마주쳤다.

"다녀왔습니다."

"그래, 오냐?"

평소와는 너무 다르게 건성으로 대답을 하신 어머니는 종종 걸음으로 수안의 방으로 들어가셨다. 애물단지가 또 무슨 사고를 쳤나? 의아함에 어머니의 뒤를 따라 방문을 열자 놀랍게도 재욱이 이마에 왕만한 반창고를 붙이고 있는 게 아닌가. 수현이 놀라 소리쳤다.

"뭐야? 너 왜 이래?"

도둑이 들었을 때 입었던 상처가 덧났다 해도 저 정도는 아닐 텐데 말이다.

"날아오는 돌을 못 피했어."

정작 당사자는 태연히 말을 했지만 그 말을 듣는 순간 모든 사람들이 숨을 들이켰다.

"날아오는 돌이라니? 너 오늘 어디 갔었어? 무슨 철거 현장 갔었어?"

"아니, 그럴 일이 있었어."

머뭇머뭇 대답을 회피하는 재욱을 보며 한 여사가 말했다.

"아이고, 어떤 몹쓸 놈이 돌을 던진 거야. 그래도 재욱아, 이만하길 천만다행이다."

"그래도 엄마, 언니 이마 열네 바늘이나 꿰맸대."

"흠."

수현의 이마가 근심으로 흐려졌다.

"괜찮으니까 걱정 마세요. 의사 선생님이 흉 안 지게 잘 꿰맸다고 하시더라고요. 늦었는데 주무세요, 아주머니."

재욱은 시름 어린 한 여사의 손을 어루만졌다.

"그래, 놀랐을 텐데 오늘은 푹 쉬어. 수안이 너 잠버릇 고약하게 재욱이 괴롭히지 말고. 알았어?"

"엄만, 내가 애야? 절대 잠버릇 안 고약해."

"거짓말 그만 하고 나와서 물이나 받아가."

한 여사와 수안이 티격태격 방을 나가자, 수현은 침대에 주저앉았다. 반쯤 누워 있는 재욱의 얼굴은 피를 많이 흘린 사람답게 창백했다.

"굿을 한판 해야 하려나, 너 요즘 너무 안 풀린다."

"응, 정말 그래야 할까 봐. 돼지 한 마리 잡자."

"알았다. 내가 스마일 돼지로 잡아줄 테니까 오늘은 푹 쉬어."

"스마일 돼지, 후후."

그의 농담에 그녀가 웃으며 베개에 머리를 기대자, 다가온 수현이 시트를 여며주었다. 언젠가 굉장히 아팠던 꼬맹이 재욱에게 꼬맹이 수현이 그랬듯, 머리를 귀 뒤로 넘겨주자 재욱의 눈이 스르륵 감겼다.

"자라."

낮고 그윽한 그의 목소리가 재욱을 수면으로 이끌어주었다.

밤은 엄청 더웠다.

에어컨은커녕 선풍기도 없는 작은 방, 허름한 이불 위에 누웠던 은후는 자꾸만 뒤척거렸다. 꼭 덥기 때문이 아니었다. 마음이…… 마음이 불안했나.

은기, 은구 사촌은 삼촌과 똑같이 잔인하기만 했다.

심술 사나운 그들은 사사건건 학교에서의 은후를 고자질했다. 얼마 전 민식 아저씨가 다녀가신 뒤, 같은 반 은기가 그것을 대준 삼촌에게 알려 은후는 주말 내내 방에 갇혀 밥을 굶어야 했다.

하지만 그건 다른 사람이 아닌 자신이 힘들면 되는 일이기에 참을 수가 있었는데……. 은후는 고통스러운 듯 피를 흘리며 주저앉던 누나의 얼굴이 자꾸만 생각나 잠을 잘 수가 없었다.

믿어지지 않을 만큼의 붉은 피. 아빠도, 엄마도 흘렸을 붉은 피. 먹은 것이 없어 비어버린 속에서 구역질이 치밀어 올랐다.

하지만 더 겁이 나는 것은 은구 형의 협박이었다.

"널 찾아오거나 네가 만나는 사람들은 다 저렇게 될 거야."

은구의 음침한 목소리가 자꾸만 귀에서 맴돌았다.

싫다는 그를 동갑내기 같은 반, 은기가 억지로 잡고 그보다 두 살 많은 은구가 재욱을 향해 새총을 겨냥하던 것을 떠올리자, 절로 진저리가 쳐졌다.

점심시간이라 은기와 은구를 말려줄 선생님은 아무도 없었다. 게다가 같은 반 은기는 급식판을 치우지 못한 것을 은후 때문이라 핑계 댔다. 은후가 문구점에 억지로 끌고 갔다고 말해, 그는 오후 수업 시간 내내 뒤로 나가 손을 들고 서 있어야 했다.

은기와 은구는 사촌이지만, 은후는 부모님이 돌아가시기 전 그들을 만난 기억이 없었다. 엄마, 아빠를 맑은 물이 흐르는 강가에 뿌리고 집으로 돌아오자, 그의 집에 당연한 듯 앉아 있던 사촌들.

은후의 커다란 집으로 오기 전, 반 지하 셋방에서 살아야 했던 사촌들은 자신들의 가난을 모두 은후와 은후의 부모님의 탓으로 돌렸다. 그의 방을 뺏고, 그의 장난감을 뺏어보란 듯 부수던 사촌들이 무섭기만 했다.

하지만 은후가 제일 견딜 수 없는 것은 돌아가신 부모님을 욕하는 것이었다.

"이게 원래 우리 집인데 니네 아빠가 우리 아빠한테 사기 쳐서 훔쳐 간 거야!"

"그래, 씨팔. 야, 니네 아빠 때문에 우리 아빠가 얼마나 고생하고 살았는지 아냐? 우리 엄마랑 아빠가 뼈 빠지도록 일할 때 너넨 우리 돈 가지고 이렇게 좋은 집에서 잘 먹고 잘살았어, 이 새끼야."

"아니야! 아니야!"

은기와 은구의 윽박에 아니라고 소리라도 지르면 어느샌가 삼촌이 나타났다.

"이 새끼가 어디서 큰 소리야! 감히 누구한테 큰 소리를 치는 거야? 누가 지 아비 새끼 아니랄까 봐 하는 짓이 똑 닮았어!"

철썩!

삼촌이 바락 소리를 지르며 거칠게 뺨을 때렸다. 사람들 앞에서는 친절하기 짝이 없는 삼촌이지만, 보는 눈이 없으면 마냥 난폭해졌다.

"이놈아, 네가 언제까지 호위호식하며 잘살 줄 알았지? 세상은 공평한 거다. 봐라. 날 그렇게 천대하던 네 아비가 죽은 거."

그의 뺨을 올려붙인 것도 모자라 잔인한 말을 서슴지 않는 삼촌. 그 뒤에서 은기와 은구는 웃고만 있다.

불붙은 듯 아픈 뺨, 은후는 스스로 느껴야 하는 비굴함과 비참함에 원치 않는 눈물이 흘러내렸다.

“뭣들 해? 얼른 와서 밥 먹어.”

밖의 소란과는 상관없다는 듯 주방에서 숙모가 나와 식사 시간을 알렸다. 그제야 그들은 그를 풀어주고 주방으로 갔다. 하지만 은후는 밥을 먹으러 갈 수가 없다. 저녁을 주지 않기 때문이다.

그렇게 오늘도 저녁을 굶은 은후는 배고픔에 뒤척뒤척 잠을 이루지 못했다.

열 달 전 자신의 방을 은구에게 뺏긴 뒤, 주방 옆 구석진 방으로 쫓겨난 은후는 방의 왼쪽 벽을 어루만졌다. 그러자 벽지가 발려진 벽이 거짓말처럼 스르륵 밀려났다.

비밀 공간. 마법사 놀이를 좋아하는 그를 위해 아빠가 만들어 준 비밀 공간이었다. 원래는 은후 방 벽을 뚫어 작은 다락을 만들 생각이었지만 집을 망친다고 무척 싫어하던 엄마의 잔소리 때문에 차선책으로 주방과 주방의 구석진 방을 연결시켰다. 그렇기에 방을 빼앗겨 이리로 옮겨왔어도 서럽지 않았다. 아빠와 함께하던 기억 때문에 은후는 이 방을 좋아했다. 어린 그가 겨우 기어들어 갔다 나올 수 있을 정도의 작은 구멍. 은후는 그 안에 숨겨놓은 비밀 상자를 열었다.

원래는 운동화 상자였던 비밀 상자에는 아끼던 로봇 하나와 함께 소형 녹음기가 있었다. 은후는 녹음기를 보기만 해도 눈물이 났다.

과학자이자 발명가였던 아버지가 생각의 속도를 손이 따라잡을 수 없다고, 손 대신 떠오른 생각들을 목소리로 남기던 녹음기.

밖에 아무도 없음을 확인한 은후는 소리를 최대한 낮춰 녹음기의 재생 버튼을 눌렀다. 그러자 사고가 나기 바로 전날, 거짓말처럼 들리는 가족의 목소리.

『아아, 아! 마이크 테스트, 마이크 테스트. 히히, 엄마 이거 진짜 녹음돼?』

『어머, 전은후. 너 아빠 녹음기 가지고 장난하면 안 된다고 했지?』

『장난하는 거 아니야. 엄마, 난 단지 이게 진짜 녹음이 되는 게 맞는 건지 확인하고 싶을 뿐이라니까.』

『이 녀석. 그거나 저거나.』

혀를 낼름 내미는 그에게 엄마가 다가와 머리를 콩 쥐어박던 기억이 너무 생생하다. 장난스레 머리를 쥐어박힌 것이 억울해 마침 거실로 나오던 아빠에게 다 일러바쳤던 것도 마치 어제 같다.

『아빠, 엄마가 나 때렸어.』

『어유, 엄마가 계모니?』

어처구니가 없어하는 엄마의 목소리 뒤로 짐짓 그를 편드는 아빠의 목소리.

『내 아들을 누가 때렸다고?』

『어머, 이이까지?』

아빠와 엄마의 토닥거리는 말싸움을 지켜보던 행복한 시간이었는데, 엄마와 아빠는 의리없이 그만 두고 가버렸다. 그가 보는 앞에서 검은 연기를 뿜으며 추락하던 경비행기.

쿵!

은후는 진저리를 쳤다. 그 엄청난 충돌음을 잊을 수가 없었다.

"진짜 의리없어."

원망 섞인 중얼거림을 뱉으면서도, 은후는 행여나 엄마와 아빠의 목소리가 지워질까, 조심조심 녹음기를 껐다. 그리고 다시 벽의 구석에 녹음기를 감췄다. 모든 걸 다 대준 삼촌과 사촌들에게 빼앗겼지만, 이것만큼은 뺏길 수 없었다. 엄마 아빠의 목소리만이 은후가 버틸 수 있는 힘을 주고 있었다.

"엄마, 아빠……."

가만히 불러보는 이름에 은후는 결국 또 눈물을 흘리고 만다.

가만히 몸이 흔들렸다.

"언니, 일어나 봐. 전화 왔어."

"흐흠."

심하게 두드려 맞은 듯 온몸이 아팠다. 수안이 그녀를 흔들었지만, 재욱은 쉽게 눈을 뜰 수가 없었다.

"아구, 아줌마. 언니가 못 일어나요. 어젯밤에 늦게 잤거……."

그 모습에 도저히 그녀를 깨울 수가 없는 수안이 누구에겐가 소곤거리는 것이 들려왔다. 재욱이 힘겹게 눈을 떴다.

"우리 엄마야?"

“아, 아줌마. 언니 일어났어요. 잠깐만요.”

수안이 수화기를 손으로 가려 그녀에게 소곤거렸다.

“언니 다친 건 말 안 했어. 그냥 우리 집에서 놀다가 늦게 잤다고 했어.”

“응, 고마워.”

재욱은 목을 가다듬은 뒤 휴대폰을 받았다.

“엄마.”

[그래, 집에 전화했는데 전화를 안 받아서 얼마나 걱정했는지 알아?]

수화기 속 엄마는 잔뜩 염려를 늘어놓았다.

“미안해요. 휴대폰으로 하지 그랬어.”

[하여튼, 너 무슨 일 있는 거 아니지?]

“일은 무슨.”

엄마의 걱정 어린 목소리에 지레 놀란 그녀가 확신을 담아 말했다.

“저얼대 아무 일 없으니까 걱정하지 마요.”

[휴, 네 아버지가 얼마나 성화를 부리시는지. 아랫니가 빠지는 꿈을 꿨다고 난리도 아니셨다.]

“아랫니?”

카랑카랑 울리는 엄마의 목소리를 함께 듣고 있던 수안이 영문을 모르겠다는 듯 두 눈이 동그래졌다. 그건 재욱 역시 마찬가지.

“아랫니가 빠지는 꿈이랑 나랑 무슨 상관이야?”

[어른들 미신에 꿈에서 아랫니가 빠지면 자식에게 나쁜 일이 있고, 윗니가 빠지면 자기보다 윗사람들한테 안 좋은 일이 있다잖니. 아랫니가 빠졌다고 너한테 무슨 일 있는 거라며 난리를 치시는데, 어휴.]

눈으로 보지 않아도 아버지의 성화를 짐작할 수 있었다. 재욱은 콧날이 시큰해짐을 느꼈다.

“아니야. 나 절대 아무 일 없으니까 걱정 마시라고 전해 드리세요. 엄마도 나 걱정하지 말고. 수현이네 있는데 뭐가 걱정이야.”

[그래. 밥 꼭꼭 챙겨 먹고. 무슨 일 있으면 꼭 전화해라. 알았지?]

아무래도 안심이 안 되는지 자꾸만 당부하는 엄마를 겨우 달래 전화를 끊자, 수안이 대단하단 듯 말했다.

“그 멀리서도 언니한테 무슨 일이 있는지 아신단 말이야? 역시 엄마 아빠들은 대단해.”

“그래. 나 아프단 말 안 해줘서 너무 고맙다, 꼬마.”

“아유, 그 정도야 당근이지. 내가 나이가 몇 갠데 그런 눈치는 당근 있어.”

수안이 짐짓 어깨를 으쓱거리더니 배를 움켜잡았다.

“아, 언니! 그분이 오신다. 아침마다 나에게 오시는 분. 으윽, 참을 수 없어! 나 화장실 갔다 올게.”

"후훗."

도무지 수안의 언어 능력을 따라갈 수가 없다. 주인이 나간 방에 누운 재욱은 창가로 쏟아져 들어오는 아침 햇살을 가만히 보았다.

그러자 오늘처럼 햇살이 눈부시던 날, 엄마 아버지를 만난 기억이 났다. 은후 때문인지 잊고 있었던 기억들이 자꾸만 떠올랐다.

복지원에서 생활하고 있던 재욱은 어느 날 봄꽃과 함께 찾아온 손님을 맞았다.

생전 처음 보는 커다란 승용차가 그렇게 멋져 보일 수가 없었는데, 그 차에서 내리던 사람들이란……. 동화책에서나 볼 듯한 멋진 부부가 모여든 원생을 향해 웃어주었다. 하지만 선택을 바라는 아이들의 간절함 속에 재욱은 끼어들지 않았다.

시설에 온 지 일 년.

그동안 이곳에선 그녀보다 어리고 예쁜 아기들이 우선적으로 입양이 되었고, 착하고 말 잘 듣는 또래 아이들이 다음 차례로 입양이 됐다.

입양을 원하는 부부가 오면 말간 얼굴로 웃고, 대답도 잘해야 하는 것을 알지만 어린 재욱은 여느 아이들처럼 잘 웃지도 말하지도 않은 채 혼자만의 세상에서 살고 있었다.

그녀는 입양되지 않을 거라고 믿었다. 그리고 더 솔직한 마음은 시설에서 지내는 것이 더 이상의 배고픔도, 두려움도 없기에 자꾸 욕심을 부리면 벌을 받는다고 믿었다.

그런데 그들이 다가왔다.

"안녕, 아가. 참 예쁘구나."

무리 속에 섞이지 못한 채 계속 홀로 구석진 장소에 앉아 바닥만 보는 그녀에게로 말을 걸어주었다.

예쁘구나.

재욱은 그때 태어나 처음을 그 말을 들었다. 키가 커다란 그들을 올려다보자, 그들이 말갛게 웃어주었다.

"이름이 뭐니?"

"……."

동화 속 궁전에서 살 법한 다정한 그들에게, 술 취한 남자가 부르던 그 이름을 말할 수가 없었다. 아니, 말하기 싫었다.

"쟤는 벙어리예요. 말 절대 안 해요! 쟤네 아빠가 술 먹고 때리고 그래서 이제 말 못한대요."

그러자 어느새 그들 부부를 쫓아온 짓궂은 원생 하나가 소리쳤다. 재욱은 고개를 다시 숙였다.

"친구한테 그런 말을 하면 쓰니?"

먼저 말을 걸었던 여인이 놀란 숨을 들이키자, 곁에 섰던 남자가 따끔하게 야단을 쳤다. 그리고 그녀의 여린 등을 어루만져주었다.

"상처가 많구나, 우리 공주님."

아버지가 보여준 첫 애정이었다. 그녀와 시선을 맞추어 앉은 아버지의 살짝 주름진 눈에 선하고 맑은 웃음을 아직도 기억했다.

하지만 재욱은 그때 시설에서 삼 일 동안 지내던 그들에게 마음을 열지 않았다. 눈을 뜨면 깨져 버릴 꿈처럼 황홀한 순간을 믿을 수가 없었기 때문이다.

같이 가자고, 딸이 되어달라던 말에 대꾸하지 않고 허공만 바라보았었는데⋯⋯. 그녀의 거부에 결국 삼 일째 되던 날 그들이 떠날 채비를 했다.

그들이 타고 온 검은 자동차에 짐을 싣던 모습을 보던 재욱은 그때 처음으로 충동이란 것을 경험했다. 동경을 얻으려면 모험도 불사해야 한다. 모든 것을 걸어야 할 때도 있다는 것을 그때 처음 알게 되었다.

숨이 턱에 닿도록 달려가 막 차에 올라타려던 아버지의 바짓자락을 잡았다.

“가지 말아요. 가지 마.”

아버지의 옷깃을 잡고 서럽게 울던 기억이 생생하다. 일 년 넘게 말문을 닫았던 그녀의 말에 충격을 받은 시설 사람들과 사회 복지사, 그리고 부모님.

“나, 나도 데려가요. 제발⋯⋯.”

더듬더듬, 그녀의 애원에 먼저 반응을 보인 것은 엄마였다. 감히 소리 내어 흐느끼지도 못한 채 작은 얼굴 전체를 적시던 그녀를, 엄마는 역시나 북받친 감정을 주체 못해 울며 덥석 안아주었다.

"아유, 불쌍한 것."

"그래, 그러자꾸나. 우리랑 같이 가서 살자."

시설엔 갓난아기도 많았고, 그녀보다 예쁘고 건강한 아이도 많았다. 하 교수 내외는 더 나은 조건의 아이를 선택할 수도 있었건만, 그들은 그녀를 선택해 주었다. 분명 기적이었다.

재욱이 키가 크고, 그들과 시선을 나란히 할 만큼 어른이 되었을 때, 그녀가 물었었다. 왜 그녀를 선택해 주었냐고.

"우린 너를 보는 순간, 첫눈에 사랑에 빠졌단다."

그러자 너무나 당연한 듯 엄마가 말씀하셨다.

"그럼요, 우린 사랑에 빠진 거 맞아요. 엄마."

그녀의 모험은 성공했고, 성공의 대가로 이렇게 누워 아침 햇살을 즐겼다.

"아차!"

옛 추억에 흠뻑 빠져 있던 재욱은 후다닥 자리에서 일어났다. 출근, 출근 준비! 미쳤나 보다. 아무리 이마가 이 모양이라도 일을 하러 가야 한다는 것을 잊다니. 재욱은 서둘러 수안의 방문을 잡았다. 그때 그녀보다 먼저 수안이 그분을 보내고 방으로 들어왔다.

"어? 언니, 어디 가게?"

"늦었다, 나 어떡하냐?"

허둥거리며 나가려는 재욱을 수안이 잡았다.

"아구. 이런 일 중독자. 오늘 토요일이야. 언니네 주 오 일 근무라면서?"

아…… 맞다. 순간 긴장이 풀린 재욱이 스르륵 주저앉았다.

"그리고 오늘이 정상 출근을 하는 날이라도, 이 지경이 돼서 일을 하려고 했냐? 이구. 얼마나 부귀영화를 누리겠다고 그래!"

수안이 떽떽거리며 재욱을 부축해 주었다.

"뭐냐? 꼬맹이 너 누구한테 소리치냐?"

그때 수민이 불쑥 들어왔다. 밤을 꼴딱 새고 아침에 들어온 듯 지친 기색이 역력한 수민이 들어서다 재욱의 이마를 보고 화들짝 놀라 멈춰 섰다.

"누나!"

"왔니?"

재욱이 상처에 대해 더 설명해 줄 기운이 없어 그 말만 하고 쓰러지자, 수민이 휘파람을 불었다.

"이야, 누군지 제대로 덤벼들었네. 변호사를 건드려서 뭘 어쩌겠다고."

"훗."

그 말에 재욱이 웃고 말았다.

"변호사가 뭐 대수냐? 능력도 없는데."

"그래? 나 의뢰할 것 있었는데 그럼 다른 변호사 알아봐야지."

"뭔데? 오빠가 뭘 의뢰해?"

수민의 능청에 수안이 잔뜩 호기심을 품었다.

"애들은 몰라도 된다. 야, 막둥아. 라면 하나 끓여라. 계란 두 개 넣고."

"웃기셔. 사인이나 마저 해줘."

"아, 시끄러워. 나 날밤새서 피곤해. 얼른 계란 넣은 라면 끓여줘."

"싫다네."

언제나 그렇듯 티격태격하는 남매들의 소란을 들으며 그 요란함에도 재욱이 잠에 빠져들었다.

출근 준비를 서두르는 수현의 방으로 수민이 들어왔다.

"형."

"어, 왔냐? 너 요즘 계속 아침에 들어온다?"

"응, 이제 내가 할 건 다 했고, 편집 작업만 남았어. 추석 연휴 맞춰서 가을쯤 개봉할 거야."

힘없이 중얼거린 수민이 침대에 털썩 누웠다. 영화에 대한 열망 하나로, 밑바닥 조연부터 출발한 녀석이 이제 한국을 넘어 중국, 일본 할 것 없이 국제적으로 알아주는 스타가 됐다. 수현은 그런 수민이 대견했지만, 이름이 빛날수록 더 많은 노력과 시간을 영화에 투자해야만 하는 녀석이 안쓰럽기도 했다.

"형, 수안이가 라면 안 끓여준대."

피곤에 절어 쓰러진 녀석을 측은하게 보는데 저런 말을 들으면, 흠…….

"넌 아침부터 라면을 왜 그렇게 먹으려고 하냐? 응? 위가 라면을 받아들이긴 하냐? 참 알다가도 모를 일이야."

"아침에 먹는 라면이 진정한 라면인 거야."

그러자 녀석이 마구 항변했다. 수현은 수민의 저런 모습을 밖에선 과연 알까, 잠시 의문이 들었다.

"참, 누나 얼굴이 왜 그래? K─1에 출전한 사람처럼?"

넥타이를 매던 수현이 손이 잠시 멈칫했다.

"그러게 말이다."

창백한 얼굴에 붙어 있던 밴드를 떠올리자 저도 모르게 짜증이 치밀었다. 상처 부위가 조금만 낮았다면 아마 눈이 성치 못했을 것이다.

"대체 어떤 녀석인지 잡히면 죽여놔야지."

수현이 살벌하게 중얼거렸다. 그러자 수민이 잠에 취한 목소리로 웅얼거렸다.

"그러지 말고 형, 사설 경호 회사에 의뢰를 해."

"사설 경호 회사? 그게 뭐냐?"

수현의 반문에 잠이 들듯 말 듯 몽롱한 수민이 고개를 들었다.

"경호 회사 몰라? 보디가─드?"

"좀 자세히 말해봐."

“요즘엔 사설 경호 회사 많이 이용한대. 내가 해외 나갈 때 자주 이용하는 회사가 있는데, 거기 실장 말이 요즘엔 연예인보다 일반인들이 더 많이 의뢰를 한다더라. 세상이 워낙 흉흉하니까. 누나네 도둑 든 것도 아직 못 잡았잖아. 당분간 경호원을 수배해서 함께 다니는 건 어떤지, 내가 한번 알아볼까?”

그는 수민의 제안을 듣고 잠시 생각에 잠겼다. 경호를 부탁해서 손해 볼 일은 없을 것 같았다.

“그래, 한번 알아봐라.”

“알았어. 형, 그런 의미에서 나 라면 좀…….”

“안 들려!”

수현은 수민의 말을 끊고 얼른 방을 뛰어나왔다.

“혀엉!”

닫힌 방문 사이로 애절한 녀석의 비명이 들렸지만 수현은 귀를 막고 아래층으로 내려갔다. 주방에 있는 듯한 막둥이와 어머니의 대화 소리가 두런두런 들려왔다. 수안의 방문을 살짝 열자, 재욱이 쓰러지듯 잠이 든 모습이 보였다.

“이불이라도 덮고 자지.”

수현은 방으로 들어가 베개조차 없이 누운 재욱의 머리 밑에 베개를 놓아주었다. 그리고 이불을 덮어주며 새삼스럽게 재욱이 참 가냘프다는 것을 느꼈다. 항상 그의 머리 위에 있는 듯 호령하던 녀석이, 참 가녀리다.

여름 햇살이 희롱하듯 재욱의 얼굴로 내려앉는 것을 말없이 한동안 보았다. 그러다 천천히 이마를 덮고 있는 반창고 주변의 머리카락을 쓸어 올려주었다.

"힘들면 하지 마라. 어떨 땐 그저 모른 척 눈감는 게 더 편할 때도 있어."

머뭇머뭇 그녀의 이마를 어루만지며 조용히 중얼거리지만, 수현은 알고 있었다. 아무리 힘들어도 결코 포기하지 않을 재욱임을. 그래서 자신이 재욱을 자랑스러워한다는 것도 너무 잘 알았다. 주저하던 손길이 결국 그녀의 따스한 볼까지 지나갔다. 재욱이 잠들지 않았다면 결코 할 수 없었을 행동에 저도 모르게 머쓱해졌다. 시간이 멈춘 듯 재욱을 바라보던 수현이 정신을 차리려는 듯 손을 떼고 고개를 저었다.

수민에게 빠른 시일 내로 사설 경호를 알아보라고 당부해야겠다. 수현은 재욱이 깨지 않게 조용히 방을 나왔다.

망할 설가 녀석……. 저렇게 다정하지 않으면 더 좋으련만…….

아버지의 손에 잡혀 인사를 나누던 순간부터 사람의 마음을 잡아끌던 녀석은 키 큰 어른이 되어서도 마찬가지다.

그녀는 상처받는 것이 두려워 결코 마음을 보이지 않았다. 적당한 거리를 두고 친구의 자리에서 지켜만 보았는데, 그런데 그녀 나이 서른, 그 어느 때보다 망할 설가가 좋다. 저렇게 다정하게 사람의 마음을 두드려 대는 설가 녀석이 좋다……. 좋아서 미칠 것 같다.

조심스레 닫히는 문소리를 들으며 재욱이 눈꺼풀이 파르르 떨렸다.

"휴……."

그녀는 자리에 일어나 앉았다.

며칠 동안 잠을 제대로 자지 못해 피곤이 누적되었던가 보다. 비교적 짧은 찰나였지만 재욱은 꿈도 꾸지 않고 달게 잔 터라 몸이 무척 개운함을 느꼈다. 게다가 불에 데인 듯 화끈거리던 이마도 통증이 한결 덜해졌다. 자리를 털고 일어나 거실로 나오자, 소파엔 수안이 누워 TV를 보고 있었다.

"언니, 일어났네? 배고프지? 내가 밥 차려줄게."

눈을 비비며 나오는 재욱을 본 수안이 자리에서 일어나자, 재욱이 손을 저었다.

"괜찮아. 별로 생각없어. 수안아, 언니가 집에 정리할 것이 많아서 지금 가봐야겠다. 오늘 아니면 시간이 없을 것 같아."

도둑놈들이 헤집고 간 집 정리를 오늘은 반드시 끝내야 했다. 그러자 현관으로 나오는 그녀를 수안이 따라나섰다.

"언니, 내가 도와줄게."

"아구, 날도 더운데 그럴 필요 없어. 혼자 해도 되니까 들어가."

정말 현관을 나오자 오전임에도 한여름 열기에 숨이 턱 막혀왔다. 재욱이 따라 나오는 수안의 등을 집 안으로 떠밀자, 살짝 비켜선 수안이 천연덕스럽게 웃었다.

"언니야, 내가 절대 대가를 바라고 도와준다는 건 아니거든? 뭐, 방학이라서 용돈이 매우 궁하긴 하지만, 몸도 안 좋은 언니를 도우려는 내 마음은 너무 순수해. 언니, 내 마음 알지?"

"훗."

그럼 그렇지. 재욱은 웃음을 지으며 수안을 보았다.

"내가 우리 수안이 마음을 모를 리가 있어? 당연히 순수한 마음일 거야."

재욱은 찰싹 달라붙어 반짝거리는 눈망울로 쳐다보는 녀석의 손을 잡았다.

"그런데 나도 그렇게 양심없는 사람은 아니니까 말이야. 더운데 도와주겠다는 설 교수님 댁 귀한 막내 따님을 무보수로 쓸 수는 없지. 일당 쳐줄게."

"그럼, 그럼. 일당을 줘서 언니 마음이 편해진다면 당연히 받아야지."

그녀의 제안에 수안이 열정적으로 맞장구쳤다. 재욱은 그런 녀석의 머리를 툭 쳤다.

"아유, 진짜 넌 못 말려."

정말 수안의 머리를 따라갈 사람은 아무도 없었다. 더위도 아랑곳없이 팔랑팔랑 신이 나서 뛰어가는 녀석을 재욱이 웃으며 따라갔다.

수현은 잔뜩 짜증이 치밀어 있었다.

"수현아, 설 선생, 소개시켜 줄 거지? 응? 말 좀 잘해줘야 한다?"

재욱을 본 뒤로 그림자처럼 따라 다니는 연규에 대해 지난 십 년 동안 동료로 지내온 시간을 부정하고 싶을 만큼 녀석은 집요했다.

"싫다고 했지?"

오후 내내 계속된 그의 단호한 거절에 연규도 마음이 상할 대로 상해 그의 팔을 탁 잡았다.

"야! 넌 네 애인도 아니라면서 소개 좀 해달라는데 왜 안 된다는 건데? 이유나 알자, 대체 왜 싫어?"

"우리 재욱이 바쁘다."

퉁명스런 수현의 대답에 연규의 눈썹이 살짝 흐려졌다.

"우리…… 재욱이? 이봐. 너 애인 아니라면서?"

"애인은 아니나."

그의 말에 동의하는 수현의 대답에도 연규는 심각하게 고개를 저었다.

"너 지금 굉장히 모순적이야. 그거 아냐? 애인도 아니라면서 '우리'란 말을 그렇게 쉽게 쓰다니, 게다가 소개도 시켜주려 하지 않지, 너 이상해."

"이 선생, 재욱이는 내 이십삼 년 지기 친구다. 그러니 '우리'란 말을 써도 당연히 어색하지 않아. 게다가 그 녀석 요즘 많이 바쁜 것도 사실이고. 됐냐? 나 회진 돌아야 하니까 그만 간다.”

수현의 설명에도 연규의 의문은 풀리지 않았다. 작업남의 입장에서 봤을 때, 남녀가 ‘우리’란 이름을 공유하는 것은 하나의 관계뿐이다. 연인. 그런데 저 녀석, 어이없는 논리로 연인이란 관계를 부정하면서 ‘우리’를 거리낌없이 지칭한다.

참 알 수 없는 녀석.

하지만 이해가 되는 부분도 있었다. 워낙 잘생긴 외모와 서글서글한 성격으로 병원 내 젊은 여성들의 인기를 독식하는 녀석이 절대 한눈파는 일이 없었으니 말이다. 군자 아니면 게이라고 공공연히 놀려댔건만 말이다. 저런 근사한 여인이 곁에 있으니 당연할 노릇이다.

하지만 라인이 예술이었는데……. 아무래도 포기를 해야 하나 보다. 에잇, 아깝다.

“좋다가 말았군.”

연규의 어깨가 살짝 내려앉았다.

거칠게 가운을 벗는 수현의 이마가 잔뜩 찌푸려져 있었다. 친구를 공유하고, 친구를 소개해 주는 것이 싫다.

그가 기억하는 한 재욱과는 키 작은 아이 시절부터 서로 이웃한 창가에 나란히 앉아 고민과 슬픔, 그리고 기쁨을 같이 나누어 온 사이였다. 서로에 대한 경쟁심은 남달랐지만, 재욱을 괴롭히는 녀석들이 있다면 그가 나서 무찔러 주었고 그를 귀찮게 쫓아다니는 여학생들을 위해 재욱이 전사처럼 그를 돌봐주었다. 서로가 서로의 부족한 점을 채워주는, 지난 이십삼 년 동안 가장 절친하다는 태원보다 오랫동안 그의 곁을 지켜준 녀석이 재욱이었다.

솜털보다 가벼운 연규 녀석이라 할지라도 그 정도면 꽤 괜찮은 녀석이건만, 감히 재욱과는 비교할 수가 없었다. 게다가 수현은 어린 시절, 난폭하고 술 취한 남자에 대해 두려움을 느끼는 재욱의 비밀을 알고 있었다.

중학교 시절 학원을 마치고 돌아오는 길에 우연히 싸움을 목격한 적이 있었다. 대로변 포장마차에서 서로 시비가 붙어 싸우던 남자들의 모습을 보던 재욱이 발작을 일으킬 듯 하얗게 질리던 모습에 얼마나 무서웠던지.

아주 먼 옛날 꼬맹이 적 그랬던 것처럼, 재욱의 손을 잡고 집으로 달려가야 했다. 안전한 집이 보이자 긴장이 풀린 재욱이 쓰러지듯 주저앉고 말았다. 얼마나 긴장을 했던지 가슴을 부여잡고 고통을 호소하는 재욱이 잘못될까 얼마나 겁이 났는지 모른다.

"정신 차려, 하재욱! 재욱아!"

그의 비명을 들은 하 교수님이 달려나오고 뒤이어 그의 가족들까지 달려나와 난리도 아니었었다. 구급차가 오고 재욱이 응급실에 실려가고서야 겨우 수습이 됐다.

잠이 든 재욱을 보고 병실을 나오던 수현은 아버지와 하 교수님의 대화를 엿듣게 되었다.

"잊은 척 담담해도…… 아닌가 봐. 재욱 엄마가 그러더군. 열이 나거나 그러면 옛 기억을 신음처럼 중얼거린다고. 제발 데려가지 말라고, 무섭다고……."

그 말을 중얼거리는 하 교수님의 얼굴에 잔뜩 근심과 아픔이 내려앉았다. 그런 하 교수님을 아버지가 위로했다.

"어린 시절의 공포가 평생을 간다고 하지 않는가."

"그래……. 그래서 더 많이 사랑하고 더 많이 지켜주려고 해. 아주 많이 사랑한다고, 항상……."

수현은 아직도 하 교수님의 말이 귀에 쟁쟁했다.

어쩌면 그래서 연규는 더 안 되는 것일지도 몰랐다. 자신이 사랑하는 만큼 사랑받으려 할 테니 말이다.

"휴, 어지럽다."

그는 의국을 나서며 머리를 거칠게 쓸어 넘겼다.

요 며칠 동안, 정상궤도를 벗어난 듯 연달아 일어나는 일들이 산만해 마음까지 그럴지도 몰랐다.

하지만 확실한 것은 절대 연규는 아니라는 것. 재욱이 하나를 주면 하나를 돌려주는 그런 남자로는 안 된다. 누구든 무조건적인 사랑을 줄 그런 남자여야만 했다.

온갖 생각에 사로잡혀 집으로 돌아오자, 재욱의 집 거실 창에 불이 환하게 켜져 있었다. 수현은 어서 오란 듯 대문까지 훤히 열린 것을 보며 혀를 찼다.

“하여튼, 그 난리를 겪고도 문단속을 안 해요.”

생긴 건 나무랄 데 없이 똑 소리 나는 녀석이 이렇게 덤벙거린다. 한소리 해줄 요량으로 재욱의 집으로 들어간 수현은 커다란 벽시계를 들고 끙끙거리는 재욱을 보았다. 이마엔 커다란 밴드를 붙이고, 종이보다 하얀 얼굴로 저 무거운 것을 들고 있다.

미련한 녀석.

성큼성큼 다가간 수현이 얼른 재욱의 손에서 무거운 벽시계를 뺏어 들었다.

“어머!”

벽시계의 무게를 이기기 위해 안간힘을 쓰던 재욱은 인기척 없이 다가온 수현으로 인해 깜짝 놀랐다.

“야! 놀랐잖아!”

“그렇게 놀랄 거 문단속 좀 하고 있지 그랬냐?”

재욱의 외마디 비명에 수현이 퉁퉁거렸다.

“대체 정신이 있냐, 없냐? 응?”

“큰오빠?”

재욱을 향해 마구 소리치는데 주방에서 수안이 빼꼼이 고개를 내밀었다.

“남의 집에서 그렇게 소리치면 안 된다고 아빠가 그랬잖아. 대체 가정교육은 어디다 팔아먹은 거야?”

수안의 훈계 어린 말에 수현의 눈꼬리가 확 올라갔다.

“설수안, 너……..”

한바탕 전쟁이 일어날 찰나, 재욱이 얼른 끼어들었다.

"아, 알았어. 문단속할 테니까 싸우지 말고 시계나 걸어봐. 대체 도둑놈들은 뭐 하러 벽시계까지 끌어내린 거냐? 아유!"

"설수안, 너 집에 가서 보자. 시계는 어디다 거냐? 여기 있었던가?"

"바보야, 여기다."

하루가 멀다 하고 들락거리는 집 시계의 위치를 기억하지 못하다니. 재욱은 자신이 선 벽을 가리켰다. 그러자 시계가 걸려 있던 흔적을 확인한 수현이 수계를 들고 성큼 다가왔다. 그녀가 비킬 새도 없이 바로 뒤에 멈춰 선 그가 재욱의 머리 위로 시계를 들어올렸다.

재욱이 힐을 신으면 수현의 코까지 키가 닿았다. 하지만 힐을 벗고 편안한 자세로 서면 수현의 턱 바로 아래밖에 미치지 못했다.

녀석은 지금 그녀의 머리 위에 턱을 올린 채 바로 뒤에 서 있었다. 시계를 걸려고 손을 그녀 앞으로 내민 채. 남들이 보기에, 그리고 그녀가 느끼기에 껴안은 모습이 아닐 수 없었다.

서로 어울려 한방에서 잠도 잤는데, 가족 같은 사이이니 당연할지도 모른다 하겠지만 재욱은 얼른 녀석의 품에서 벗어났다. 아무 생각 없는 녀석에게 미친 듯이 뛰는 자신의 심장이 들킬 것 같아 겁이 났다.

"됐냐?"

“으, 응. 그래. 마음대로 해.”

재욱은 건성으로 대답을 했다.

“마음대로 하라고? 그럼 우리 집 가져가도 되냐? 금박 입은 뻐꾸기가 아침마다 날 깨우는 걸 느끼고 싶단 말이지.”

“미친 녀석.”

수현의 너스레에 재욱이 두근거리는 마음에도 불구하고 헛웃음을 지었다.

더위에 몸이 지치지 않도록 쉬엄쉬엄 했는데도 몸이 나른하게 가라앉았다. 벽시계를 걸어준 수현이 주방에서 달그락거리는 수안에게 뭐라고 소리쳐 대는 것을 듣는 동안, 눈꺼풀이 자꾸만 내려앉았다. 저녁을 만들어준다는 수안의 말을 들으며 소파에 앉아 꼬박꼬박 졸던 재욱이 기어이 스르륵 쓰러지듯 잠이 들고 말았다.

“하여튼, 설수안. 넌 오라버니에 대한 예의가 없어.”

막둥이에게 절대 설교와 훈계가 먹힐 리 없다는 것을 알지만, 밖에서 오라버니에 대한 존중을 보여줄 것에 대해 한바탕 해댄 수현이 거실로 나왔다.

“어이, 하 양, 소독하⋯⋯.”

짓무를지도 모를 상처를 소독하기 위해 구급함을 찾아 나오던 수현은 소파에 누워 잠든 재욱을 발견했다. 피곤했던지 깊은 숨소리를 내며 잠이 든 재욱을 가만히 보며, 이마의 밴드를 조심스레 떼어냈다. 검붉은 상처 자국이 실로 꿰매진 것을 보니 기분이 좋지 않았다. 흉터라도 남으면 어쩌려고, 이 녀석…….

항생제를 먹고 있기에 그다지 덧날 일은 없을 테지만, 그래도 모를 일이다. 수현은 소독용 알코올을 묻힌 솜을 상처에 조심스레 가져다 댔다. 꼼꼼히 알코올 솜으로 닦아낸 뒤 새 반창고를 붙여주었다.

그 와중에도 잠에서 깨어나지 않은 재욱을 지켜보노라니, 주방에서 수안이 나왔다.

"뭐야? 언니 또 자는 거야? 에이, 재미없는데. 언…….."

"그냥 둬라."

수현은 막 재욱을 흔들어 깨우려던 수안의 손을 잡았다.

"어제 다친 데다 오늘 집 정리까지 해서 피곤할 거야. 그냥 두자."

"그래도 밥은 먹고 자야지. 이유, 가뜩이나 늘씬한데, 더 늘씬해지겠네."

서로 싸웠던 것도 잊고, 일을 할 땐 재욱이 얼마나 외골수인지 너무 잘 아는 남매는 곤히 잠든 재욱을 안쓰럽게 내려다보았다.

"큰오빠, 잠깐만 있어봐. 언니 점심도 제대로 안 먹었는데. 샌드위치라도 만들어주고 가자."

재욱이 잠에서 깨어났을 때 바로 먹을 수 있도록 수안이 샌드위치를 준비하러 간 사이, 수현은 편안한 재욱의 얼굴을 가만히 바라보았다.

언제나 또랑또랑한 커다란 눈이 평화롭게 감겨 있지만, 나머지 그대로다. 오뚝한 코, 빨갛고 귀여운 입술. 소파에 기대앉은 그는 앙증맞은 콧등을 톡 치며 중얼거렸다.

"흠. 하 양, 자세히 보니 정말 예쁘긴 하네."

그래서 걱정이다. 예쁘면서 일밖에 몰라 더없이 순진한 재욱이 연규 같은 바람둥이에게 걸려들까 봐 말이다.

"흐흠."

그때 재욱이 잠결에 몸을 움직이자, 얼굴과 얼굴이 숨결조차 느낄 수 있게 가까워졌다. 짧은 찰나의 마주침에 수현이 화들짝 놀라 뒤로 얼른 물러났다.

'아이고, 놀라라!'

정말 간 떨어질 뻔했다. 정말 나쁜 짓을 하다 들킨 사람처럼 가슴이 쿵덕거렸다. 그런데 잠투정을 하듯 조물조물 움직이는 재욱의 입술을 보자, 잊고 있었던 기억이 떠올랐다.

먼 옛날 초등학교 시절에 말이다. 구름사다리 위에서 놀던 재욱이 발을 헛디뎌 떨어진 적이 있었다. 그때나 지금이나 만나면 티격태격 싸우는 것이 일이었지만, 그래도 어디 이웃 간의 정이 그러한가. 꼬맹이 수현은 발을 삐어서도 독하게 울음을 참던 녀석이 생각나, 화장실 핑계로 수업을 빠져나왔었다.

낡은 양호실의 문을 열고 들어가자, 잠이 든 듯 눈을 감고 누워 있던 녀석이…… 바로 하재욱이 마치 천사 같다는 미친 생각을 잠깐 했었다.

미쳤었지……. 저 악바리 하재욱이 천사는 무슨 천사!

수현은 기억을 더듬다 얼른 고개를 저었다. 정신 차려라, 설수현. 그는 자신의 머리를 툭툭 쳤다. 연규 놈이 이상한 말을 너무 많이 해서 그런 거다. 절대 잊자!

스스로 마구 세뇌시켜 보지만 그래도 참 이상하다……. 꼭 그를 이겨 먹기 위해 안간힘을 쓰는 재욱을 보며 한 번씩 가슴이 맑게 찰랑거리는 이유를 모르겠다.

참 이상하기도 하지…….

비가 오면……

월요일 아침 출근한 그녀를 보고 사고 소식을 들어 알고 있던 사람들이 근심 어린 눈으로 쳐다보았다.

"정말 괜찮나?"

표정 변화가 없기로 유명한 강 부장조차 그녀 이마에 붙은 밴드를 걱정 어린 눈으로 보며 물었다.

"누구 짓인지 알기는 하고?"

"경황이 없어서 보지 못했습니다."

"새총 같았다면서? 대체 어디서 그런 거야?"

"피해 아이를 만나러 학교에 들렀다 나오는 길에 그만……."

재욱은 말끝을 흐렸다. 우연으로 맞은 것인지, 아니면 그녀를 노리고 쓴 것인지 알 수 없는 노릇이었다.

"하여튼 요즘 자네 이마에서 반창고가 떨어질 겨를이 없군. 몸조심하고, 맡은 사건은 잘 진행되고 있겠지?"

"네."

"그래, 그럼 조심하게."

씩씩하게 대답은 했지만 강 부장의 방을 나온 재욱의 발걸음은 무겁기만 했다. 사건을 어디서부터 시작해 나가야 할지 도무지 알 수가 없었다. 기운없이 자신의 사무실로 들어가자 기다리고 있었다는 듯 유란이 다가왔다.

"변호사님, 전대준의 인적 사항입니다. 한번 보시죠. 경력이 아주 화려하더라구요."

재욱에게 보고서를 제출하며 유란이 말했다.

"구린 구석이 너무 많아요."

"응? 구린 구석? 경력은 또 무슨 말이야?"

재욱의 질문에 유란이 눈을 동그랗게 뜨고 말했다.

"도박으로 구치소에 들락거린 경력이요."

"그래?"

재욱은 얼른 보고서를 펼쳐 보았다.

"정기적인 수입은 전대준의 부인이 식당 등지에서 일을 해 번 돈밖에 없다고 해요. 전대준은 도박, 카지노, 경마를 거쳐 스크린 경마까지 두루두루 손을 대고 있었어요. 작년에는 사채까지 끌어다 쓴 걸로 기록이 되어 있네요."

“흠…….”

유란의 말을 들으며 재욱은 보고서를 유심히 살펴보았다. 한동안 말없이 앉아 서류만 보던 재욱이 의자 깊숙이 몸을 묻고 생각에 잠겼다. 그러다 결심을 한 듯 몸을 곧추세우며 유란을 보았다.

“유란 씨, 우리 이의서 작성해서 가정법원에 제출하자. 오늘 중으로 되겠지?”

“네, 물론이죠.”

그녀의 선언에 유란이 고개를 끄덕이며 그녀의 방을 나갔다. 무엇이든 아이가 행복해질 수만 있다면……. 하루라도 빨리 사건을 진행시켜야 했다.

“아니, 이게 뭐야?”

최근 새로 들인 가죽 소파에 나른하게 누워 TV를 보던 대준은 아내의 새된 음성에 인상을 찌푸렸다.

“텔레비전 보는데 시끄러!”

하지만 아내 진숙이 그보다 더 악을 쓰며 다가와 종이를 펄럭거렸다.

“아니, 지금 그게 문제야? 당신 또 무슨 사고를 쳤어? 어?”

“이 여편네가 뭐라는 거야. 조용히 하지 못해?”

“조용이고 뭐고! 한동안 조용하다 했더니 법원에서 또 뭐가 날아오게 만드냐? 대체 언제 정신 차릴래, 이 인간아!”

“대체 뭔데 그래?”

대준은 악다구니를 듣다 못해 벌떡 일어나 앉아 진숙의 손에 들린 종이를 확 뺏어 보았다. 그리고 진숙에게 각오하란 듯 이를 악물고 서류를 훑어보았다.

“별거 아니면 죽을 줄 알…… 씨팔, 뭐야?”

종이는 다름 아닌 법원의 소송장이었다.

“사고 친 거 맞지?”

“이 여편네야, 조용히 해!”

대준은 진숙을 향해 소리쳤다. 평소 같으면 마주 소리칠 진숙이었지만 살벌한 대준의 시선에 움칠했다.

“알았어.”

대준이 한 번 꼭지가 돌면 눈에 보이는 것이 없다는 것을 잘 알기에 진숙은 재빨리 자리를 피했다. 홀로 남은 거실 소파에 앉은 대준은 애써 침착하게 서류를 읽어 내려갔다.

“후견인 해임 건에 관한 소송? 피후견인 전은후? 뭐야, 누가 이딴 걸 보낸 거야?”

그의 짧은 가방끈으로 해석하건대 소송장의 내용은 누가 그의 돈줄인 은후 자식을 그에게서 데려간다는 말 같았다.

“어떤 새끼가 보낸 거야…….”

당혹감에 인상을 찌푸리며 구석구석 살펴보던 대준은 ‘의뢰인 박민식’ 이란 이름을 보고 소리쳤다.

“그래, 내가 이놈인 줄 알았다!”

대하의 지기라 했던가? 대하의 장례식장서 꼴사납게 흐느끼던 그놈이 기어이 사단을 내는구나.

"어림없지. 어떻게 차지한 집이고, 재산인데. 절대 어림없다."

대준은 이를 악물었다.

태어나던 순간부터 자신의 존재를 부정하던 '점잖은 전 교장'의 얼굴을 떠올리자 숨막힐 듯한 분노가 그를 감쌌다.

말 많고 탈 많은 시골 동네에서 사생아라 손가락질 받은 것도 모자라 열 살이 되던 해 어미에게마저 버림을 받았다. 돈 많은 늙은 영감을 따라 지긋지긋한 가난에서 벗어나던 날, 어미는 그에게 낡은 보따리 하나만을 던져 주었다.

울면서 제발 자신을 버리지 말라 애원하는 것을 모질게 떼어낸 어미. 그리고 찾아간 전 교장의 집에서 받아야 했던 서늘한 모욕과 냉대.

지난 삼십여 년 동안 대준은 대하가 아낌없이 누리던 영광을 지켜보기만 해야 했다. 그가 끊임없이 세상의 모욕과 좌절을 맛보는 동안 대하가 누렸으니, 이제 그가 누려야 할 차례였다. 그러기 위해선 귀찮고 쓸모없는 존재였지만, 은후 녀석이 반드시 그의 손안에 있어야 했다.

대준은 저도 모르게 구겨진 서류를 반듯하게 폈다. 의뢰인 박민식, 담당 변호사 하재욱. 누가 그의 상대인지 알아야 판돈을 걸 수 있다. 노름판이나 이거나 다를 게 무엇이란 말인가.

비틀린 웃음을 지은 대준은 소송장에 적힌 로펌의 주소를 받아 적었다.

무의식적인 버릇으로 이마를 만지던 재욱은 꿰맨 상처를 건드리고 숨죽인 비명을 터뜨렸다. 통증에 눈물이 절로 났다.

"아얏!"

재욱은 얼른 풀었던 머리를 한 손으로 모아 쥔 다음 책상 위의 작은 거울을 쳐다보았다.

생각보다 부기가 빨리 가라앉아 오전에 병원으로 가 실밥을 풀었지만, 다 아물려면 아직도 보름 이상의 시간이 필요하다고 했다. 다행하게도 머리카락이 바로 내려앉는 자리라 흉이 그다지 크게 보이지는 않을 것이라 했지만, 손으로 만지거나 건드려 덧나게 되면 안 된다는 말을 듣고서도 이렇게 부주의하다.

다시 피가 나지 않기에 안심한 그녀가 뒤로 쓸어 넘겼던 머리를 어루만질 찰나, 조용하던 사무실 밖이 갑자기 요란스러워졌다.

"누구신데 이러세요? 당장 나가지 못해요?"

"비켜, 변호사 양반 얼굴만 보겠다는데 네가 무슨 말이 많아?"

언제나 웃음기 묻어나는 유란의 목소리가 상기되어 있었다. 그리고 간간이 섞여 들려오는 탁한 남자의 음성. 재욱은 얼른 일어나 사무실 문을 열었다.

"유란 씨, 무슨 일이야?"

그녀는 격앙된 표정의 유란에게 다가서며 무례한 손님을 쳐다보았다.

"아니, 이분이 난데없이 변호사님을 뵙겠다고 오셔서……."

"아이고, 이게 누구신가?"

유란의 말은 남자의 끼어든 비아냥으로 멈췄다. 손님은 다름 아닌 전대준이었다.

"당신이 변호사냐? 이것 참 의외구만. 남의 집 염탐하던 여자가 변호사 양반일 줄은 몰랐네."

미처 예측하지 못한 방문에 재욱이 바라만 보자, 대준이 다가와 비아냥거렸다.

"이봐요! 말조심해요!"

재욱은 대준의 말에 더욱 흥분한 유란의 팔을 잡았다.

"유란 씨, 진정해요. 진정하고 잠깐 나가 있어."

일단 유란을 진정시켜 밖으로 내보낸 재욱은 대준을 보며 말했다.

"전대준 씨죠? 예상하신 대로 전 변호사 하재욱 맞습니다. 하실 말씀이 있으셔서 찾아오신 거라면 제 방으로 가시죠."

그녀는 침착한 표정으로 자신의 방을 가리켰다.

"아니, 됐어. 난 박민식의 개로 누가 일하는지 알고 싶었을 뿐이야."

제안을 거절한 대준은 재욱의 위아래를 천천히 훑어보았다.

모멸감이 들기 충분할 만큼 번들거리는 시선이 그녀의 가슴께에서 한참 동안 멈춰 있었다.

"알았어, 어디 한번 해보자고."

그는 시선을 떼지 않은 채 의미심장하게 중얼거렸다. 가슴속에서 분노가 들끓었지만 재욱은 침착하게 고개를 끄덕였다.

"그러죠."

"법원에서 보자고."

대준은 자신만만한 얼굴로 손을 들어 보이며 사무실을 나섰다. 밖으로 나오다 여전히 흥분한 듯 노려보는 유란과 시선이 부딪쳤지만 상관하지 않았다.

"아니, 뭐 저런 사람이 다 있대요?"

"유란 씨, 됐어. 그만 진정하자."

여자들이 하는 말이 들렸지만 발끈해 돌아보지 않는 평상심을 유지하고 로펌을 나왔다. 주섬주섬 재킷 안주머니를 뒤져 그에게 조언을 아끼지 않았던 변호사의 명함을 찾아 휴대폰 버튼을 눌렀다. 신호가 가고 상대방이 전화를 받았다.

"아, 나 전대준이오."

은후의 후견인 자리를 꿰차는데 도움을 준 변호사를 찾아가기로 약속을 한 뒤 전화를 끊은 대준은 차에 올라탔다.

이 자리가 순탄치만은 않을 거란 것을 짐작했다. 그래서 그는 돈이 절실히 필요했지만 돈을 끌어다 쓰지 않았다. 대신 석 달치 약속어음을 끊어주었다. 벌써 십 개월. 어음의 유효 기간을 세 번 늘려 사채업자의 불만을 사고 있다는 것을 알고 있었지만 은후 놈이 그의 손에 있는데 서둘러 재산을 빼돌려 의심을 살 필요가 전혀 없었다. 새삼 자신의 현명함에 기분이 좋은 대준이 었다.

재판 당일, 법정은 방청객 없이 썰렁한 채 재판이 진행되었 다.

"후견인은 현재 도박 혐의로 집행유예인 상황입니다. 단지 한 번뿐이 아니라 지난 십 년 동안 끊임없이 문제되고 있는 것입니 다. 때론 집 안에서조차 판을 벌인다고 합니다. 그것이 곧 한참 성장기인 아이에게 좋지 못한 영향을 미치리란 것은 당연하지 않습니까?"

재욱의 말에 상대측 변호사가 반론했다.

"제 의뢰인이 물론 과거에 그러했다는 것은 부정하지 않습니 다. 하지만 그것은 과거이고, 현재는 부모를 잃고 슬픔에 빠진 아이를 돌보며 살고 있는 것도 사실이지 않습니까? 혈육만이 그 것이 가능한 일입니다."

"지난 십 개월 전에 피고인이 법원에 제출한 전은후의 재산 목록과 현재의 재산 목록입니다. 재판장님께선 상당액이 사용 되어 있는 것을 보실 수 있을 겁니다."

자신의 자리로 돌아온 재욱은 법원에 제출하기 위해 가져온 서류를 재판장에 넘겨주며 말했다. 그러자 가만히 앉아 듣기만 하던 전대준이 소리쳤다.

"그건 모두 아이를 위해 사용되었습니다! 여기 증거도 있어요!"

태연하게 앉아 듣고만 있던 그가 얼굴을 붉히며 소리치자, 판사의 엄숙한 목소리가 들려왔다.

"조용히 하세요."

판사는 재욱과 대준이 각각 제출한 재산 목록을 받아 유심히 본 뒤 선언했다.

"앞으로 십 분간 휴정합니다."

판사가 재판장을 나가자 원고 측 자리에 앉아 있던 박민식이 초조한 얼굴로 그녀를 보았다.

"변호사님, 이길 수 있을까요?"

재욱은 대답을 할 수가 없었다. 판사의 판결을 들어야만 결과를 알 수 있을 것이다. 그녀는 대준의 변호인 자격으로 앉은 남자를 유심히 보았다. 이혼과 양육 소송에 있어 타의 추종을 불허할 만큼 명성을 날리는 성하진 변호사가 자신을 쳐다보는 시선을 의식하고 그녀를 보았다. 시선이 마주치자 씩 웃는 폼이 상당한 자신을 담고 있었다.

단순히 결격 사유를 들어 소송을 진행한 것이 성급했음을 재욱도 알고 있었다. 하지만 밖으로 드러나지 않는 아이의 학대를 증명하기 위해 허비해야 할 시간을 생각하자 가만히 앉아 있을 수가 없었다.

재욱은 내심 침착한 얼굴로 앉아 있었지만 더할 나위 없이 초조한 마음으로 휴정이 끝나길 기다렸다. 마치 일 년 같은 휴정이 끝나고 판사가 들어왔다. 십 분간의 휴정이 어떤 결과로 나타날지 불안이 증폭되었다.

판사의 낭랑한 목소리가 조용한 법정으로 울려 퍼졌다.

"열 살 아이에게 들어간 돈의 액수가 많음을 인정합니다. 하지만 피고 측에서 피후견인에게 사용되었다는 지출 명세서를 일부 작성했으므로 원고 측 주장을 받아들이기가 힘듭니다. 피고는 앞으로 한 달 동안 아이에게 들어간 모든 지출 명세서를 작성해서 법원에 제출하길 바랍니다. 지난 열 달 동안의 기록 모두를 첨부해야 합니다."

원고, 피고 어느 누구의 손을 들어주지 않은 채 재판은 끝이 났다.

재욱은 분함에 이를 잘근잘근 깨물었다. 다음 달로 심리를 넘겨야 한다는 것은 은후가 다시 한 달을 견뎌야 함을 의미했다. 상대측 변호사와 대준이 보란 듯 웃으며 자리를 뜨자, 재욱은 곧바로 판사실로 달려갔다.

문 앞에서 잠시 심호흡을 한 그녀는 거칠게 노크를 했다.

"선배!"

대답도 듣지 않고 벌컥 문을 열자, 재욱의 모교 삼 년 차 선배인 정미는 그녀가 올 줄 알았다는 듯 책상에 앉아 그녀를 보았다.

"하재욱, 변호사란 녀석이 그렇게 나 흥분했소, 이마에 써 붙이고 다니니? 그러고 다니면 사건을 저절로 이길 수 있어?”

정미의 날카로운 질책이 날아왔다.

“선배, 누가 봐도 명백한 거 아니에요? 재산을 노려서 아이를 데리고 있어. 그리고 돈도 빼돌리잖아요.”

“그게 아이를 위해 쓰여진다던 피고 측 변론은 못 들었니? 그쪽은 그 돈이 아이에게 실제로 쓰여지고 있다는 명세서도 제출했어.”

“선배, 그걸 믿어요? 아이가 뭘 원하는데 일억이란 돈을 벌써 다 써?”

정미가 들고 있던 서류를 책상에 내려놓으며 그녀를 보았다.

“하재욱, 이렇게 흥분할 힘 있으면 증거를 찾아. 이딴 종이보다 더 강력한 걸 찾아내란 말이야.”

“아이가 있잖아요, 아이가. 피해를 당하는 애 말고 누가 더 확실하게 말을 하겠어?”

“십오 세 미만은 증인으로 세울 수 없다는 걸 잊었니?”

“예외가 있…….”

“만약, 내가 잘못 추측한 거라면 어쩔 거야? 네 의뢰인이 돈을 노리고 아이를 뺏으려 하는 거라면?”

“선배!”

정미의 말에 재욱이 경악했다.

“돈을 썼다는 것을 증명할 종잇조각이 없어 선량한 사람이 마녀사냥 당하고 있단 생각은 안 해봤어?”

"어떻게 그런 말을……. 그럼 내가 잘못하고 있다는 거야?"

"아니, 난 누가 잘못하고, 잘하고 그걸 말하는 게 아니야. 난 판사다, 하재욱. 누구도 날 납득시키지 못하면 판결을 받을 수가 없어. 하지만 판결 전까지는 공평해야 해. 어떤 편견도 없이, 부정도 없어야 하는 사람이 판사야."

날카롭게 말하던 정미가 표정을 고쳤다.

"물론 널 알아. 넌 항상 네가 옳다고 생각하는 일에 열정을 걸어. 그리고 네가 옳다고 생각하는 건 거의 대부분 옳아. 하지만 너도 사람이야. 순간의 실수로 잘못된 판단을 할 수도 있단 말이지. 그러니 더 많이 듣고, 뛰고, 수집하란 말이야. 그래서 네가 옳다는 것을 증명해."

"알았어. 두고 봐. 내가 결국 이길 거예요."

"건투를 빈다."

굳은 각오를 하고 정미의 방을 나오자 성하진 변호사가 그녀를 기다리고 있었다. 호남형의 얼굴에 서글서글한 미소를 띤 채 다가와 악수를 청했다.

"승산없는 싸움에 파트너가 된 겁니까?"

"네, 그렇군요."

그녀가 성 변호사의 커다란 손을 가볍게 잡은 뒤 서늘하게 지나치자, 뒤에서 그의 목소리가 들려왔다.

"아이의 면접권을 신청했던데, 그거 필요없겠던데요. 제 의뢰인이 아이를 만나게 해주겠답니다."

“알려줘서 고맙군요.”

박민식과 함께 은후를 만날 수 있는 시간을 법원에 신청해 놓았던 재욱은 성 변호사의 말에 초조하게 기다릴 민식을 찾았다.

법원 앞에서 민식은 아내와 함께 기운 빠진 얼굴로 서 있었다. 잔뜩 기대를 하고 있었을 텐데, 새삼 자신의 성급함이 어리석게 느껴졌다. 그녀를 보고 애써 웃고 있는 부부를 향해 재욱이 말했다.

“죄송합니다.”

“아유, 무슨 그런 말씀을 하십니까? 아닙니다. 아니에요.”

진심을 담은 재욱의 사과에 민식 내외는 팔을 내저었다. 쉽게 후견인이 될 수 없다는 것을 알기에 재욱을 탓할 수가 없었다.

“전대준이 은후를 만나게 해주겠답니다.”

“그래요?”

실망으로 얼룩졌던 얼굴은 은후를 만날 수 있다는 생각에 밝아졌다.

아이를 만나기로 한 날. 은후의 집 근처 아이스크림 가게에 은후가 먼저 와 기다리고 있었다.

“은후야!”

민식은 반가움에 아이를 덥석 부둥켜안았다. 학교로 찾아갔을 때보다 더욱 가냘파진 아이를 보는 재욱 또한 마음이 편

치 않았다. 민식의 품 안에 안긴 은후의 얼굴엔 아무 변화가
없었다.

"밥은 먹었니?"

"네."

간결한 대답에 민식의 얼굴이 흐려졌다.

원래 이런 녀석이 아니었는데…… 개구진 웃음과 주체 못할
장난기로 대하 부부가 곧잘 두손두발 다 들게 만들던 녀석이었
는데.

울컥 분노의 눈물이 솟구쳤다.

"이 녀석아, 너 대체 왜 이렇게 변했어? 응?"

감정을 주체 못한 민식이 격앙된 음성으로 아이를 다그치자,
뒤에서 지켜보던 재욱이 얼른 다가섰다.

"선생님, 이러지 마세요. 은후가 놀랍니다."

"아휴, 정말 미치겠습니다."

그 와중에도 시선을 피한 채, 홀로 서 있는 은후를 보며 민식
이 가슴을 쳤다.

"제가 은후와 이야기해도 되겠습니까? 밖에서 좀 마음을 가
라앉히셔야 할 것 같아요."

"네, 죄송합니다."

그녀의 제안에 고개를 숙인 민식이 아이스크림 가게를 나갔
다. 단둘이 남은 자리에서 예민하고 상처받은 아이는 여전히 그
녀와의 시선을 마주치지 않았다.

하지만 재욱은 아이가 문을 열고 나가는 민식의 뒷모습을 자꾸만 훔쳐보는 것을 놓치지 않았다. 녀석, 반가움을 숨기고 있다. 너무 좋은 누군가와 있으면 마음을 숨기듯, 그렇게 반가운 마음을 숨기고 있는 녀석. 아니, 반갑지 않다고 자신을 세뇌시키는지도 몰랐다.

또 어린 속마음의 사실은 밖에서 그를 보는 민식과 함께하고 싶은 갈망이 너무 커 그들의 매개체인 재욱을 쉽게 볼 수 없을 것이다. 그들에게 가지 못했을 때의 실망을 막기 위해. 그것은 거부당하는 것을 두려워 마음의 문을 닫았던 그녀 역시 잘 아는 감정이 아니던가.

"자, 여기 앉자. 아이스크림 나왔어."

마음이 아팠지만 내색을 하지 않은 재욱이 잔잔한 미소를 머금고 아이 앞에 아이스크림을 밀어주었다.

고개를 돌리고 있었지만 그녀의 움직임을 놓치지 않은 아이가 차갑게 말했다.

"먹기 싫어요."

"그래도 한번 먹어보지 않을래? 맛있어."

"먹기 싫다고 말했잖아요. 내가 어리다고 내 말을 무시하는 거예요?"

"아니, 널 무시하지 않아. 난 그저 아이스크림이 맛있어서 권하는 것뿐이야. 먹기 싫으면 안 먹어도 돼."

아이의 격한 반응에도 재욱은 동요하지 않았다.

사람들은 종종 아이가 원하는 것이 무엇인지 모른다고 생각한다. 하지만 그것은 너무나 잘못된 생각이다. 아무리 나이가 어려도 자신이 원하는 것이 무엇인지 너무 잘 안다. 그녀처럼, 일곱 살 어린 나이에도 지금 부모님이 너무 좋았던 것처럼, 그래서 함께하고 싶었던 것처럼.

"그분들 참 좋지?"

한참 동안의 침묵을 깨고 재욱이 말했다. '그분들'이란 말에 아이의 눈이 잠시 흔들린 것을 제외하고, 아이는 아무 반응을 보이지 않았다.

"참 좋은 분들 같았어, 너를 진심으로 좋아해 주는. 그분들을 보면서 우리 부모님을 뵙는 것 같았단다."

"……."

"우리 부모님도 양부모님이시거든."

그녀의 담담한 말에 드디어 아이가 그녀를 보았다. 시선을 똑바로 마주한 채.

"양…… 양부모님이요?"

"그래, 양부모님. 난 일곱 살 때 입양됐어. 지금 부모님께 내가 입양해 달라고 졸랐단다."

재욱이 아이의 눈을 보며 싱긋 웃었다.

"조르지 않으면 그냥 갈 것만 같았어. 어떻게 해서든 꼭 그분들 딸이 되고 싶었거든. 겁이 났지만 말이야. 그때 그분들을 붙잡고 애원하는 것에 내 모든 것을 걸었단다. 날 데려가 달라고,

같이 있고 싶다고 울었어.”

“그, 그래서요?”

아이의 음성이 떨리고 있었다.

“엄마가, 우리 엄마가 그렇겠다고 나를 꼭 안고 우셨단다.”

담담하게 말하는 그녀의 콧등이 시큰해졌다. 아무리 시간이 지나도 그때를 추억하면 이렇게 목이 메일 것이다.

그녀를 보는 아이의 시선이 흔들리고 있었다. 분명 똑같은 상황을 겪은 그녀를 부러워하고 있는 것이었다.

그녀는 지옥을 탈출해 안전한 곳에 있었고, 아이는 아직 지옥에서 희망을 부러워만 해야 한다. 걱정 마라, 아가. 꼭…… 꼭 구해줄게.

재욱은 그런 아이를 보며 다짐했다.

밖에 있는 삼촌의 손에 잡혀 집으로 오며 은후는 변호사 누나의 이마에 붙은 밴드 때문에 마음이 아팠다. 커다란 두 눈에서 전해지는 부드러움에 눈물이 날 것만 같았다.

시연이네 아저씨와 변호사 누나가 보는 앞에서 돌아설 때, 할 수만 있다면 그들에게 데려가 달라고 소리치고 싶었다. 하지만…… 번뜩이는 눈으로 삼촌이 웃는 것을 본 은후는 조용히 돌아서야 했다.

“은구도 저런 상처를 만들 수 있는데, 나는 더한 것도 할 수 있어. 결국 넌 내 집에서 살아야 하니까 함부로 말하지 말고 처신 똑바로 해."

그의 손을 아프게 잡고 집으로 오며 삼촌이 하던 말이 너무 무서웠다.

하지만 때론 모든 것을 걸어야 원하는 것을 얻을 수 있다는 누나의 말이 자꾸만 잊혀지지 않는다.

자꾸만 마음이 아파 집중을 할 수가 없었다. 재욱은 흔들리던 아이의 시선이 눈앞에 아른거려 보고 법원에 제출하기 위해 작성하던 서류를 팽개치고 창턱에 기대앉았다.

그러자 언제나 그녀를 반기던 은목서를 보았다. 가을이면 꽃을 피워낼 기대를 품고 있는 녀석을 바라만 봐야 하는 갈망, 그녀가 홀로 앉아 은목서를 바라보는 것이 그것이듯 은후에게도 갈망이 있으리라.

좋지 못한 마음에 창가에 기대앉아 있으려니 이웃한 창문이 스르륵 열렸다.

"왜? 잠이 안 와?"

나란히 마주한 창문, 꼬마에서 십대로, 그리고 성인이 된 뒤로 서로의 고민을 주고받던 창가에 앉은 수현이 물어왔다.

"그래, 마음이 심란해서 잠이 안 와."

"흠, 사건이 잘 안 풀려?"

"응."

재욱은 간결한 대답을 하며 창틀에 머리를 기댔다.

"아이가 웃질 않아, 화내지도 않고……. 우연히 찾아갔던 집에서 삼촌이란 자에게 멱살을 잡혀 욕설과 함께 맞는 것도 봤는데 난 아이가 학대받는다는 증거도 못 찾아."

창턱에 앉은 재욱은 자신의 무릎을 감싸 앉았다.

"또 다른 문제는 유산이야. 법원에 신고된 돈은 분명히 줄어들고 있는데 그 거액의 돈을 모두 아이에게 썼다고 주장해. 난…… 내가 무엇을 놓치고 있는지 자꾸만 회의가 들어. 대체 무엇을 잘못하고 있는 걸까?"

담담히 이야기를 털어놓으니 모든 문제는 간단해 보였다. 아이가 학대받는 증거를 찾아내 후견인 권한을 뺏으면 되는데……. 재욱은 그것을 입증할 수 없는 자신의 무능함에 화가 났다.

"재판에서 지면 아이는 더 힘들어지겠지?"

기운을 잃고 웅크리고 앉은 재욱은 아주 많이 작아 보였다. 성격이 괄괄한 데다 키도 커서 결코 작게 여겨지지 않는 녀석이지만, 저렇듯 연약한 모습을 보일 때면 수현은 어떻게 다가서야 할지 헷갈렸다.

"그렇지만 넌 분명 그렇게 놔두지 않을 거야. 그렇지?"

수현이 조심스레 말문을 열었다.

"내가 하는 일과 네가 하는 일이 다르다는 것을 잘 알아. 그래서 네게 어떤 도움도 줄 수 없지만, 넌 분명 잘해낼 거야. 안 그래?"

단지 믿음을 보여줄 수밖에. 그러자 지친 기색이 역력하던 재욱의 얼굴에 작은 미소가 어렸다.

"믿어주니 고맙다. 네 말처럼 잘해냈으면 좋겠어."

재욱이 여린 팔 위에 고개를 떨궜다.

"그런데 좀 힘들다."

수현은 어린 시절 기억의 파편과 맑은 사건의 아이로 인해 감정적으로 힘든 녀석을 보는 것이 기분 좋지 않았다.

친구라는 것에 한 점 의심없는 마음으로 이십삼 년을 보냈다. 하지만…… 한 번씩 저런 여린 얼굴에 마음이 흔들리는 이유를 모르겠다. 마음이 흔들릴 때면 주체할 수 없을 만큼 찰랑거린다. 수현은 고개를 저었다.

"우린 친구잖아."

친구란 이름 아래 오랜 시간을 보내온 터라 다른 관계는 상상조차 불가능했다.

"넌 왜 그렇게 오랫동안 애인이 없냐? 아마 한 번도 없지 않이?"

"남녀 간에 우리란 말은 애인 사이에서나 쓰는 거다."

그런데 자꾸만 태원과 연규의 말이 귓가에 맴도는 이유는 무엇일까……. 맑게 찰랑거리는 마음처럼…… 감정이 찰랑거리는 것일까? 언젠가 상상해 보았던 것처럼 사랑…… 때문일까?

창틀에 기대 서로의 생각에 골몰히 빠져든 그들 사이를 은목서의 파릇한 향이 바람결에 스쳐 왔다.

"휴……."

재욱의 나지막한 한숨 소리에 그녀를 보았다. 천하의 독불장군 하재욱이 한숨을 쉬며 나약한 모습을 보인다. 그의 마음이 찰랑거리는 이유가 무엇이든 이십삼 년을 함께한 사람으로서 가만있을 수가 없었다.

무엇으로 지친 마음을 달래줄까 곰곰이 생각을 하던 그가 기억의 어느 지점을 뒤져 찾아낸 것을 흥얼거리기 시작했다.

"얼굴 찌푸리지 말아요."

재욱이 수현을 바라보자 그가 씨익 웃으며 말했다.

"이 노래, 우리 어렸을 때 불렀던 노래인데 기억나?"

"음은 기억이 나는데 가사가 가물가물해."

"우리 병원 환자 중에 정은이란 꼬마가 나한테 가르쳐 준 건데 들어볼래?"

"후후. 응, 불러봐."

그녀의 응원에 수현이 멋진 목소리로 노래를 시작했다.

"얼굴 찌푸리지 말아요. 모두가 힘들잖아요. 기쁨의 그날 위해 함께하는 친구들이 있잖아요. 혼자라고 느껴질 때면 주위를 둘러보세요. 이렇게 많은 이들, 모두가 나의 친구랍니다."

장난스럽게 윙크를 하며 멋지게 불러대는 녀석을 보며 재욱의 가슴이 벅차올랐다. 그래, 가사의 내용처럼 그녀가 혼자라고 느껴질 때 주위를 둘러보면 항상 저 녀석이 있었다.

"우리 가는 길이 결코 쉽지 않을 거예요. 때론 모진 시련에

좌절하겠지만 우리의 친구들과 함께라면 결코 두렵지 않아.
앗싸!"

어느덧 제 흥에 겨운 나머지 추임새를 넣으며 신이 나 동요를
불러대는 녀석을, 사랑한다. 사랑한다…….

다음날, 화창한 날씨처럼 전의를 새롭게 다진 재욱이 출근을
했다. 그녀는 자리에 앉자마자 인터폰으로 유란을 호출했다.

"유란 씨, 잠깐 들어와 봐."

잠시 후 유란이 방으로 들어왔다.

"네, 부르셨어요?"

"응, 유란 씨. 그때 전대준 개인 신상 조사했을 때, 서류 좀 찾
아줘."

"네."

재욱은 유란이 가져다준 서류를 보며 사채란 단어에 집중했
다. 일을 하다 보면 정공법을 해야 하는 순간이 있다. 서류를 든
재욱이 밖으로 나갈 준비를 했다.

"어디 가시게요?"

"경찰서."

간결하게 대답한 재욱은 사무실을 나왔다. 지난해 사채업자
와의 시비로 경찰서 신세를 진 기록을 찾아냈으니, 그곳에 가면
대준이 쓴 사채업자의 인적 사항을 알아낼 수 있을 것이다. 재
욱은 차의 시동을 걸었다.

경찰서에 간 재욱은 어렵지 않게 사채업자의 신원을 파악할 수가 있었다. 비교적 합법적으로 사채를 하는 사람이라 종종 경찰서의 도움도 받는다는 설명이 귀에 생생했다. 그녀는 경찰서에서 알려준 곳이 맞나 확인을 하며 제법 반듯한 건물을 올려보았다. 일층 이용소 왼쪽 옆 계단을 올라가자 팻말도 없는 사무실 문이 나타났다. 문을 열자 생각보다 넓은 평수의 사무실이 나타났다. 하지만 그곳엔 소파와 책상 두 개, 그리고 철제 캐비닛밖에 없어 썰렁하기까지 했다. 그녀가 들어가자 소파에 앉아 있던 험상궂은 남자가 고개를 휙 돌려 그녀를 쳐다보았다.

"누구냐?"

남자는 우습게도 그녀가 아닌 책상에 앉아 있던 젊은 남자에게 질문을 던졌다.

"저도 모릅니다. 누구쇼?"

젊은 남자가 성의없이 묻자 그녀가 가볍게 목례를 하며 말했다.

"안녕하세요. 궁금한 것이 있어서 찾아왔습니다."

"뭐가 궁금한 건데?"

반말을 서슴지 않는 남자 앞에서도 재욱은 주눅 들지 않았다. 그녀는 침착한 어조로 말했다.

"전대준이란 남자가 여기에서 사채를 썼는지 알고 싶은 겁니다. 혹시 이자가 여기서 사채를 썼나요?"

재욱은 가방에서 대준의 사진을 꺼내 보여주었다. 대준의 얼

굴을 확인한 남자는 잠시 책상에 앉아 있던 남자와 눈을 마주
쳤다.

"사채를 썼는지 안 썼는지, 그걸 왜 알아야 하는데?"

"이자가 사채를 쓰고 빚을 어떻게 갚았는지 알아야 하거든
요."

"흠……."

재욱의 말과 사진을 번갈아 보며 남자가 말문을 닫았다. 그러
자 책상에 앉아 있던 또 다른 남자가 다가왔다.

"형님, 누군데 그러십니까? 우리 돈 쓴 놈 맞습니까?"

거칠게 중얼거리던 남자는 사진 속 대준의 얼굴을 보며 소리
쳤다.

"아, 이 새끼, 이거 전대준 새끼잖아?"

"아세요?"

격한 남자의 반응에 재욱이 물었다.

"알다마다. 이 새끼가……."

"조용히 안 해?"

대준에 대해서 말을 하려던 남자는 소파에 앉아 있던 남자의
성질에 말문을 닫았다. 검붉은 얼굴에 하고픈 말이 무척 많은
듯 웅얼거리던 그는 결국 참을 수 없었던지 기어이 소리쳤다.

"그렇지만 형님! 이 새끼 이거 진짜 악질입니다. 우리한테는
약속어음 끊어주고, 저기 사거리 영출 새끼한테는 삼천을 다 갚
았답니다."

“뭐야?”

분한 듯 소리치는 남자의 말에 남자의 ‘형님’과 재욱 모두 놀라 쳐다보았다.

“우리한테는 계속 어음 만기일을 연장하고 있잖습니까!”

“이 새끼가…….”

소파에 앉아 있던 남자가 살벌하게 중얼거렸다. 일 년 가까이 이자만 받고 원금 상환을 보류해 주었건만, 뒤통수를 맞았다는 생각에 남자는 머리끝까지 화가 나 있었다.

“따라 나와.”

“네, 형님!”

재욱이 있다는 것을 철저히 무시한 남자가 사무실을 뛰쳐나갔다. 남자들이 나간 빈 사무실에서 그녀는 가방에 넣어두었던 증거 수집용 녹음기를 꺼내 정지 버튼을 눌렀다.

예상대로 대준은 은후의 유산을 빼돌려 노름을 하고, 노름빚을 갚고 있었다. 확신을 더해주는 증거를 수집한 그녀는 남자들의 대화 중에서 들었던 또 다른 사채업자를 찾아가기 위해 빈 사무실을 나갔다.

“아이고, 왜 이러십니까!”

차에서 내려 그대로 바닥으로 패대기쳐진 대준이 죽는 소리로 말했다. 오늘따라 운이 좋아 경마에서 이겨 의기양양했던 기분은 온데간데없이 들이닥친 사채업자에게 잡혀 빈 공터로 끌려와야 했다.

"제가 뭘 잘못했다고……."

살벌한 표정의 사채업자가 삽을 들고 다가오자 대준이 놀라 그를 쳐다보았다.

"대체, 대체 왜……."

"당장 갚아."

영문을 몰라 벌벌 떨던 대준은 남자가 던져 주는 어음을 보며 더듬거렸다.

"이건…… 이건 제가 곧 갚아드린다고 말씀드렸잖아요."

때를 보아 갚으려 사채업자에게 썼던 약속어음이었다.

"지금, 당장."

그가 기억을 상기시키려 하자, 사채업자가 쓰러진 그를 향해 다가와 탁한 음성으로 중얼거렸다. 원금을 상환할 때 이자와는 상관없이 원금의 10%를 더 쳐주겠다고 말해 상환 연기를 허락받았던 대준은 갑자기 돌변한 사채업자의 모습에 두려움을 느꼈다.

"대체, 왜…… 왜……."

그러자 뒤에 섰던 똘마니가 소리쳤다.

"이 새끼! 너, 영출 새끼한테는 돈 갚았다는 거 다 알아. 그런데 우리 형님 돈은 왜 안 갚아!"

"그, 그거야 삼천밖에 안 되는 돈이라……일억이 넘는 돈을 구하려면 아직 시간이 더 필요한……."

절대 비밀로 하자던 또 다른 사채업자 영출이 입 싸게 그것을
말해 버렸나 보다. 당황한 대준이 더듬거리며 항변했다.

"지금 재판 중이라서 당장 돈을 빼내기가 그러니까 조금만 더
기다려……."

"이 새끼야, 너 지금 장난해?"

대준이 중얼거리는 말에 사채업자는 더 열이 뻗쳤다.

"재판에서 지면 우리 돈은 어떡하라고! 이 새끼가 간이 아주
배 밖으로 나왔구만. 당장 돈 구해와!"

"아닙니다. 아니요. 재판에서 질 리가 없어요. 애새끼한테 남
은 혈육은 저밖에 없어서 남에게 아이를 안 줄 겁니다. 재판이
끝나고 보는 눈이 없어지면 그때 모두 갚겠습니다. 약속드렸던
10%를 더해서요."

애절하게 애원을 하는 대준에게 똘마니가 침을 탁 뱉으며 대
준의 등을 사정없이 내려쳤다.

"야야, 다 필요없어. 아까 변호사인가 뭔가가 다녀갔어. 다니
는 꼴을 보아하니 네놈이 재판에서 이긴다는 보장도 없더구만."

그년이…….

세찬 발길질에 숨을 쉴 수가 없는 통증에도 불구하고, 대준은
재욱을 떠올리며 이를 갈았다.

"돈 가져올 거냐, 아니면 내가 네 마누라 섬에 팔고 네 애새끼
들 다 묻어버릴까?"

대준은 살벌한 사채업자의 말에 침을 꿀꺽 삼켰다.

"구해옵니다, 곧 구해서……. 그러니까 제발……."

그는 똘마니의 바짓자락을 붙잡고 애원하기 시작했다.

"재판만 끝나면, 돈의 유용이 쉽습니다. 그러니까……."

"등신 새끼. 조카 놈을 네 새끼로 만들면 그 돈이 다 네 것인데, 네놈은 참 어렵게 빼돌리는구만."

"네?"

그러자 한 걸음 물러서 있던 남자가 비웃음을 흘렸다.

"그 돈 빼서 먹고살려는 놈이 그것도 모르냐?"

대준으로선 처음 듣는 소리였다. 발길질 때문에 입가에 피를 흘리며 그를 올려다보자, 사채업자가 중얼거렸다.

"네놈 마누라 팔아봐야 일억 안 나올 테니까 하는 말이다. 잘 들어. 당장 애새끼 호적 신고부터 해. 그럼 제일 쓰기 쉬운 돈이 애새끼가 받은 보험금이야. 그 돈으로 다음 주 수요일까지 반드시 갚아. 안 그럼, 다 죽여 버릴 테니."

법이 때론 불법적인 일을 합법적으로 만들어준다는 것은 누구나 아는 일이다. 조카의 돈을 쓰는 것은 불법적인 일이지만, 아들의 돈을 쓰는 것은 뭐라 입댈 사람이 없는 것은 자명한 일.

사채업자의 스산한 협박에도 대준의 머릿속이 맑아왔다.

그래! 그런 방법이 있었구나!

"네! 반드시 갚겠습니다. 반드시!"

대준이 머리를 조아리며 다짐했다.

"명심해, 다음 주 수요일이야."

협박은 충분히 먹혀들었을 것이다. 또한 사채업자의 입장에서는 사실 대준이 돈주머니가 확실한 애새끼까지 끼고 있으니 받을 돈 걱정은 없었다.

며칠의 말미를 준 사채업자가 똘마니와 함께 차를 타고 사라졌다.

홀로 남은 대준은 긴장이 풀려 바닥에 털썩 누워버렸다. 극한까지 느껴야 했던 두려움에서 해방되자 온몸이 아릿하게 아파왔다.

"씨팔, 그런 방법이 있었을 줄이야."

그럼에도 웃음이 나오는 건 어쩔 수가 없었다.

"흐흐흐."

노름빚 때문에 목숨의 위협을 느끼는 것에도 이제 해방이 될 터, 대준이 하늘을 향해 마음껏 웃음을 터뜨렸다. 그렇지만 용서할 수 없는 한 사람. 오늘 그를 개보다 못한 취급을 받게 한 그녀에겐 마땅한 되갚음이 있어야 한다.

"그럼, 절대 당하고만은 못살지. 똑같이 당해봐라."

힘겹게 몸을 일으킨 대준은 주머니에 든 휴대폰으로 누군가에게 연락을 시도했다.

"돈을 안 갚아가 우리 애들한테 붙잡히가 엄청 두드려 맞았구만. 그런데 몇 달 전에 와가 돈을 갚는 기라. 다 놀랐다 아니가. 당최 돈 나올 구석이 없는데 갚아가. 그런데 아직 그 집엔 돈을

안 갚았는갑데? 어음 어쩌고 그라든데. 그쪽에다 대고 계속 어
음 기한을 연기한다고 들었지.”

“봉을 물었다 안 합디까? 돈 나오는 애새끼를 물었다고 좋아
라 하든데.”

어제 경찰서며 사채업자를 돌며 수집한 증거를 서류로 제출
하기 위해 토요일임에도 출근을 한 재욱은 일에 몰두했다. 점심
도 거르고 일에 매달려 다음 월요일 법원에 제출할 서류 작성을
끝낸 그녀는 뿌듯한 얼굴로 서류를 내려다보았다. 이 정도면 다
음 달까지 기다리지 않더라도 곧 재판이 시작될 수 있었다. 재
욱은 서류를 서랍에 넣고 자물쇠로 서랍을 잠갔다.

오래도록 앉아 몰두했던 터라, 목 근육이 뻣뻣하게 뭉쳐 몹시
피곤했다. 힘겨운 한숨을 쉰 그녀는 사무실 문을 잠그고 나왔
다.

모두가 쉬는 주말의 건물은 무척 조용했다. 밤공기가 금방이
라도 소나기가 쏟아져 내릴 듯 눅눅했다. 재욱은 후덥지근했지
만 이상하게 오싹한 기운을 느끼며 로펌 앞 주차장으로 걸어갔
다. 그다지 늦은 밤이 아님에도 거리에는 아무도 없었다.

달칵, 애마의 운전석에 키를 꽂던 그녀는 바스락거리는 소리
에 놀라 뒤를 돌아보았다.

“흡!”

막 고개를 돌리던 그녀는 갑자기 입이 틀어 막혔졌다. 순식간

에 당한 일이라 제대로 저항조차 못해본 그녀는 억센 손아귀의 힘에 숨이 막혀왔다.

"으, 흡!"

입을 틀어막은 손을 마구 치며 발버둥치자, 손이 더욱 조여왔다.

"얌전히 있어!"

목이 꺾일 정도의 강력한 힘.

"야, 사람들 오기 전에 얼른 데려가."

그녀를 잡고 있는 남자와 일행인 듯 또 다른 남자의 목소리가 들려왔다. 그 남자의 말에 재욱을 잡고 돌아서던 남자의 손이 조금 느슨해지자, 재욱은 온 힘을 다해 남자의 손을 깨물었다. 살점이 뜯어질 만큼 강하게 물자, 그녀를 잡았던 남자가 외마디 비명을 지르며 물러섰다.

"아악! 이년이, 아……."

피가 흐르는 손을 잡고 경악한 남자 대신 뒤에 있던 다른 남자가 위협적으로 다가왔다. 두어 걸음 물러선 재욱이 앙칼지게 소리쳤다.

"당신들 누구야!"

"씨팔, 이년이 사람 인내심 테스트하는 거야? 곱게 몇 번 하고 보내주려고 했더니 안 되겠네."

남자는 가죽조끼에 손을 넣더니 잭나이프를 꺼내 들었다.

"반반한 얼굴에 흠집이 나는 것도 네 팔자지."

어둠 속에서도 칼날이 푸르게 반짝거렸다. 대체 이들이 누구인지, 왜 이러는지 이유를 알 수가 없었지만 그보다 그녀를 도와줄 사람이 아무도 없다는 것이 더 두려웠다. 칼을 들고 다가오는 남자를 피해 자꾸만 뒤로 물러나던 재욱은 주차장 벽이 느껴지자 절망하고 말았다.

"흐흐, 재밌을 거야. 그렇지?"

바로 코앞까지 마주 온 남자가 손을 번쩍 들었다. 그대로 당할 수만은 없는 재욱이 남자의 급소를 노려 다리를 들어올렸다. 무모한지 알면서도 다리를 올려붙인 재욱이 상상하던 남자의 비명, 혹은 붙잡힌 자신을 상상하며 눈을 질끈 감았다.

"으흑."

그때 들려오는 요란한 발자국 소리와 남자의 비명. 두려움에 눈을 뜨자, 칼날을 휘두르던 남자의 목을 누군가 죄고 있었다. 역시 저만큼 뒤에서 그녀에게 손을 뻗었던 남자 역시 양팔이 뒤로 돌아간 채였다.

누구인지는 몰라도 적어도 그녀를 도와주고 있다는 생각에 재욱은 놀란 가슴을 움켜쥐었다. 그러자 눅눅하던 대기를 가르고 굵은 빗방울이 하나둘 떨어지기 시작했다.

대체 무슨 일인지…….

삼십 년을 살면서 한 번도 당하지 않았던 봉변을 최근 몰아서 당하는 듯 연달아 안 좋은 일만 일어난다. 굵은 빗방울은 이내 소나기가 되어 내렸다.

그녀는 차가운 비를 맞으며 생각했다.

비가 오면 땅은 더 굳어질 뿐이다. 분명 좋지 못한 일이지만 이 일로 그녀는 훨씬 더 강해질 것이다. 무엇이든 절대 포기하지 않는다. 재욱이 이를 악물고 다짐을 하는 동안, 어둠 사이로 검은 정장을 입은 남자 하나가 다가왔다. 그가 비를 고스란히 맞고 있는 재욱을 천막이 쳐진 쪽으로 부축해 주며 물었다.

"괜찮으십니까?"

평상심을 유지한 남자의 목소리에 안정을 느낀 재욱이 대답했다.

"네, 전 괜찮아요. 그런데 누구신데 절 도와주신 거죠?"

"저흰 설수민 씨의 의뢰로 고객님을 경호하고 있었습니다."

수민이……? 뜻밖의 사실에 놀란 그녀에게 경호원이 계속 말했다.

"놈들은 모두 붙잡았습니다. 경찰차와 구급차 모두 오고 있으니 조금만 참으십시오."

"네……."

영문을 몰랐지만, 적어도 이제 안전하단 말에 재욱의 굳었던 몸이 풀어지며 떨리기 시작했다. 차가운 빗소리에 오한이 들며 육탄전을 벌이느라 긴장했던 근육 모두가 비명을 질러댔다.

다섯 시간 동안 긴장했던 몸이 수술실을 나오는 순간 나른하게 풀어졌다. 갑작스런 응급수술에 호출되어 참여했던 수현은 쓰러질 만큼 피곤했다.

"수고했어."

그는 수술 어시스트를 한 인턴의 등을 두드려 준 다음 의국으로 들어갔다. 푸른 수술복을 갈아입지도 못한 채, 소파에 털썩 주저앉자 테이블 위에 올려두었던 휴대폰이 요란하게 울려댔다. 수현은 눈을 감은 채 전화를 받았다.

"네."

[형, 나야.]

수민이었다. 언제나 느긋하기만 한 녀석의 목소리가 차갑게 긴장되어 있는 것을 느낀 수현이 눈을 떴다.

"그래, 무슨 일 있어? 목소리가……."

[재욱이 누나 사고 났어. 누가 누나를 덮쳤나 봐.]

순간 심장이 발 아래로 툭 떨어지는 것을 느꼈다.

"뭐……?"

[누나네 로펌 주차장에 숨어서 노리고 있었나 봐. 지금 로펌 근처 병원 응급실에 있어. 병원 이름이…….]

수민이 알려준 병원 이름을 듣고 전화를 끊은 수현의 손이 마구 떨려왔다. 온몸에 피가 다 빠져나간 것처럼 꼼짝할 수가 없었다. 떨리는 손으로 머리를 거칠게 쓸어 올리던 수현이 그대로 의국을 뛰어나갔다.

아무것도 생각나지 않았다. 사고와 병원 이름. 단지 그 두 단어밖에 떠오르는 것이 없었다. 초조한 듯 불안하던 재욱의 얼굴과 지친 듯 힘들어하던 얼굴. 숨이 막힐 듯 긴장감이 덮쳐 왔다.

정신없이 차를 몰아 재욱이 있다는 응급실로 뛰어들어 갔다. 정상 진료가 되지 않는 밤, 응급실이 얼마나 부산하고 신음 소리로 가득 차 있는지 겪어본 사람은 다 안다. 그 역시 응급실 근무를 했건만, 재욱을 찾기 위해 이렇게 주위를 두리번거리자 모든 것이 공포가 되어 그를 덮쳤다. 교통사고로 들어온 환자인지 붉은 피에 온몸을 적신 사람부터 고열에 뒤척이는 갓난아기까지, 그중에 재욱의 하얀 얼굴을 찾는 수현의 심장은 미친 듯이 펌프질하고 있었다.

병원 응급실이 이렇게 크고 넓은지 새삼 놀라워하며 찾는 얼굴이 없자, 수현은 소리라도 지르고 싶었다. 그때 뒤에서 그를 부르는 소리가 들렸다.

"수현아."

휙 돌아보자, 몇 개의 침대 뒤에 창백한 얼굴로 재욱이 앉아 있었다. 하얀 블라우스 군데군데 묻은 붉은 피와 깨끗한 얼굴에 남은 생채기 자국이 천천히 다가가는 수현의 얼굴에 크게 각인되고 있었다.

"어떻게 왔어? 수술 중이었나 본데, 뭐 하러……."

수현은 그대로 재욱을 품에 안아버렸다. 가냘픈 몸이 그의 품 안에 꼭 안기자, 말할 수 없는 안도감이 그를 감싸왔다.

"수현아."

"쉿. 잠깐만, 잠깐만."

수현은 그녀의 머리 위에서 속삭였다. 놀라서 죽을 수도 있다는 것을 처음 알게 된 그는 지금 안정할 시간이 필요했다.

"나 괜찮아. 그러니까……."

"재욱아, 잠깐만 이렇게 있자."

자신의 숨겨진 마음을 깨달은 그 역시 위로받을 필요가 있었다.

재욱을 놓치면 마치 숨이 끊어질 듯한 간절한 그의 속삭임에 그녀는 수현을 밀어내는 것을 멈췄다. 그녀 역시 오늘은 잠시 이성을 놓아버렸다. 수술복 차림으로 자신을 위해 뛰어온 그의 품에 안겨 끔찍했던 찰나를 잊어버리고 싶었다. 수현은 그녀가 두려움에 사로잡혔을 때 언제나 그랬듯, 손을 내밀어 두려움과 공포를 벗어나게 해주던 사람이다.

재욱의 가냘픈 팔이 수현의 등을 감싸 안았다.

그러자 비로소 심장이 미친 듯이 펌프질을 했다는 것을 느낄 수 있었다. 그런데도 그것을 느끼지 못했다. 혼자서 '긴장'이란 갑옷을 입은 채, 세상과 마주하고 있었다는 것을 수현의 품에 안기고서야 알 수 있었다. 온몸에 빠르게 산소를 공급해 주던 심장이 차츰 안정을 찾아갔다. 동시에 평화가 찾아들었다.

천둥 치는 밤. 밤하늘을 가르는 천둥번개 아래, 식탁에 마주 앉은 대준과 진숙은 대화를 나누고 있었다.

"그래서? 어떻게 됐어?"

“뭘 어떻게 돼. 변호사란 년 손 좀 봐줬지.”

“들키지 않게 잘하지 그랬어.”

이 좋은 집과 넘쳐 나는 돈을 포기하고 싶지 않은 진숙이 안 달을 내며 다그쳤다.

“이 여편네가 사람을 어떻게 보고 그래? 당연히 잘했지.”

빚을 내어 부린 만큼 당연히 ‘잘했을 것’이라 생각한 그들이 이미 경찰에 잡혔을 거란 상상은 꿈에도 하지 않은 대준이 의기양양하게 웃었다.

“씨팔. 그렇게 설쳐 대면 설치는 대로 처리하면 되는 거야.”

기죽지 않고 말간 눈으로 그를 바라보던 재욱에게 살기를 품던 대준이 진숙을 툭 치며 말했다.

“그런데 은후 말이야, 아무래도 내 호적에 입적시켜야겠어.”

“뭐 하러 그래?”

배 아파 낳은 자식이 둘이나 있는데, 대준의 말이 탐탁지 않은 진숙이 얼굴을 찌푸렸다.

“께름칙해서 싫어. 하지 마.”

“누군들 내 새끼도 아닌 거 호적에 넣고 싶어? 그래도 저 새끼가 내 자식이 되어야 돈을 내 마음대로 쓸 수 있다니까 억지로 해주는 거지.”

당장 돈 갚으라던 사채업자의 윽박이 떠올라 대준은 퉁명스럽게 중얼거렸다. 그러자 진숙이 반색을 했다.

“어유, 그래? 그럼 내일이라도 당장 호적에 넣어.”

"흐흐, 그래야지. 씨팔, 대하 새끼가 그렇게 잘난 척했어도 결국 이게 다 내 것이 됐단 말이야. 돈도 돈이지만 지 애새끼가 내 자식이 된다고 생각이나 했겠어?"

그 생각을 하면 마냥 행복한 대준이었다.

"내일은 주말이니까, 월요일 아침에 날이 밝자마자 법원에 가야겠어."

"그래, 하루라도 빨리 하는 게 좋아. 그래야 박민식이 허튼수작을 못 부리지. 당신이 얼른 해버려."

탐욕은 끝이 없다, 모든 것을 가지기 전까진.

주방의 비밀 공간을 열고 녹음기를 꺼내려던 은후의 몸이 굳어졌다. 두런두런 들려오는 삼촌과 숙모의 대화는 어린 그의 상상을 초월하고 있었다.

변호사 누나가 다치게 된 것만 해도 속이 울렁거릴 만큼 놀라운 사실인데, 자신을 삼촌의 아들로 만들겠다는 말에 소름이 돋아 꼼짝할 수도 없었다.

어쩌면 시연이네 아저씨가 그를 이곳에서 데려가 줄지도 모른다는 작은 희망을 가졌던 은후는 삼촌의 말에 절망스러웠다. 은후에게 아빠는 세상에서 딱 하나밖에 없다.

'아빠는 우리 아빠뿐인데……'

하지만 그 소중한 자리를 삼촌이 더럽힌다는 생각보다 삼촌의 아들로 영원히 괴롭힘을 당할 것을 생각하니 그것이 더 끔찍했다.

"내가 가지 말라고 붙잡았단다."

입양되던 이야기를 해주던 변호사 누나의 얼굴이 떠올랐다.

"그때 그분들을 붙잡고 애원하는 것에 모든 것을 걸었단다. 내가 날 데려가 달라고, 같이 있고 싶다고 울었어."

모든 것을 걸어야 한다…….

삼촌의 아들로 평생 이곳에서 살고 싶지 않다. 부르기만 해도 눈물 나는 아빠 엄마의 자리를 삼촌과 숙모가 차지하는 것 역시 토할 것처럼 싫은 일이다.

은후는 결심을 했다. 즐거워지고 싶었다. 비록…… 사랑하는 엄마 아빠가 곁에 없지만…… 이렇게 무서운 곳에서 벗어나 행복해지고 싶었다. 아저씨네라면……. 아빠가 안아주듯 날 안아주는 아저씨라면 안심이 될 텐데.

모두가 잠든 밤. 아이는 비밀 장소에 숨겨둔 녹음기를 꺼냈다.

더 이상 녹음할 공간이 없다는 메시지가 뜨자, 은후의 눈에 눈물이 고였다. 이제 영원한 이별인 것이다. 은후는 엄마와 아빠가 그의 곁에 있었다는 흔적을 지워야 한다는 사실에 서러움이 북받쳤다.

"미안해, 엄마 아빠. 내가 꼭 엄마 아빠 목소리 간직하려고 했는데, 지워서 미안해. 그런데 엄마 아빠, 나 정말 삼촌이 싫어. 너무 무서워서 싫어."

작은 소리로 고백한 은후는 두 볼을 타고 흐르는 눈물을 옷소매로 쓱 닦아냈다.

"나 시연이네 가고 싶어. 가도 되지? 응, 엄마 아빠? 그러려면 증거가 있어야 된대. 삼촌이랑 숙모가 날 때리는 증거가 있어야 시연이네 갈 수 있대. 은구 형이 그랬어."

그래서 그는 보물보다 귀한 엄마, 아빠의 목소리를 지우려고 하는 것이다.

"정말 미안해. 그래도 엄마 아빠, 목소리는 지워도, 엄마 아빠는 가슴속에서 안 지워. 알지? 엄마랑 아빠는 영원히 내 가슴속에 있어. 내가 꼭 기억할게……. 꼭……."

은후는 떨리는 손으로 지움 버튼을 눌렀다. 버튼을 누르는 순간, 꼭 닫힌 은후의 눈에서 눈물이 떨어졌다.

수현은 침대 머리맡에 한 손을 기대선 채 병원 베드에 누운 재욱을 가만히 내려다보았다.

"괜찮아?"

"응, 괜찮아."

경호원이라 말하던 남자들이 빠르게 대처해 줘서 육체적으로 외상은 없었다. 다만 혼란스럽고 놀라 하룻밤 안정을 취하기 위해서 입원을 했다.

"그런데 수민이가 왜 경호원을 붙여준 거지? 이상해."

"그거야 네가 요즘 너무 안 좋으니까. 보는 사람이 불안해서 어디 견딜 수가 있냐? 정말 다행이다."

수민에게 부탁해 놓았던 경호원을 그는 깜빡 잊었지만, 수민이 녀석은 잊지 않아 천만다행이다. 덩치 좋은 남자 둘이서 칼을 휘두르며 위협했다는데, 경호원들이 아니었으면 재욱이 어떻게 됐을지 상상만 해도 소름이 돋았다.

"우연이었을까? 그냥 밤길에 널 덮친 거야?"

수현의 말에 재욱이 침착하게 상황을 되새겼다.

"글쎄…… 그렇다고 하기엔 너무 소리 소문 없이 다가왔어. 마치 날 기다리고 있었던 사람들처럼 말이야."

그렇다면…… 정말 누구일까……. 누가 그녀에게…….

"오늘은 생각 하지 마. 그냥 잊고 자라."

골몰히 생각에 잠기는 그녀의 머리카락을 다정히 어루만지며 그가 말했다.

"나 요즘 네 병간호 계속하는 거 같아. 그거 아냐?"

수현이 그녀의 볼을 톡톡 치며 치자, 재욱은 수현의 손을 잡았다.

"그래서 억울해?"

"아니, 억울한 건 아닌데 이제 그만 다쳐, 제발."

"알았어. 미안해."

두 사람 모두, 응급실에서 서로의 심장 고동을 느꼈던 것은 말하지 않았다. 지금 이 순간의 대화 역시 평소라면 툭툭 받아치고 넘길 친구간의 대화가 아닌 서로를 염려하고 걱정하는 마음을 고스란히 드러냈다는 것도 문제 삼지 않았다. 수현이 지켜보는 가운데 진정제의 도움을 받은 재욱의 눈이 살풋 감겼다.

잠이 든 재욱에게 시트를 여며준 수현이 병원 복도로 나왔다. 재욱의 사고 소식을 들었을 때 마치 구명줄처럼 잡고 왔던 휴대폰을 열어 수민에게 전화를 걸었다.

"어, 나야. 어디야?"

[나 지금 서울 도착했어. 조금만 기다려.]

수현은 자신의 차림새를 훑어보며 말했다.

"올 때 옷 좀 가져와라."

[오케이.]

수민과의 전화를 끊은 수현은 복도 의자에 앉았다. 툭툭, 줄지어 놓은 플라스틱 의자를 내려치는 손길에 점점 힘이 실렸다.

쿵!

결국 들끓는 온 감정을 담아 의자에 주먹을 내려쳤다.

"젠장!"

그는 거칠게 중얼거리며 머리를 감싸 쥐었다. 불안하다, 불안해서 견딜 수가 없다.

"망할 자식들. 누구 짓인지, 죽여놓을 거다."

수현은 음산한 목소리로 중얼거리며 굳게 다짐했다.

의자에 앉아 침대에 엎드리고 있던 그의 등에 누군가 손을 댔다. 선잠에 들었던 수현이 화들짝 놀라 일어나 뒤를 보자 걱정스런 얼굴을 한 태원이 서 있었다.

“어, 태원아. 어떻게 알고 왔어?”

“수, 아니, 집에 전화했다가 알았다.”

머뭇거리던 태원이 대답을 하자, 수현이 얼굴을 쓸며 기지개를 켰다. 아직 깊은 밤, 재욱은 편히 잠들어 있었다. 아기처럼 뽀얀 얼굴로 깊이 잠든 얼굴을 가만히 보노라니 다시 한 번 진저리가 쳐졌다.

“누가 그런 거야?”

“몰라. 경찰에 넘겨졌다니 내일 아침이면 밝혀지겠지. 우발적인 접근이었는지, 아닌지.”

“수민이 붙여놓은 경호원이 아니었으면 큰일날 뻔했어.”

그의 말에 태원이 나지막이 속삭였다.

“그러게. 천만다행이다.”

놀란 가슴을 아무리 쓸어 내려도 도무지 진정이 되지 않았다. 그도 그럴 것이, 경호원 의뢰를 부탁한 그는 감쪽같이 잊어버린 그것을 수민이 대신 부탁해 놓았다는 것이다. 수현은 잠든 재욱의 얼굴을 보며 중얼거렸다.

“요즘 재욱이한테 계속 안 좋은 일들이 일어나서, 수민이가 지나가는 말로 경호원을 들먹거리길래 알아보란 말을 했는데, 난 며칠 사이 잊어버렸었다. 별일 아닌 것처럼 까맣게……. 그런데 오늘 누가 재욱이를 노렸다는 거야. 수민이가 그 말을 하는 순간 심장이…… 그대로 멎는 것 같았다.”

위협당하는 것이 어떤 것인지…… 그것이 사람을 얼마나 무기력하고 비참하게 만드는지 잘 아는 태원은 수현의 어깨 위로 가만히 손을 올려놓았다. 두런두런 들리는 말소리에 재욱의 숙면을 방해할까 걱정이 된 수현이 자리에서 일어났다.

"재욱이 깨겠다. 나가서 이야기하자."

"그래."

그들은 병원 복도로 자리를 옮겼다. 태원이 휴게실 자동판매기에서 캔 커피를 뽑아 복도 의자에 앉은 수현에게 건네주었다. 하지만 수현은 그것을 멍하게 바라만 보았다.

"수현아."

친구의 동요를 눈치 챈 태원이 가만히 불렀다. 그러자 수현이 흐릿한 시선으로 중얼거렸다.

"태원아, 수민이가…… 녀석도 나처럼 그것을 잊어버렸다면…… 오늘…… 오늘 재욱이는 어떻게 됐을까?"

"그런 생각 하지 마. 재욱이한테는 결국 아무 일도 일어나지 않았어. 안전하게 네가 보는 앞에 누워 잠이 들었다. 몹쓸 상상 따윈 일어나지 않았어."

친구의 어깨를 다독이며 말했지만 태원은 지금 수현의 기분을 짐작할 수 있었다. 소중한 누군가가 상처 입고, 아픈 것을 지켜봐야 하는 것이 얼마나 끔찍한 일인지 잘 알고 있기에 말이다.

"그중에서도 지금 내가 제일 혼란스러운 건 말이야…… 태원아, 나 미쳤나 보다."

태원은 말을 할 듯 말 듯 망설이는 수현을 바라보았다.

"왜?"

"재욱이가 여자로 보여."

"훗."

진지했지만 모호한 그의 말에 태원이 씩 웃었다.

둔한 녀석, 이제야 눈치를 챘구나.

그는 자꾸만 고개를 흔드는 수현의 등을 툭 쳤다.

"간다, 재욱이 일어나면 안부 전해주라."

"그래, 가라. 와줘서 재욱이가 고마워할 거야."

수현의 배웅에 태원이 고개를 끄덕이고 돌아섰다. 몇 걸음 걷다 돌아서 멋진 저음으로 그를 불렀다.

"참, 수현아."

"왜?"

친구의 부름에 고개를 들자, 태원이 씩 웃으며 말했다.

"재욱이는 원래 여자였다."

당연한 사실이었지만 태원의 진지한 음성으로 듣자, 그것은 마치 위대한 깨달음처럼 들렸다. 수현은 복도에 등을 기대 천장을 바라보았다.

응급실에서 끔찍한 상상을 하며 미친 듯이 재욱을 찾아 두리번거리던 순간.

"그래, 여자였어. 여자⋯⋯."

이웃집 천사에게 처음부터 온통 마음을 빼앗겨 버린 꼬마는 커서도 그녀에게 온통 마음을 빼앗기고 있음을 이제야 알게 되었다. 오랜 시간, 친구라 믿었던 천사가 사랑이었음을……

언제나 경쾌하게 답을 이끌어내던 수현의 혼란이 전해졌다. 병원을 나온 태원은 층층마다 훤하게 불이 켜진 병원을 바라보며 미소를 지었다.

작은 일에 유난을 떨어도 정작 큰일엔 깊은 속내를 드러내는 수안의 전화를 받고 걱정을 감출 수가 없어 병원으로 달려왔더니, 의외의 고백을 듣고 말았다.

"그래, 이제 깨달을 때도 됐지. 너무 늦었어."

태원은 주차된 차에 타며 중얼거렸다.

마음을 감춰야만 했던 그와는 다르게 수현과 재욱은 서로의 마음을 보려 하지 않았다. 그렇게 아옹다옹 싸움을 걸어댔지만, 결코 떨어지지 않았던 녀석들이다. 온갖 난리를 치며 싸움질을 해도 실과 바늘처럼, 어린 시절부터 둘은 꼭 붙어 다니며 서로를 챙겨주었다. 사랑이란 감정이 있다는 것도 모를 꼬맹이 때부터 그들은 엮여 있었다.

감정에 둔하고 때때로 바람둥이처럼 팔랑거리는 수현의 뒷모습을 한없이 바라보던 재욱의 마음고생이 이제는 사라질 터였다. 그렇게 서로의 마음을 깨닫기만 하면 되는 녀석들이었다.

하지만 그는 달랐다. 사랑을 깨달았지만 점점 더 겁이 났다. 점점 더 악랄해지는 의붓어머니 유정화의 횡포와 지켜야 할 소중한 사람 수안까지.

Rrrrrr, 요란하게 울리는 휴대폰을 받는 태원의 이마가 근심으로 흐려졌다.

"네."

[오빠.]

언제나 그렇듯 발랄한 녀석의 목소리에 정신이 반짝 들었다. 근심이란 없었던 듯, 희미한 미소가 그의 얼굴에 내려앉았다.

[어디야? 재욱 언니 봤어? 괜찮아?]

"그래, 이제 막 보고 나오는 길이야. 괜찮으니까 걱정하지 마라."

그가 나지막한 목소리로 수안의 걱정을 달래주었다.

[정말? 아유, 다행이다. 걱정돼서 죽을 것 같은데 큰오빠한테 전화하면 속상해할 것 같아서 전화도 못했어. 아, 정말 다행이다.]

수화기 너머, 수안이 안도하는 것이 보였다.

"이제 그만 자라. 많이 늦었는데."

[응, 오빠. 많이 피곤하지?]

어느새 그에게로 돌려진 관심, 누군가의 관심을 받는 것에 생소한 태원의 가슴이 훈훈해진다. 온몸을 끈적하게 만드는 후텁지근한 밤바람을 맞아도 상관없었다.

[너무 무리하지 말고, 너무 차가운 물에 샤워하지도 말고, 푹 잘 수 있게 미지근한 우유 한 잔 마시고 자는 거다?]

남들이 보기에는 마냥 철없이 귀여운 막둥이지만, 그의 연인 일 때 녀석은 참 사려 깊고 사랑 많은 여인이다. 오직 그만을 위해. 그래서 두려움도 이길 수 있었다.

"알았어."

[응, 사랑해. 내 꿈 꾸고 자야 해.]

쪽 소리를 남긴 수안이 전화를 끊었다. 태원도 미소를 머금은 채 전화를 끊었다. 수안은 힘들지만 그가 한국에 돌아온 이유였다. 그래서 악귀처럼 그를 괴롭히는 의붓어머니와 친조부라는 이름이 무색하게 냉정한 박 회장의 압력도 이겨내야 했다. 달콤한 녀석의 사랑을 갖기 위해서 말이다.

그것을 생각하는 태원의 얼굴에 새로운 각오가 서렸다.

천만다행.

재욱은 그 말의 의미를 느끼고 있었다. 걱정스런 얼굴로 모여 선 설 남매의 얼굴을 보는 순간 더할 나위 없이 안도감이 퍼졌 다.

"일어났어? 괜찮아?"

그녀와 눈이 마주친 수안과 수민이 반색을 했다.

"누나, 괜찮아?"

이 순간, 무척이나 보고 싶은 엄마 아버지가 한국에 계시지 않음을 운이라 여겨야 했다. 그녀라면 금쪽같이 귀애하시는 양 반들이라 밤길에 위협을 당했다는 것을 알면 몹시 놀라실 테였다. 재욱은 부모님이 없지만 마치 가족처럼 그녀 곁에 서 있는 남매들에게 희미한 웃음을 지어 보였다.

"그래, 왔니?"

불미스런 일이 있었다는 말에 초조하게 발을 굴리며 아침이 되길 기다렸던 수안은, 정신이 든 재욱을 향해 마구 걱정을 늘어놓았다.

"응, 언니. 얼마나 걱정했는지 알아? 진짜 굿이라도 한판 하든지! 아유, 물가에 애 앉혀놓은 것처럼 불안해서 못살겠어."

"걱정했니, 우리 꼬마?"

"당근 걱정이 되지! 수민 오빠가 경호원 안 구해놨으면 어쩔 뻔했어!"

잔소리를 늘어놓는 수안에게서 진지한 얼굴로 서 있는 수민에게로 재욱의 시선이 옮아갔다.

"그러게? 수민이 네 덕이 크다. 그런데 경호원은 뭐니? 언제, 그리고 왜 의뢰해 놓은 거야?"

후두둑 떨어지는 빗속에서 검은 정장을 입었던 남자들의 기적 같은 등장이 얼마나 고마웠는지 모른다. 하지만 수민이 무슨 계기로 경호 의뢰를 했는지 궁금한 것은 어쩔 수가 없었다. 그러자 수민이 가벼운 어깻짓을 했다.

"형이 누나 걱정을 많이 했어. 누나 이마 찢어졌던 날 말이야. 누나네 도둑 든 것도 해결이 안 됐는데 또 다치니까 엄청 걱정을 할 수밖에. 그래서 내가 이용하는 경호 회사에 믿을 만한 사람을 부탁해 놨던 거야. 사실, 별일없을 거라 생각을 하고 의뢰를 했던 거라 나도 무척 놀랐다, 누나.”

“그래, 그랬구나…….”

설가 녀석 그렇게 걱정을 했다니……. 재욱의 가슴이 뭉클해졌다. 얼렁뚱땅 장난스럽기만 한 성격이라 여겨도 한 번씩 드러내는 깊은 속내에 사람을 이렇듯 감동하게 만든다. 그녀는 보이지 않는 녀석을 찾으며 물었다.

“수현이는?”

“잠깐 휴게실 갔어. 수술복 차림으로 뛰어와서 지금 옷 갈아입고 있어.”

수안의 설명에 재욱은 지난밤을 되짚어보았다. 요란한 사이렌 소리의 경찰차와 구급차가 으슥한 주차장으로 모여들어 놈들이 잡혀가던 것과 구급 요원의 부축을 받으며 병원으로 왔던 일이 무척 오래전 일인 것만 같았다.

악몽과 춘몽이 뒤섞인 밤.

익숙한 얼굴 하나 없는 곳에서 홀로 침대에 앉아 기계적인 손놀림에 생채기 난 팔과 다리의 상처를 소독 받는 동안, 솔직히 얼마나 무서웠는지 모른다. 한여름 열대야가 무색할 정도로 한기가 엄습하는 몸이 차가워 견딜 수가 없었는데……. 그녀를 안아주던 수현의 품은 정말 든든했었다.

“수민아, 정말 고맙다. 너 아니었으면 정말 큰일날 뻔했어.”

재욱은 수민을 향해 감사를 전했다.

"뭘 그 정도로 고맙단 말을 해? 당연한 거지. 누난 소중한 우리의 재욱 누나잖아."

"응, 그럼. 언니는 소중한 우리 재욱 언니지."

수민과 수안의 열성적인 말에 가슴이 벅차올랐다. 무슨 복이 있어 이렇게 든든한 녀석들이 그녀의 편이 되어준 것인지, 재욱은 그저 감사할 따름이었다.

그때 문이 열리며 평상복으로 갈아입은 수현이 들어왔다. 수현은 그녀와 눈이 마주치자 한걸음에 다가왔다.

"깼어?"

"응."

더 이상 할 말이 없었다. 간밤이 지나 환한 햇살 아래, 무척 소중한 녀석의 얼굴을 보자 어색함이 밀려들며 말문이 막혔다. 그것은 수현도 마찬가지인지 자꾸만 헛기침을 하며 시선을 피했다. 눈만 마주치면 개와 고양이처럼 으르렁거리는 두 사람이 조용히 각자의 시선을 유지하자 덩달아 어색해진 것은 수민과 수안이었다.

"뭐냐? 누나랑 형 또 싸운 거냐?"

"어이구, 큰오빠! 언니 아픈데 또 시비 걸었니?"

동생들의 다그침에도 수현은 그저 헛기침만 할 뿐, 아무 대답이 없었다. 재욱 역시 어색해서 가만히 누워 있지 못할 정도였다.

"어? 큰오빠가 아무 말 못하는 거 보니 정말인가 보네? 오빠,

남자로서 매너가 없어! 아픈 여자한테 대체 뭐라고 한 거니?"

그들의 침묵을 달리 해석한 수안이 애꿎은 수현을 잡기 시작했다.

재욱은 평생 살면서 지금 이 순간만큼 재치있는 말을 원한 적이 없었다. 그래도 수현이 잘못없이 당하는 것은 막아야 했기에 재욱은 어쩔 수 없이 말문을 열었다.

"저기 수안아, 그게……."

똑똑. 그때 병실 문을 두드리는 소리가 들렸다. 때맞추어 들린 문소리가 무척이나 반가웠다.

"네, 들어오세요."

재욱이 대답을 하자, 병실 문이 열리고 정복 경관과 재킷 차림의 남자 두 사람이 들어왔다. 모두들 의아한 눈으로 바라보자, 그중 나이가 들어 보이는 남자가 침대 곁으로 가까이 다가서며 물었다.

"하재욱 씨를 뵈러 왔습니다. 혹시 하재욱 씨?"

"네, 제가 하재욱입니다만, 무슨 일이신지……."

그녀가 대답을 하는 순간, 수현과 수민이 긴장한 얼굴로 침대 가까이로 걸음을 옮기는 것이 보였다. 의식하지 않는 행동에서 그녀를 염려하는 것이 고스란히 전해지자 마음이 따스해졌다.

"어젯밤 폭행 미수 사건에 대해 알려 드릴 것이 있어서 왔습니다."

"네."

“취조 중에 우발적인 범행이 아닌 것이 밝혀졌습니다. 피의자의 지갑에서 거액의 수표가 나왔습니다. 확인해 보니 배후가 있더군요.”

배후란 말에 모두가 놀랐다. 제일 먼저 충격에서 깨어난 수현이 경찰에게 큰 소리로 물었다.

“배후라니요? 그럼 누가 시켜서 이 일이 일어났단 말입니까?”

“네, 전대준이란 자의 지시를 받았다는군요.”

전대준……. 일말의 의심을 했던 자였지만 막상 그의 소행이란 말을 들으니 재욱은 소름이 돋았다.

“폭행과 강간 미수를 직접 범행한 것보다 지시에 의해 한 것이 밝혀지면 죄가 조금 가벼워진다고 말해줬더니 순순히 자백을 하더군요. 야산으로 끌고 가 폭행과 강간을 하라고 지시한 것으로 밝혀졌습니다.”

침착한 경찰의 설명을 들으며 재욱은 자신의 팔을 쓰다듬었다. 그러자 수안이 곁에 다가와 자신을 꼭 끌어안아 주었다. 수안의 작은 품에 안겨 재욱은 진저리를 쳤다.

그는 생각보다 훨씬 끔찍한 사람이었다. 그자에게 맡겨진 지난 열 달 동안 은후가 얼마나 고통스러웠을지, 그것을 상상하자 참을 수 없을 만큼 화가 났다. 분노로 말을 잃은 재욱 대신 수현이 따지듯 물었다.

“하, 정말 세상 무서운지 모르는 사람이로군요.”

"그만큼 죗값을 치르게 되겠지요."

수현의 흥분에 경찰이 차분하게 대답을 했다.

"경찰에 바로 연행이 됐습니까?"

"전대준의 소재가 파악되는 대로 바로 구속될 겁니다. 제가 하재욱 씨를 만나러 나올 때 바로 형사들이 나갔으니 지금쯤 연행되었을 겁니다. 구속 수사가 진행되면 연락드리겠습니다."

구속은 너무나 당연했다. 재욱이 싸늘하게 생각했다. 추악한 인간, 탐욕과 기만이 지나치면 결국 밝혀지는 것인데 그는 너무 어리석었다. 그리고 지독히 교만했다.

적어도 이 추악한 행위 속에서 은후만은 자유로울 테니, 이제 아무 위협 없는 은후를 생각하니 마음이 놓였다.

사실을 알려준 경찰들이 목례를 하고 병실을 나가자, 남은 남매들은 저마다 믿어지지 않는 얼굴로 고개만 저었다.

"전대준이 대체 누구야?"

수현의 질문에 재욱이 중얼거렸다.

"내 의뢰인 꼬마의 삼촌. 그자가 아이도 때리고, 재산도 빼돌렸어."

그러자 수민과 수안이 불을 품으며 흥분했다.

"뭐? 세상에 아직도 그런 개자식이 다 있냐?"

"나쁜 놈! 그런 것들은 전부 발에 돌을 매달아 태평양에 던져 버려야 해!"

맞다. 그 어린것의 마음에 돌이킬 수 없는 상처를 주고도 모자라 죄를 뉘우치기는커녕 사악한 일을 벌인 대준은 천벌을 받아 마땅하다.

만족스럽지 못한 결말이나, 어쨌든 속을 끓이던 일이 해결되고 말았다. 재욱은 모래성이 허물어지듯 누워버렸다.

"그래, 쉬어라."

할 말이 많은 눈으로 그녀를 보던 수현은 동생들의 존재를 의식하여 그 말밖에 하지 못했다.

골프채를 닦으라고 정원으로 내보낸 은후가 사라진 것을 확인한 대준은 잔뜩 화가 나 있었다. 고가의 골프채만이 덩그렇게 잔디 위에 뒹구는 것을 보곤 그중 하나를 단단히 움켜 잡았다.

"이 새끼, 어디 갔어!"

시킨 일을 제대로 안 하고 쥐새끼처럼 요리조리 도망 다니는 것은 어릴 때 고쳐 놔야 했다. 대준은 잔뜩 씩씩거리며 뒷마당 창고며 지하실을 샅샅이 뒤졌다. 이층 은구 방을 정리하던 진숙이 대진의 요란한 외침에 이층 발코니로 나왔다. 그리고 이마에 핏대가 선 그를 보며 소리를 질러댔다.

"왜? 애가 없어? 어디로 간 건데?"

"어딨는지 몰라? 이놈 잡히기만 해봐, 어디! 야! 은후, 너 어딨어!"

밖에서 찾는 것을 포기한 대준이 씩씩거리며 집 안으로 들어갔다.

"어유, 얼마나 게으른지 무슨 일을 못 시켜!"

은구와 은기 모두 아래층 거실에서 아침부터 지금껏 만화영화와 인터넷 오락에 푹 빠진 것과는 무관하게 진숙은 은후에 대한 타박을 서슴지 않았다. 거대한 팔뚝에 단단히 잡힌 골프채가 섬뜩해 보였지만, 진숙 역시 은후가 혼이 나야 한다고 생각했다.

"아주 혼쭐이 나야 내빼는 짓을 안 하지."

정원에서 시킨 일을 하지 않고 집 안으로 미꾸라지처럼 몰래 숨어 있을 은후를 찾는 데 가세하기 위해 아래층으로 내려가려던 진숙이 다시 돌아섰다. 이층 발코니를 통해 빨간 사이렌이 부착된 자동차가 골목으로 들어오는 것이 보였다. 경찰차는 아니었지만, 대준과 사는 동안 진숙은 경찰차보다 더 높고 무서운 것이 사이렌을 달고 있는 일반 자동차란 것을 알게 되었다.

"아이고, 무슨 상관이야. 이제 마음 잡고 사는데."

자라 보고 놀란 가슴 솥뚜껑 보고도 놀란다고, 섬뜩하게 놀랐던 자신이 바보 같았다. 진숙은 가슴을 쓸어 내리며 일층으로 내려갔다.

쿵쾅거리며 아래층으로 내려오자 마침 은구가 비디오폰을 보며 뭐라 말하고 있었다. 손님이 찾아온 듯 대답을 들은 은구가 꾹 벨을 눌러 대문을 열어주었다.

"누구냐?"

"몰라? 아빠 찾아온 손님이시래. 아빠, 손님 왔어!"

시선이 온통 컴퓨터 모니터로 향한 은구가 건성으로 대준을 부른 뒤 거실 책상으로 냅다 달려갔다.

"아이씨, 아빠 때문에 죽었잖아!"

모니터에 앉은 은구가 씩씩거리는 것을 들으며 진숙이 궁금함과 왠지 모를 불길함에 비디오폰을 바라보았지만 낯선 손님들의 얼굴은 확인할 수 없었다. 그녀는 목소리를 높여 대준을 불렀다.

"나와봐! 손님 왔다잖아. 대체 누구인 거야?"

"누구야? 찾아올 사람이 없는데?"

진숙의 비명과도 같은 부름에 이방저방 은후를 찾아다니던 대준이 거실로 나왔다. 멀뚱히 현관으로 다가가 문을 열자, 점퍼 차림의 남자 두 명이 서 있었다.

"전대준 씨 맞습니까?"

"네, 그렇습니다만……."

이상했다. 대준의 등줄기로 서늘한 한기가 흘렀다. 그것은 진숙도 마찬가지라 남자의 입만 바라볼 수밖에 없었다. 그러자 남자들이 곧장 구둣발로 다가와 대준의 팔을 꺾어버렸다.

"아빠!"

"여보!"

그 모습에 아이들과 진숙이 비명을 질렀다. 미처 뒤로 물러날 틈도 없는 찰나의 순간, 몸이 포박당한 대준이 당황해 소리쳤다.

"이게 무슨 짓이야!"

"전대준 씨, 납치와 폭행, 강간 교사죄로 당신을 체포합니다."

살찐 몸뚱어리를 미친 듯이 버둥거리던 대준의 몸이 순간 굳어졌다.

"그, 그게 무슨 말이야. 내가 뭐, 뭘 했다고."

벌렁거리는 심장이 대준의 얼굴을 붉게 만들었다. 진숙이 경찰의 팔을 잡으며 악을 썼다.

"이 양반이 무슨 잘못을 했다고 이래요!"

"사주를 받은 놈들이 다 자백을 했어요. 그러게 죗값이 무서웠으면 그런 끔찍한 걸 사주하면 안 되지. 잔말 말고 따라와요."

"씨팔! 이거 놔! 놓으란 말이야!"

어떻게든 빠져나가려는 대준을 은구와 은기가 울면서 불렀다.

"아빠, 아빠!"

"우리 아빠 풀어주세요! 아빠!"

형사들은 대준과 꼭 닮은 두 아이를 보며 몸부림치는 대준에게 중얼거렸다.

"애들 보는 앞에서 더 이상의 추태를 보이고 싶지 않다면 얌전하게 따라와."

조용한 목소리였지만 그 말이 주는 힘은 엄청났다. 그를 닮아 무서운 것이 없다고 호언장담하던 두 아들이 눈물콧물 다 쏟으며 울어대는 모습이 마음 아팠다. 무슨 짓을 하든 어떤 모습이든 간에 악인에게도 제 자식은 그렇게 귀한 법이다.

결국 대준은 사무적인 형사의 손에 이끌려 커다란 덩치가 무색하게 경찰차에 태워졌다.

경과를 보기 위해 입원을 했던 재욱은 경찰이 다녀간 뒤 퇴원을 위해 옷을 갈아입었다. 큰 문제도 없거니와 병원에서 안정을 취한다는 것이 생각보다 쉽지 않다는 것을 잘 아는 수현이 퇴원 수속을 대신 밟아주었다.

홀로 병실에 있던 재욱의 휴대폰이 울린 것은 그때였다.

"네, 하재욱입니다."

[경찰서입니다. 전대준이 구속됐습니다. 내일 피해자 신분으로 경찰서에 출두해 진술서를 작성해 주시면 감사하겠습니다.]

"네, 그러죠."

너무 쉽게 잡혔다. 하긴 전대준은 그녀에게 경호원이 따라다닐 거라 상상하지 못했으니 당연한 결과였을지도 몰랐다. 다시 한 번 수현과 수민에 대해 감사를 느끼던 재욱은 머리를 스쳐 지나가는 생각에 상대방을 다급히 불렀다.

"잠시만요! 전대준이 집에서 구속이 됐나요?"

[그렇습니다만?]

그렇다면 은후를 당장 데려와야 했다. 아무도 은후를 챙겨주지 않을 것은 자명한 일이었다. 전화를 끊은 그녀는 민식에게 전화를 했다.

"네, 선생님. 저 하재욱입니다."

[네, 변호사님.]

재욱은 민식에게 자초지종을 설명했다. 지난밤 그녀에게 일어난 일과 그것이 대준이 소행임을, 따라서 그들이 더 이상 법원에 이의서를 제출하지 않아도 됨을 모두 말했다.

그녀의 설명을 들은 민식의 목소리는 기쁨에 들떠 있었다.

[그럼 제가 은후를 데리러 가겠습니다. 제가 움직이는 것이 더 빠를 것 같습니다. 어차피 저희랑 같이 지낼 것 아닙니까?]

"그러시겠어요?"

당장 은후를 데리러 가려는 민식의 전화를 끊은 재욱은 병실을 나와 수현을 찾았다. 막 원무과에서 퇴원수속을 마친 수현이 그녀를 발견하고 다가왔다.

"다 됐어?"

"응, 가면 된다."

그들은 간밤의 비란 없었던 듯 찬란하기만 한여름 태양을 즐기며 집으로 돌아왔다. 하지만 집에 도착해 시동을 끈 다음에도 그들은 차에서 내리지 못했다. 한동안 어색한 침묵이 가득했다. 그러다 둘은 동시에 서로를 불렀다.

"재욱아."

"설가야."

우물쭈물 말문을 열지 못한 채 서로만 부른 그들은 피식 웃고 말았다.

"저기, 수현아."

먼저 용기를 낸 재욱이 그를 부르자, 수현이 고개를 저었다.

“일단은 쉬어. 쉰 다음 이야기하자. 그럴 거지?”

“응.”

재욱은 가만히 대답했다.

수현이 지켜보는 가운데 이층방에 올라와 막 침대에 앉던 재욱은 요란하게 울리는 휴대폰을 받았다.

“네…….”

그녀가 미처 말을 마칠 사이도 없이 다급한 음성이 들렸다.

[변호사님! 은후가 없어요. 아무 데도 은후가 없습니다!]

순간 재욱의 심장이 덜컹 내려앉았다.

“은후가…… 은후가 없다니요? 그럼 어디에…….”

[변호사님 전화를 받고 집에 갔는데 애가 없어요. 대준이 놈 식구만 덩그렇게 있는데 아무리 찾아도 은후가 없어요. 대준 처도 오전부터 아이가 안 보였다고 그러고…… 대체 어딜 간 거죠?]

민식의 음성은 떨렸고 히스테릭하게 높았다. 설마…… 대준이 아이를 어떻게 한 것은 아닌지…….

상상을 하자 재욱의 몸이 주체할 수 없을 만큼 떨려왔다. 아이가 없어졌다. 전화를 끊자마자 자리에서 일어난 재욱은 그대로 집을 나왔다. 지금 당장 경찰서에 연행되었다는 대준을 만나야 했다.

이성을 잃고 달려간 경찰서에서 만난 대준은 뻔뻔하기만 했다.

"그놈이 어디 갔는지 알 게 뭐람."

험상궂은 덩치였지만 수갑에 자유를 억압당한 그는 몹시 초라해 보였다. 하지만 그는 자신의 잘못에 대한 뉘우침이 전혀 없어 보였다.

"당신 집에 있던 아이잖아요!"

도저히 참을 수가 없던 재욱이 자리에서 일어나 대준의 멱살을 잡았다.

"은후는 어디 있어요? 대체 무슨 짓을 했길래 아이가 집을 나가? 혹시 당신이 어떻게 한 거 아니야?"

"내가 무슨 짓을 해!"

대준은 당당하기만 했다. 경찰들이 일어나 재욱을 말렸지만, 재욱은 아랑곳하지 않고 소리를 질렀다.

"하, 무슨 짓? 당신이 그동안 은후를 학대했잖아. 내가 보는 앞에서 아무렇지도 않게 아이를 때렸어. 그런데 뭐? 무슨 짓을 했냐고?"

그러자 대준이 눈이 튀어나올 듯 부라리며 악을 썼다.

"씨팔, 내가 당한 건 저거보다 더했어. 난 적어도 벌레 보듯 날 경멸하던 대하 새끼보단 덜했단 말이야! 그런데 그 정도 가지고 뭘 그래? 맞을 만했으니까 맞지!"

아무런 죄의식을 느끼지 못하는 대준을 보니 살인적인 분노가 솟구쳤다.

철썩!

재욱은 대준의 뺨을 힘껏 내려쳤다.

"당신도 맞을 만했으니까 맞은 거야."

그녀는 후덥지근한 공기가 무색하게 살벌한 어조로 말했다.

"아이에게 무슨 일이 생겼단 봐, 그만큼 당신 죄는 무거워지는 거야. 똑똑히 기억해. 당신이 내게 한 짓, 그리고 은후에게 한 짓 모두 대가를 지불하게 될 거야."

재욱은 자신에게인지 대준에게인지 모를 다짐을 하며 이를 악물었다. 경찰이 다가와 대준을 유치장으로 끌고 들어가는 것까지 꼼짝도 하지 않고 지켜봤지만 경찰서를 나온 재욱은 결국 눈물을 흘렸다.

극심한 감정의 변화 앞에서 자신도 모르게 눈물이 났다.

은후는 어디로 간 것일까? 막막하게 주위를 둘러보아도, 대체 어디서 아이를 찾아야 할지 알 수가 없었다.

Rrrrrr.

입을 틀어막고 눈물을 흘리던 그녀의 휴대폰이 울렸다. 혹시나 하는 기대로 얼른 번호를 확인했지만 전화를 건 사람은 수현이었다.

"으, 응."

전화를 받았지만 제대로 된 말을 할 수가 없었다. 애써 흐느낌을 틀어막았지만, 그녀를 누구보다 잘 아는 수현이 날카롭게 다그쳤다.

[너 어디야? 그리고 울어? 너 왜 울어!]

"수현아. 흐흑. 수현아, 어떡해…… 어떡해."

결국 재욱은 소리 내어 울고 말았다. 경찰서 정문을 들락거리는 사람들 모두 그런 그녀를 보았지만 재욱은 눈물을 멈출 수가 없었다.

"은후가 없어. 어디로 갔는지 은후를 찾을 수가 없대. 어떡해…… 어떡해."

[……너 있는 곳이 어디야?]

"여기 경찰서. 수현……."

[내가 지금 바로 갈 테니까 거기 가만히 있어.]

흐느낌을 막고, 눈물을 닦으며 재욱이 대답했다.

"안 돼. 은후 찾아야 해."

[내가 갈 때까지 가만히 있어. 나랑 같이 찾자. 그러니까 거기 가만히 있어, 알았어?]

"……응."

위안이 되는 수현의 말에 재욱은 마치 앞에 그가 있기라도 한 듯 고개를 끄덕거렸다.

아이에게 무슨 일이라도 있으면 어쩌지…….

가뜩이나 불길한 마음에 꼬리를 물고 이어지는 상상들. 재욱은 힘차게 고개를 저었다.

"아무 일도 없을 거야. 아무 일도……."

Rrrrrrr.

다시 휴대폰이 울렸다. 낯선 번호임을 확인한 순간 가슴이 떨려왔다.

"네."

전화가 끊어질까 두려워 얼른 받자 남자의 목소리가 들려왔다.

[하재욱 씨 휴대폰 맞습니까?]

"네, 제가 하재욱입니다. 누구시죠? 혹시……."

[여기 삼성동에 위치한 파출소입니다. 전은후란 아이를 아십니까?]

'은후' 란 이름을 듣는 순간 재욱의 다리에서 힘이 풀렸다. 어디 천국의 외침이 이보다 근사할까.

"네! 혹시 우리 은후를 데리고 계신가요? 어디 다치진 않았습니까? 네?"

[네. 여기 있으니까 데리러 오십시오.]

"감사합니다. 감사합니다."

겨우 목구멍으로 밀어 넣었던 흐느낌이 다시 새어나왔다. 하지만 이번엔 즐거움의 흐느낌이었다.

빵빵.

그때 경적 소리가 들리며 익숙한 수현의 차가 시야에 들어왔다.

"수현아!"

재욱은 얼른 뛰어가 차에서 내리려는 수현을 말리며 얼른 조수석에 올라탔다.

"은후를 찾았어. 은후 동네 파출소에서 연락이 왔어."

"알았다."

그녀에게서 위치를 들은 수현이 두말없이 시동을 걸었다. 재욱의 다급한 마음을 아는 듯 수현은 최대한 빠른 속도로 파출소까지 운전을 했다.

차가 멈춰 서자마자 구르듯 뛰어내린 그녀가 파출소 안으로 들어갔다. 그러자 파출소 간이 의자에 그토록 찾고 걱정했던 은후가 고개를 숙인 채 앉아 있었다. 파출소 안의 구석진 나무 의자에 앉은 아이는 작고 애처로워 보였다.

"은후야!"

그녀의 부름에 은후가 천천히 고개를 들었다. 그러자 몇 번 되지 않은 만남에서 보여주던 무표정한 얼굴이 아닌 눈물에 젖은 얼굴이 그녀를 반겼다.

"누나……."

적대감이 아닌 어조로 그녀를 부르는 아이의 음성이 심하게 떨려왔다. 재욱은 의자에 앉은 아이 앞에 무릎을 굽힌 채 앉았다.

"은후야, 무슨 일이니? 응?"

"증거를 만들었어요."

소리 내어 울지 못하는 아이는 맨팔로 눈가를 쓰윽 닦아냈다.

무슨 말일까?

그녀는 궁금함에 가슴이 터질 지경이었지만, 아이를 다그치면 말문을 닫아버릴 것 같아 참아야만 했다. 조마조마한 눈으로 아이를 보자 은후가 말을 이었다.

"그래서 우리…… 우리 엄마 아빠 목소리를 지워야 했어요."

말을 마친 아이의 눈에서 미처 닦아줄 새도 없이 굵은 눈물이 후두둑 떨어졌다.

"흐흑, 절대로 지우고 싶지 않았는데…… 절대로. 그런데 삼촌이 너무 무서웠어요. 은구 형도 싫고, 은기도 싫고…… 숙모도 싫어. 그런데 날 아들로 만들겠다고 그래서……. 누나, 너무 무서웠어요."

작은 어깨를 마구 들썩이며 두서없이 중얼거리는 아이를 재욱이 그만 꼭 안아버렸다.

"은후야, 울지 마. 울지 마. 응?"

"엄마 아빠 목소리, 진짜 지우고 싶지 않았는데. 영원히 간직하려고 했는데, 근데 어쩔 수가 없었어요."

그녀의 품에 안긴 은후가 서럽게 울어댔다. 그 무엇도 아이를 달랠 수 없을 거란 절망이 드는 그녀에게 나이 지긋한 파출소 소장이 다가왔다.

"아이가 말하는 녹음기가 이겁니다. 내용은 저희도 들어보지 못했어요."

은후를 품에 안은 채, 손바닥보다 작은 은빛 녹음기를 받아

든 재욱이 재생 버튼을 눌렀다. 버튼을 누르자마자 들리는 것은
살과 살이 마주치는 매서운 마찰음이었다.

『이 새끼!』

쉼없는 소리와 함께 들리는 거친 욕설. 순간 품 안에 안겨 있
던 아이의 작은 몸이 움츠러들었다. 녹음기에선 철썩거리는 소
리와 함께 대준이라 짐작되는 남자의 목소리가 계속 들렸다.

『이거라도 주는 것을 고맙다고 해! 먹여주고 재워주는 게 어
딘데, 은혜를 모르는 새끼 같으니라고. 딱 지 아비를 닮아서는!』

『그러니까 얼른 애 호적에 올리고 어디 기숙사 같은 데 처넣
어 버리라니까!』

아이가 맞고 있는 상황이 분명한데도, 말리기는커녕 부추기
는 여자의 앙칼진 목소리에 재욱은 숨을 들이켰다.

『씨팔, 진즉에 알았어야 했는데. 이 새끼 얼굴 보는 거 지긋지
긋하다니깐.』

부부의 대화 속에서 은후는 숨죽여 울고 있었다. 어센 손에
맞은 아픔과 부부의 대화 속에 어린아이는 서러워하고 있었
다.

녹음기가 돌아가는 동안 좁은 파출소 안은 정적으로 휩싸였
다. 사정이 있으리라 짐작은 했지만, 상상조차 못했던 녹음 기
록에 경찰들은 말을 잃었다. 재욱은 목이 메어 품 안의 아이 얼
굴을 살폈다.

"대체 은후야, 어딜 맞은 거야? 응? 안 아프니?"

“얼굴이랑 등이랑…… 팔도 맞았고…….”

은후가 작은 소리로 중얼거렸다.

“아, 미안해. 미안해, 은후야. 미안해.”

그녀는 아이를 안고 울어버렸다. 뒤에서 지켜보던 수현이 천천히 다가가 재욱의 어깨 위로 손을 올렸다.

“네가 울면 아이가 놀라잖아. 그만 해.”

“흐흑, 응, 그래, 그래. 미안해, 은후야.”

서둘렀어야 했다. 수단 방법을 가리지 않고 은후를 빼냈어야 했건만. 재욱은 아이가 당했던 고통에 심한 죄책감을 느꼈다.

“은구 형이 그랬어요, 난 죽어도 삼촌이랑 같이 살게 될 거라고. 아무도 내가 괴롭다는 걸 모를 거라고 했어요. 증거가 없어서 시연이네 아저씨가 날 데려가지 못할 거라고 그랬어요. 내가 할 수 있는 건 삼촌이 화내는 걸 녹음하는 것뿐인데, 그러려면 저장되어 있던 엄마 아빠 목소리를 지워야 했어요.”

그 말을 마친 은후의 눈에 다시 눈물이 고여 흘러내렸다.

“흐흑, 절대로 지우고 싶지 않았는데…….”

재욱은 그제야 엄마 아빠 목소리를 지워야 했다는 아이의 말을 이해했다. 서럽게 우는 아이의 눈물을 닦아주는 그녀의 눈에도 눈물이 고였다.

“그래. 삼촌은 이제 더 이상 널 괴롭히지 못해. 아저씨네서 살게 될 거야. 그러니까 은후야, 울지 마.”

“이게 증거가 되겠죠?”

재욱은 은후의 순진하고 간절한 기대에 다시 가슴이 무너졌다.

대준은 재욱에 대한 폭행과 납치 교사로 구속되었지만, 그것을 알 길 없는 은후는 자신의 녹음기에 대해 간절한 기대를 담아 물었다.

조금만 더 서둘렀다면…… 그랬다면 은후는 어른이 될 때까지 부모의 음성이 담긴 녹음기를 간직했을 텐데.

이제 은후는 그리운 부모의 음성을 평생 기억 속에서 되새김질할 수밖에 없다. 자꾸만 은후의 등을 어루만지는 그녀의 기분을 알아챈 수현 역시 재욱의 어깨를 토닥거려 주었다.

고요한 파출소에 문 여는 소리가 유난히 크게 들렸다. 아무 말 없이 그들을 지켜봐 주는 경찰들이 문소리에 돌아보자 잔뜩 굳은 얼굴을 한 남자가 들어왔다. 무슨 용건으로 왔다는 설명도 없이 그는 의자에 앉아 재욱에게 안긴 아이에게로 곧장 다가갔다. 그를 본 재욱이 아이를 놓고 물러나자 민식은 덥석 은후를 안았다.

"흐흑, 아저씨."

숨이 막힐 것처럼 꼭 안긴 은후가 민식의 목을 꼭 끌어안았다.

"그래, 그래."

그들에겐 어떤 말도 필요가 없었다. 커다란 손이 여린 등을 어루만지며 단지 그 말만 할 뿐이었다.

하지만 좋았다. 아빠가 살아 계셨을 때처럼, 그 어떤 두려움도 느끼지 못할 단단한 품. 혼란과 두려움의 긴 터널을 지나온 아이의 얼굴에 한없는 안도감이 내려앉았다.

상처와 슬픔이 함께한 결말이라 하나, 끝은 끝이었다. 민식의 품에 안겨 죽은 듯 깊은 잠에 빠져든 은후의 얼굴은 '평화' 그 자체였다. 미처 실감하지 못했던 듯 멀어지는 민식의 차를 보며 재욱은 스르륵 주저앉고 말았다.

"재욱아."

곁에 서 있던 수현이 놀라 그녀를 부축했다.

"괜찮아?"

"응…… 그냥, 그냥 너무 다행이라서, 긴장이 풀렸나 봐."

"그래, 그럴 거다."

수현은 뭉클한 마음에 움직이지 못하는 그녀를 가볍게 안아 주었다. 차에 타 말없이 앉아 있던 재욱의 머리가 조금씩 움직였다.

긴장과 근심의 주 원인이 되던 일이 해결되자 재욱에게도 나른한 평화가 찾아들었다. 수현은 어느덧 집에 도착했지만 좀처럼 일어날 기미를 보이지 않는 재욱을 가만히 쳐다보았다.

"내가 그런 말 했었나?"

한참 동안 말없이 잠든 재욱의 얼굴을 보던 그가 볼을 쓰다듬으며 중얼거렸다.

"네가 참 자랑스럽다."

밤하늘 별들이 가만히 지켜주는 밤, 좁은 차 안에서 재욱의 잠든 얼굴을 하염없이 바라보았다. 이렇게 좋은 것을…… 이렇게 소중한 것을 그는 너무 늦게 깨달았다. 하지만 말이다. 늦게 깨달은 만큼 더 많이 좋다. 너무 많이…….

당장이라도 작은 어깨를 흔들어 깨우고 싶었다. 그래서 그의 가슴을 다 뒤집어 보여주고만 싶었다. 좋아한다고, 사랑한다고 말이다. 그가 기억하는 가장 오래된 순간부터 함께 있어주었던 천사를 사랑한다고 말하고 싶었다.

하지만……. 작은 얼굴 가득 내려앉은 평화를 방해하고 싶지 않았다. 몸과 마음 모두 힘들었던 사건이 끝났으니…….

수현은 운전석을 내려 조수석의 문을 열었다. 그리고 재욱이 깨지 않도록 조심조심 안아 재욱의 집으로 들어갔다.

그리고 비록 이마에 땀이 비 오듯 흐르고, 척추와 경추 모두 비명을 질러댔지만 그 모든 것을 견뎌내고 수현은 이층 방으로 들어가는 것에 성공했다. 그다지 사뿐하지 않은 모양새로 재욱을 내려놓은 그가 한참 동안 숨을 골랐다.

"설수현, 너 뭐냐? 넌 정말 로맨틱한 남자가 아니다. 하 양 정도야 가볍게 안고 옮겨야 하지 않냐?"

42.195km를 달린 사람마냥 헉헉거리던 수현은 책상 위의 메모지를 들어 메모를 남기기 시작했다.

〈우리 할 말이 많은 것 같은데, 그렇지 않냐? 내일 저녁 우리 병원

으로 와라.〉

　방을 나온 수현은 집을 돌며 문단속을 했고 마지막 경보장치
까지 작동시킨 다음에야 그의 집으로 들어갔다.

8- 질투는 화산처럼

파란만장했던 주말 동안 모든 일이 끝났다는 것이 믿어지
지 않았다.

야비한 성지 사건도 아니었고, 거대한 이윤을 놓고 싸우는 기
업 간의 재판도 아니었는데 은후의 사건은 그만큼 그녀를 지치
게 만들었다.

하지만 햇살이 거침없이 쏟아져 들어오는 방 안에 가만히 누
운 재욱의 얼굴에 미소가 떠올랐다. 민식의 품에 안겨 더할 나
위 없이 평화로운 얼굴로 잠이 든 은후의 얼굴이 생각났기 때문
이다. 매끄럽지 못한 방법이었으나 결국 은후는 평화와 안정을
선물 받았다. 그래서 행복한 월요일 아침이다. 비명을 질러대는

근육들을 무시하고 천천히 자리에서 일어난 재욱은 책상 위에 얌전하게 놓인 메모지를 발견했다.

시원한 글씨체가 수현의 메모임을 말해주었다. 재욱은 힘차게 적힌 글자를 가만히 더듬었다. 천천히 한자한자 어루만질수록 심장 박동이 조금씩 빨라졌다.

너무 참고 있었던지 실감이 나질 않았다. '친구'란 이름하에 감정을 숨겨왔는데, 드디어 그것이 빛을 보려나 보다. 재욱은 메모종이를 가슴에 대었다.

출근을 하자 마주치는 사람들의 물음은 한결같았다.

"괜찮으세요?"

어떻게 알았는지 주말 동안 그녀에게 일어난 일을 안 사람들이 그녀의 안위를 염려해 주었지만, 재욱은 아무 일도 일어나지 않은 사람마냥 두 손을 내저었다.

"그럼요, 괜찮죠."

전화위복(轉禍爲福)이라 했던가. 대준의 추악한 그 일은 그녀에게, 그리고 은후에게 행복을 가져다주었다.

아니, 겁없이 덤벼든 대준으로 인해 더 쉽게 해결이 된 것인지도 몰랐다. 자신의 사무실에 들어간 재욱은 보고를 위한 서류를 작성하기 시작했다.

시계 바늘이 퇴근 시간을 향해 달려가고 있었다. 하루 종일 시계를 보며 재욱과 만날 순간을 고대하는 수현의 가슴이 두근거렸다.

와락 덮치듯 고백을 했어도 됐다. 얼른 자신의 마음을 그대로 보여주고, 재욱의 마음을 가질 수도 있었지만 수현은 그것을 원치 않았다.

아끼고 아껴서 누릴 수 있는 기쁨을 성급한 고백으로 놓치고 싶지 않았다. 이미 재욱에게 그의 마음 대부분을 들켜서인지도 모른다. 하지만 수현은 고백을 아껴두었기에 마치 사춘기 아이처럼 설레는 감정이 드는 것이 좋았다. 시계 바늘이 퇴근 시간 정각에 딱 멈춰 서자 수현은 잔뜩 구겨져 있던 스프링이 튕기듯 자리에서 일어났다.

드디어 대망의 순간이 밝아온다!

그는 얼른 의사 가운을 벗고 신이 나서 의국을 나왔다.

"수고하세요."

데스크에 앉아 있던 간호사와 눈을 마주치며 친근하게 인사를 하고 돌아 나올 찰나, 병원 안내 방송에서 다급히 신경외과 의료진을 찾는 방송이 들렸다.

이마를 찌푸리며 잠시 고민을 하던 그는 별다른 도리 없이 다시 들어가 의사 가운을 입고 서둘러 응급실로 내려갔다.

응급실 안은 아수라장이 따로 없었다. 아마 대형 사고가 터진 듯, 피범벅이 되어 의식이 없는 환자에서부터 죽을 듯 울어대는 어린아이와 노인네까지 응급실 의료인력 모두 혼이 나간 듯 응급처치 중이었다. 그중에서도 특히 위급한 환자인 듯 서너 명의 의사가 모여선 곳으로 다가가자, 응급실 담당 의사가 빠르게 말했다.

"교통사고 환자입니다. 덤프트럭과 추돌했는데 목을 심하게 다쳤어요. 얼른 수술을 해야 합니다."

힐끗 시계를 보니 재욱과 만나기로 한 시간이 다가왔다. 젠장. 이렇게 연애하기가 힘이 든다. 아니, 고백하기조차 이렇게 힘이 들어서야 어디…….

하지만 그 생각을 하던 수현은 자신의 머리를 툭 쳤다.

'미쳤냐? 그게 의사란 놈이 할 생각이야?'

의사라면 그 무엇도 위급한 사람의 생명 앞에서 주춤해선 안 된다. 전화를 걸어 약속을 미뤄야 했지만 그 짧은 찰나에도 환자는 목숨을 잃을 수가 있었다.

"서둘러요."

다급한 사람들의 목소리를 들으며 스스로를 책망하는 단호한 고갯짓을 한 그는 얼른 수술실 안으로 들어갔다.

주차를 한 재욱은 짓궂은 여름 바람에 치맛자락이 흩날리지 않도록 조심해서 내렸다. 설레는 마음처럼 또각거리는 힐 소리가 경쾌하기만 했다. 그런데 막 병원 로비로 들어서자 뒤에서 밝은 목소리가 그녀를 불렀다.

"재욱 씨."

그녀를 부르는 낯선 목소리에 뒤를 돌아보자, 흰 가운을 펄럭이며 젊은 남자가 다가왔다. 분명 낯이 익은데, 기억을 더듬었다. 이연규. 그래, 수현의 의대 동기.

"어머, 안녕하세요."

연규를 본 재욱이 깜짝 놀라 인사를 했다. 그러자 섹시하게 볼우물을 만들며 연규가 다가왔다.

"기억해 주시다니 영광입니다. 막상 재욱 씨를 부르긴 했지만, 대체 제 존재를 뭐라고 설명해야 하나 고민하고 있었거든요."

정말 우연한 마주침이었다. 기억 속에서 아쉬움으로 스러지던 여자였는데, 뒷모습을 보는 순간 알 수 있었다. 저도 모르게 재욱을 멈춰 세운 것이 마치 운명 같았다. 오늘 민트 색 원피스를 입은 재욱은 더할 나위 없이 예뻤다.

"수현이 만나러 오셨습니까?"

"네."

그녀가 대답을 하자 연규가 고개를 갸우뚱거렸다.

"수현이 응급수술 들어간 걸로 아는데……."

응급실을 통해 들어온 교통사고 환자의 응급수술을 집도하는 것이 수현이라 들었다.

"그런 말은 없었는데……."

"그럼 잠시만요."

희미하게 말끝을 흐리는 재욱을 보며 연규가 자신의 휴대폰을 꺼내 어디론가 전화를 걸었다.

“네, 김 간호사. OP 집도를 설 선생이 하는 거 맞습니까?”

전화를 거는 연규를 보며 재욱은 잔뜩 부풀어 있는 풍선을 바늘로 콕 찌른 것만 같았다. 설레던 마음 한구석에서 실망의 한숨이 새어나왔다.

“재욱 씨, 잠깐 기다리셔야겠습니다. 수현이 지금 수술 중인 거 맞답니다.”

“네.”

그녀는 고개를 끄덕거렸다. 그래, 지금껏 기다렸는데 겨우 얼마를 기다리지 못해 실망한 자신이 어리석기만 했다.

“재욱 씨, 그럼 수현이 올 때까지 제가 놀아드리겠습니다. 어떠십니까?”

그녀가 마음을 다독이는데 연규가 환하게 웃으며 제안을 했다.

“아니요. 그러실 필요 없어요. 바쁘실 텐데요.”

재욱이 두 손을 내저었다. 말처럼 연규가 바쁘기도 하겠지만, 사실 혼자이고 싶었다. 긴장이 목 끝까지 차 올라 누군가와 대화를 나눌 만큼 여유가 없었다.

“저 안 바쁩니다. 퇴근하던 중이었으니까 나가도 됩니다. 자, 가실까요?”

하지만 싱글벙글 웃으며 정문을 향해 손을 뻗는 남자를 모른 척할 수가 없었다. 더구나 수현의 동기라는데 무례할 수도 없는 노릇이라 재욱은 마지못해 연규의 뒤를 따라갔다.

앞에 놓인 차가운 레모네이드 잔을 만지작거리는 재욱은, 보면 볼수록 빛이 나는 아름다운 여자였다. 어렴풋이 수현과 재욱의 관계를 짐작했지만, 골키퍼가 있어도 골은 들어가는 법이다.

"실례인 것은 알지만 궁금해서 견딜 수가 없네요."

"네?"

혼자만의 세상에 잠겨 있던 그녀가 반문했다.

"그게 무슨?"

"애인 있어요?"

연규는 돌려 말하지 않은 채 재욱을 바라보았다.

"네? 흠……."

'애인'이란 말에 잠시 놀란 듯 목소리가 높아지던 재욱은 이내 침착을 되찾았다. 그리고 가만히 연규를 보았다.

"굉장히 실례되는 질문인 것은 압니다. 하지만 전 건강한 남자고, 재욱 씨에게 호감을 숨길 수가 없어요."

"글쎄요. 하지만 제게 애인이 있든 없든, 전 다른 사람을 사귈 생각이 전혀 없어요."

예의 바른 대답이었지만, 재욱은 상대가 어떤 기대도 가질 수 없게 단호했다.

하지만 어리석은 그는 안 될 것을 알고 있지만 그래도 직접 확인해 보고 싶었다.

그래, 그렇지……. 어떤 대답을 들을 것인지 짐작했지만 역시 거절이란 마음을 쓰리게 한다.

하지만 연규는 여전히 빛나는 웃음을 보이며 물었다.

"전 정말 안 됩니까?"

당황하지 않았다면 거짓말이리라. 그리고 기분이 언짢기도 했지만, 자신의 속내를 솔직하게 털어놓은 연규에게 화를 내기란 힘들었다. 이연규란 남자는 적어도 감정을 숨긴 채 상대방을 기만하지는 않았다.

재욱은 진지함을 숨기고, 찬란하게 웃는 남자에게 고마움마저 들었다. 그리고 그의 마음을 받아들일 수 없는 자신이 더없이 미안했다.

"네."

"우와, 이렇게 비참할 때가."

그러자 연규가 우스꽝스럽게 가슴을 부여잡는 시늉을 했다.

"일말의 망설임도 없는 거절은 처음입니다. 왕자병은 절대 아닌데, 저 나름대로 괜찮은 남자거든요."

"알아요. 그래서 더 안 돼요. 누군가의 대타가 되기엔 너무 멋진 분이시라서요."

"누군가가 수현입니까?"

날카로운 질문 앞에 재욱은 잠시 망설였지만 이내 긍정의 대답을 했다.

"……네."

응급실에서 까무러칠 듯 혼란한 정신에서도 그녀에게 뛰어와 꼭 안아주던 수현이 좋았다. 변치 않는 사실이었다. 재욱의 단아한 대답에 연규가 고개를 끄덕거렸다.

"진정한 남자는 아름다운 여인의 거절에 물러설 줄 알아야 합니다."

"죄송해요."

그녀의 미안한 웃음에 연규가 아니란 듯 손을 저었다.

"별말씀을요. 사실은 저도 알고 있었⋯⋯."

재욱이 좋다고 말해도 수현 때문에 안 된다 말하려던 연규는 갑자기 다가온 수현으로 인해 말을 멈춰야 했다.

"하재욱, 이리 나와."

재욱은 조용한 카페였기에 당연히 들렸어야 할 문소리조차 듣지 못한 채, 갑자기 나타난 수현의 모습을 보며 놀랐다.

"너 언제 왔어?"

무척이나 살벌한 수현의 음성에 재욱이 이유를 몰라 어리둥절해 하자, 연규가 자리에서 일어났다.

"수현⋯⋯."

"다들 조용히 해."

무시무시한 음성으로 경고한 수현이 재욱을 끌고 나갔다. 그녀는 성큼성큼 큰 보폭으로 마구 걸어가는 수현에게 팔이 잡힌 채 뛰다시피 걸어야만 했다. 수현은 카페를 나와 주차된 자신의 차에 그녀를 집어넣듯 태웠다.

"야, 너 왜 이래? 왜 이렇게 무례해?"

이상할 정도로 화를 내는 수현에게 마음이 상한 재욱이 차갑게 쏘아붙였다.

"네가 무슨 자격으로 이러는 거야?"

그를 기다리던 자신에게 아무 설명 없이 이렇게 무례한 이유를 꼭 들어야 했다.

"네 친구라서 그런다, 이 바보야! 나이 먹으니까 남자면 다 좋냐? 정말 실망이다, 하재욱!"

순간 재욱의 얼굴이 굳어졌다.

'친구'란 그 이름이 진저리치게 싫은 자신이건만. 이제 그 굴레에서 벗어날 거라 기대했던 재욱의 가슴이 무너졌다.

매정한 녀석.

누구 때문에 이렇게 차려입었는데……. 자기가 오라고 해놓고는…… 저렇게 아무렇지 않게 잔인한 녀석이란…….

재욱은 수현을 찾아가기 위해 하루 종일 설레었던 자신이 비참해 눈물이 왈칵 쏟아질 것만 같았다. 하지만 그를 위해 예쁜 옷을 입고 화장을 한 자신이 어리석어 울 수가 없다.

"대체 뭐냐? 병원으로 오라고 했더니 넌 그러고 있냐? 남자가 그렇게 좋냐?"

제 분을 이기지 못한 수현이 마구 씩씩거렸지만, 재욱은 차가 집 앞 골목에 도착할 때까지 아무 말도 하지 않았다.

수현은 집 바로 앞까지 운전하지 않았다. 집 앞에서 목청껏 싸우는 것은 불가능했기에 골목 어귀 놀이터 앞에 주차를 했다.

“야!”

그는 뒤돌아보지도 않고 차에서 내리는 그녀를 불렀다.

“너 정말 왜 그래! 정말 화를 내야 할 사람은 나란 말이야!”

“뭐야?”

이제껏 자신의 마음이 전부 부질없다는 것은 알았지만, 그래서 꽁꽁 숨겨만 놓았었지만 이제 한계다. 재욱은 수현에게 백을 던져 버렸다.

탁!

백이 수현의 팔에 부딪치며 열리더니 내용물이 우르르 쏟아졌다.

“넌 원래 그렇게 눈치가 없었어, 이 자식아! 넌 다른 사람은 어떤 마음인지 자세히 보려고 하지 않아!”

“야, 하재욱.”

그녀의 외침에 정말 화가 난 수현이 성큼성큼 다가왔다.

“너 말조심해!”

“뭘 조심해? 그런 넌 말조심했어? 했니?”

“내가 지금 조심하게 생겼어? 미친 듯이 뛰어나왔더니 있어야 할 곳에 네가 없잖아. 혹시 또 무슨 일이 생겼나, 내가 얼마나 걱정했는지 알아? 그런데 네가 연규랑 앉아 있는데 내가 화 안 나게 생겼어?”

수현이 마구 소리쳤다. 재욱이 없다는 당혹감과 불안함이 연규와 함께 앉아 있던 재욱의 모습을 본 순간, 분노로 변해 버렸다. 질투라 해도 어쩔 수가 없었다. 매력적인 연규와 마주 앉아 웃던 재욱을 보는 순간 수현은 이성을 잃었다.

그런 수현을 보며 재욱은 냉정을 되찾았다.

"왜 나오라고 한 거야? 대체 왜?"

사랑한다고 말하려 했다! 수현은 목 끝까지 차 오른 그 말을 하지 않았다. 어리석은 자존심 때문이라 해도 상관없다. 그는 질투와 분노로 이성을 잃게 만든 그녀에게 자신의 속내를 보여 주고 싶지 않았다.

"됐어!"

그는 차갑게 돌아섰다.

순간 재욱의 가슴에서 이성의 끈이 툭 끊어졌다. 온갖 기대로 설레게 만들어놓고, 저렇게 발을 빼고 물러나는 녀석을 용서할 수가 없었다. 싫다. 이젠 안 한다. 치사해서 사랑 따윈 안 할 테 다.

하지만, 한마디 말조차 하지 못하고 물러서는 것도 사양한다. 수현의 농간에 놀아난 것도 열받는데, 화병으로 죽으면 억울해 서 어찌 눈을 감겠는가!

"내 이름이 왜 하재욱인지 알아? 이게 다 너 때문이야! 이 망 할 놈!"

"뭐가 나 때문이야!"

수현이 돌아서며 따지듯 물었다.

숨기고 싶지 않다. 다 말해 버릴 테다. 재욱은 목청껏 소리쳤다.

"입양되어 온 집에서 옛 이름으로 불리고 싶지 않았어! 이름을 바꾸고 싶었다고. 그래도 말이야. 옛 이름만 아니면 다 좋았어, 재욱이? 하재욱? 난들 남자 이름이 하고 싶었겠니? 네가 좋다고 한 이름이니까! 그래서 그 이름으로 한 거야. 알아? 네가 기억도 못한 그 이름으로 바꾼 내가 얼마나 바보 같았는지 아냐고!"

그래도 알아주길 바랐다. 저 어리석고 멍청한 설가 녀석이 알아주길 바라는 마음이었는데.

"대체 무슨 말이야?"

일말의 희망을 가졌지만 여전히 영문을 모르는 수현을 보며 재욱은 비참한 눈물을 흘려야 했다.

"됐어. 소용없는 이야기야. 이십삼 년 전에 날 물 먹인 걸 기억이나 하겠어? 너처럼 편리한 뇌구조를 가진 녀석이?"

정말 끝인 것이다.

수현은 냉정히 돌아서 걷는 재욱의 뒷모습을 보며 그녀가 던진 말을 곱씹었다.

내가 좋다고 한 이름이니까, 그 이름으로 한 거다?

당최 이해할 수는 없지만…… 딱 하나 확신할 수 있는 것. 그에게 재욱이 '여자'인 것처럼, 재욱에게도 그는 '남자'였다.

"하재욱!"

그가 가슴에 가득 열정을 담고 크게 소리쳤다.

"시끄러, 동네 사람들 다 깨울 참이야?"

무슨 상관이란 말인가? 재욱의 마음을 훔쳐봤는데! 그의 마음처럼 사랑에 몸살을 앓는 재욱의 마음을 보았는데.

수현은 재욱의 팔을 붙잡아 돌려 세웠다.

"뭐…… 흡!"

수현은 재욱이 밀쳐 낼 틈도 없이 키스했다. 빨갛고 도톰한 입술을 가득 삼켜 버렸다.

비참한 기분이었다. 손쓸 도리도 없이 파고드는 수현을 밀쳐 낼 힘이 없었다. 아니, 어쩌면 밀어내고 싶지 않은 것인지도 몰랐다. 재욱은 수현의 목을 꼭 끌어안았다. 그리고 열정적으로 파고드는 수현의 입술을 받아냈다. 아랫입술을 마구 잡아당기 듯 삼키며 혀를 깊이 밀어 넣는 수현으로 인해 이성을 잃기 직전,

"나 다 봤다!"

비몽사몽한 와중에 수안의 외침이 들려왔다. 그들은 전기에 감전된 사람들마냥 화들짝 놀라 떨어졌다. 신이 나서 바락 외쳐 대는 그 목소리를 듣자 그들의 위치가 새삼스레 인식됐다. 불에 덴 듯 얼굴이 화끈거렸다. 수현 역시 몽롱한 쾌락에서 정신을 차린 듯 그녀와 시선을 마주치지 못했다.

"어, 얼른 가봐."

수현을 밀어내는 재욱의 목소리가 마구 떨려왔다. 감정의 동요를 모두 들킨 듯, 어색하고 부끄러운 목소리.

"조금 있다가 올게. 기다려."

충동적이었지만 너무나 간절했던 키스의 끝을 뒤로하고 수현은 막둥이 동생의 뒤를 쫓아갔다.

그 모습을 보며 재욱은 떨리는 손으로 수현의 입술이 맞닿았던 자신의 입술을 만졌다. 아릿한 느낌과 함께 그의 맛이 나는 자신의 입술이 어색하기만 했다.

무엇에 홀린 사람마냥 바닥에 떨어졌던 소지품을 주섬주섬 가방에 넣는 동안에도 수현과의 키스가 믿어지지 않았다. 후들거리는 무릎을 진정시켜 집으로 들어온 재욱은 거실 바닥에 털썩 주저앉아 버렸다.

일곱 살 어린 나이로 입양되어 온 집에서 버린 나희란 이름과 그녀가 선택한 재욱이란 이름에 깊이 관여하게 된 것이 바로 수현이었다.

입양이 되어 호적을 정리해야 했지만, 재욱은 부모님의 입에서 '나희'라 불리기가 싫었다. 처음 동화 속 궁전 같은 전원주택으로 온 날, 그녀는 자신의 이층 방을 통해 들려오는 요란한 울음소리에 힐끗 밖을 보게 되었다.

밖을 내다보자, 천사처럼 귀여운 외모의 남자 아이 둘이서 서럽게 울고 있었다. 깔끔한 옷차림하며 생김새 모두 귀공자 풍의 아이들이 저렇게 우는 이유는 무엇일까……. 호기심으로 한참 동안 훔쳐보노라니, 서럽게 울던 아이들은 제풀에 지쳐 울음을 그쳤다. 그리고 바로 옆집으로 들어가 정원에 주저앉아 성질을 냈다. 그들이 바로 수현과 수민이었다.

"엄마한테 이름 바꿔달라고 하자. 수민아, 응?"

"좋아, 그런데 형아는 무슨 이름으로 하고 싶은데?"

봄날 담벼락에 어깨를 맞대고 수현이 그보다 키 작은 동생에게 속마음을 털어놓았다.

"훔, 윤호? 철수? 아, 더 멋진 이름이 없나? 응? 그래! 수민아! 재욱이란 이름이 멋진 것 같아! 설수현보다 설재욱이 더 멋지지 않냐?"

"웅! 우리 놀이방 친구 중에도 재욱이 있는데 대땅 멋져! 싸움도 되게 잘해!"

그녀는 똑같이 잘생긴 얼굴 중 더 반짝거리는 빛이 나는 아이의 이름이 수현이란 것을 알게 되었다.

그날 밤 호적 정리를 더 이상 미룰 수가 없는 아버지가 그녀를 앉히고 물었을 때, 작은 머릿속에 깊이 각인된 '재욱' 이란 이름이 생각난 것은 당연하기만 했다. 아버지의 얼굴을 보며 그녀가 수줍게 부탁했다.

"이름 바꿔주세요. 재욱이로 하고 싶어요."

더 예쁜 이름들이 넘쳐 나는데 굳이 그 이름으로 해야겠냐고 하던 엄마 아버지의 물음이 아직도 귀에 쟁쟁했다.

하지만!

호적 신고를 마치고 아버지의 손에 잡혀 인사를 나누던 순간

부푼 가슴으로 재욱이란 이름을 말하자 남자 아이는 그 이름의 의미를 몰랐다. 빌어먹을 녀석이 수두를 하는 일주일 동안 그것을 잊어버린 것이다!

재욱은 자신이 그 이름을 말하면 수현의 눈이 별처럼 반짝거릴 줄 알았다. 그가 그토록 동경하는 이름을 가진 자신을 좋아해 줄 거라 생각했건만, 녀석은 사납게 그녀의 손을 뿌리쳐 버렸었다.

그때부터다, 망할 설가가 그녀를 물 먹이기 시작한 것이.

그녀인들 재욱이란 이름이 좋았을까! 학교에 입학해서부터 줄곧 남자로 오인받으며, 하다못해 사법고시 응시 원서를 쓸 때조차 남자로 오해받았거늘!

나희란 이름이 싫어 다른 이름을 원하긴 했지만, ‘다른 이름’ 속에 재욱이란 남자 이름이 포함된 것은 아니었다.

어쩌면 수현과는 처음부터 어긋났던 것인지도 몰랐다. 그것을 생각하자 가슴 지 밑바닥부터 저릿하게 아파왔다. 침대 바닥에 주저앉아 콕콕 쑤시기 시작한 가슴을 아프게 쓰다듬는 순간, 휴대폰이 요란하게 울렸다. 혹시나 하는 일말의 기대로 번호를 확인했지만 수현이 아니었다.

그 번호는 이 세상에서 유일하게 그녀를 사랑하고 편들어주는 분들, 부모님의 영국 전화번호였다. 재욱은 휴대폰의 폴더를 열어 엄마를 불렀다.

“흐흑, 엄마. 엄마…….”

그런데 사랑받고 있는 것을 확신할 수 있는 '엄마' 란 단어를 부르는 순간 미처 틀어막을 새도 없이 울음이 터져 나왔다. 그러자 그녀의 좀처럼 없는 눈물바람에 깜짝 놀란 엄마의 외침이 들려왔다.

[애! 재욱아. 너 왜 울어? 응? 왜 우는 거니?]

"엄마, 엄마."

재욱은 대답없이 자꾸만 그리운 이름을 불렀다.

[아니, 애가 왜 이래? 애, 재욱아.]

[왜? 재욱이가 울어?]

엄마의 호들갑스런 목소리에 이어 아버지의 음성까지, 재욱은 그만 마음껏 울어버렸다.

"흐흐흑."

많은 것을 욕심내면 결국 상처 입는 것은 자신. 그것을 알기에 참기만 했는데…… 들켜 버린 마음이 민망하고, 설레었던 자신이 무안했다.

[아유, 애가 진짜 왜 이래? 재욱아, 무슨 일이야? 응?]

"엄마, 아버지, 나 너무 보고 싶어. 엄마……."

숨을 쉴 수 없을 만큼 저린 가슴 상처를 부여잡은 그녀는 지금, 사랑받는다는 것을 의심하지 않게 만들어준 엄마, 아버지가 너무 보고 싶었다.

[애, 재욱아.]

심상치 않은 기운을 느껴 재욱의 말을 믿지 않는 엄마가 그녀를 불렀다. 하지만 재욱은 엄마가 말할 순간도 없이 소리쳤다.

"육 개월만 가서 지낸다며! 그런데 이게 뭐야! 아직도 안 오고, 이 큰집에 나 혼자 두고 두 분이서 재미있어? 행복해? 흐흑."

마치 아이처럼 두 다리를 뻗대고 앉아 심술을 부리는 자신이 우스웠다. 정작 그녀의 가슴에 커다란 상처를 낸 설가 녀석에겐 아무 말도 못한 주제에…… 애꿎은 부모님께 이렇게 투정을 부리는 자신을 믿을 수가 없었다.

[아이고. 다 큰 줄 알았더니 아직 애네. 엄마랑 아버지가 보고 싶다고 나이 서른에 애처럼 울고. 아유, 부끄러워라.]

떨리는 손으로 입을 틀어막아 억지로 소리를 죽인 그녀에게 엄마의 웃음기 어린 목소리가 들렸다.

[우리 딸 영국 올래? 너 아직 여름 휴가 안 썼잖니. 그렇게 보고 싶으면 참지 말고 와, 응? 엄마도 우리 딸 너무 보고 싶다.]

"엄마, 진짜 보고 싶어."

[그래, 재……. 아이고, 이 양반이.]

[재욱아!]

엄마에게서 전화를 빼앗은 듯 아버지의 우렁찬 목소리가 들렸다.

[내가 말하는데 수화기를 뺏어가면 어떡해요!]

[가만있어 봐. 재욱이가 운다면서.]

수화기 건너, 두 분이서 전화기 쟁탈전을 벌이는 모습이 눈에

선했다. 재욱은 그렁그렁한 눈물에도 웃음이 나와 가만히 아버지를 불렀다.

"아버지."

[내 딸이 왜 우는 거냐? 어디 아픈 거니? 아니면 누가 우리 딸 눈에서 눈물 나게 못된 짓을 한 거니?]

"아니에요. 아니야……."

그렁그렁 맺힌 눈물이 그녀의 고갯짓을 따라 바닥으로 떨어져 내렸다.

"아무 일도 아니에요. 아버지, 저 가스레인지 불 켜뒀어요. 그만 끊을게요."

재욱은 못내 의심을 풀지 못하는 아버지와의 전화를 끊었다. 적막한 고요만이 가득한 거실, 전화를 끊은 그녀는 무릎을 끌어앉고 멍하게 허공을 보다 고개를 묻어버렸다.

다시 후두둑 눈물이 흘러내렸다.

수현에 대한 사랑은 마치 우물 같다. 아무리 퍼내고 퍼내도 결코 마르지 않는 우물처럼, 그녀의 가슴에서 아무리 사랑을 퍼내려 해도, 사랑은 마르지 않았다.

그래서 이렇게 눈물이 난다.

새삼스레 느끼는 거지만, 그의 막둥이는 분위기 파악 능력이 제로다. 절대절명의 순간에 끼어들더니 그에게서 자신이 원하는 쌍꺼풀 수술 약속을 받아내고 말았다.

"끈질긴 녀석."

수현은 수안의 방을 나오며 고개를 절레절레 흔들었다. 거기다 만약 수민까지 끼어들었다면⋯⋯. 그의 사랑은 오늘 밤으로 끝나는 것이다. 얼른 하 양에게 가서 그의 마음을 양말 뒤집듯 뒤집어 보여줘야 한다. 다급하게 아래층을 내려가던 수현은 요란하게 울리는 휴대폰을 난감한 눈으로 바라보았다.

"하⋯⋯. 설수현, 너 연애하기 너무 어려운 거 아니냐?"

더 이상의 시간 지체를 원치 않았지만, 의사라는 직업상 깊은 밤 요란하게 울리는 휴대폰을 무시하기란 무척 힘이 들었다.

"네, 설수현입니다. 누구십니까?"

그는 무척이나 퉁명스런 목소리로 전화를 받았다. 용건이 없으면 얼른 끊으란 듯 귀찮은 한숨을 푹 내쉴 찰나,

[수현이니?]

아뿔싸! 수현은 목청을 가다듬었다.

"네, 아주머니. 접니다. 수현이 맞습니다."

전화를 건 사람은 다름 아닌 미래의 장모님이었다. 그를 무척 예뻐해 주시는 분이지만, 그래도 처가에 잘 보여서 나쁠 것은 없다.

"잘 지내셨죠?"

그는 최대한 사근사근한 어조로 안부를 여쭈었다. 하지만 윤여사는 그의 물음에는 대답조차 없이 무척 걱정스런 한숨을 내쉬었다.

[애, 수현아. 우리 재욱이한테 무슨 일이 있니? 세상에, 얼마나 서럽게 우는지……. 우리 재욱이가 그렇게 우는 건 처음이다. 대체 무슨 일인 거야?]

윤 여사의 푸념에 수현은 갑갑하게 죄여오는 넥타이를 느슨하게 풀었다. 하 교수님 댁 귀한 외동딸이 왜 그렇게 울었는지, 이유는 분명 알고 있었지만 차마 말을 꺼낼 수가 없었다.

'제가 못되게 소리치고, 허락도 없이 키스만 한 채 냅다 들어왔거든요.'

이렇게 말을 할 수는 없지 않은가. 고백을 하는 순간 하 교수님이 영국에서 서울까지 날아오셔서 그를 인천 앞바다에 던질 거란 건 굳이 상상이 필요하지 않았다.

"글쎄요. 별일 아닐 테니 너무 걱정 마세요."

[어떻게 걱정을 안 하니. 정말 불안해서 안 되겠다. 그렇지 않아도 그렇게 울기에 당장 오라고 했건만, 불러들여서 데리고 있든지 해야겠다.]

헉!

"안 됩니다!"

수현의 입에서 저도 모르게 비명처럼 그 말이 터져 나왔다. 강한 반대를 담은 그의 외침에 윤 여사가 의아한 어조로 물었다.

[왜 안 되니?]

"아…… 로펌 때문에…… 로펌 때문에요. 재욱이가 맡은 사건이 있잖습니까?”

당황한 수현이 더듬더듬 핑계를 만들어냈다.

[그래, 그렇지. 아유, 속상해서, 원. 별일은 아니라고 하는데 별일없는 애가 그렇게 울겠니? 수현아, 너 어디니? 집이니?]

“네, 퇴근했습니다.”

[그래? 그럼 너 재욱이한테 가봐줄래? 피곤하겠지만 내 부탁이니까 들어줄 거지?]

“물론입니다. 걱정하지 마시고 쉬세요.”

윤 여사의 조심스런 부탁에 수현이 호기롭게 대답했다. 그렇지 않아도 그는 재욱을 꼭 만나야만 했다.

전화를 끊고 수현은 비장하게 주먹을 쥐었다. 사과할 것은 사과하고, 쟁취할 것은 반드시 쟁취한다.

“아자!”

그는 씩씩하게 현관을 나와 재욱의 집으로 갔다.

굳게 닫힌 현관마냥 굳게 닫혔을 재욱의 마음을 열어야 한다.

쿵쿵!

수현은 힘차게 현관문을 두드렸다. 하지만 집 안은 마치 아무도 없는 듯 고요하기만 했다.

“하재욱, 나와라!”

수현이 커다란 목소리로 소리쳤다.

“하재욱!”

벌컥. 그의 요란한 외침에 재욱이 벌컥 문을 열었다.

"조용히 해. 고성방가로 잡혀가고 싶어?"

싸늘하기만 한 그녀의 말에도 수현은 기죽지 않고 냉큼 집 안으로 들어갔다. 그리고 마치 제 집인 양 거실 소파에 턱 주저앉았다.

"그사이를 못 참고 그렇게 울었냐?"

그의 말에도 재욱은 그를 보지 않았다. 마음이 단단히 상한 모양이었다. 그가 앉은 자리에서 멀리 떨어진 소파에 앉는 재욱을 보며 진심으로 사과했다.

"그 말은 미안하다. 내가 제정신이 아니었어."

"당연히 미안해야지. 너 진짜 나쁜 놈이었어."

그러자 재욱이 차갑게 말했다. 시선조차 마주치지 않는 재욱을 보며 수현이 어깨를 으쓱거렸다.

"야, 너 같으면 제정신일 수 있겠냐? 응? 이십삼 년 동안 '친구 녀석'으로 봤던 널 '여자'로 보는데, 그것도 아주 많이 좋아하는 것 같은데?"

"됐어."

'아주 많이 좋아하는 것 같은'이라니. 그녀의 사랑에 대한 확실한 모독이었다.

"아유, 이 삐딱아. 좀 끝까지 들어봐라."

수현이 자리를 박차고 일어나는 그녀의 팔을 잡았다.

"싫다니까?"

그러자 차가운 그녀의 거절에 수현이 다급히 말했다.

"봐봐. 나 여태껏 다른 여자 만난 적 없고, 다른 여자한테 맞아준 적도 없다? 너도 알잖아, 나 애인 없었던 거."

"하려는 말이 뭔데?"

"그러니까 내가 널 사랑한다는 거지. 아주 먼 옛날부터 말이야. 비록 그걸 몰랐지만 마음만은 언제나 널 사랑했었다."

잠시 정적이 흘렀다. 세상에 넘쳐 나도록 흔한 '사랑'이란 단어 앞에 재욱은 말문을 잃고 수현을 바라보았다. 이젠 치사해서 사랑 따위 안 하기로 했는데…… 그랬는데…….

"그러니 네가 날 책임져야 한다."

당당하기만 한 수현의 선언에 재욱이 힘겹게 말문을 열었다.

"너……. 넌 참…… 고백을 이상하게 한다?"

"아, 몰라. 그게 내 마음인데 어떡하라고."

완전 배짱이다.

"그리고 오늘 말이야. 그기 우리 첫키스 아닌 거 아냐?"

"무슨 말이야?"

의아해하는 재욱에게 수현의 부연설명이 이어졌다.

"우리 초등학교 다닐 때 말이야. 넌 4학년이고 난 3학년 되던 해, 이맘때였을 거야. 너 쉬는 시간에 구름다리에서 떨어졌던 거 기억해?"

수현의 말에 재욱이 기억을 더듬어보았다.

"구름다리? 글쎄, 잘 모르겠어."

"하여튼 너 그날 구름다리에서 떨어진 날, 너희 부모님 오시기 전에 네가 양호실에 누워 있었거든. 그때 너 어떤가 보려고 들어갔다가……."

늦은 오후의 환한 태양 빛이 잠든 재욱의 얼굴로 부서지던 순간, 수현의 어린 마음이 미친 듯이 두근거렸었다. 재욱을 천사라고 착각했던 날.

"그래서?"

호기심 어린 재욱의 다그침에 수현이 어깨를 으쓱거렸다.

"뭐, 그냥 덮쳤지."

"뭐야?"

그녀는 기가 막혀 무릎에 놓여 있던 소파의 쿠션을 그에게로 던졌다.

"미성년자 성추행이 얼마나 무서운 건지 알아?"

"성추행은 무슨. 네가 성은을 받은 거지."

아유, 말이나 못하면!

"그러니까 결론은 내가 널 사랑한다는 거다."

확신에 찬 수현의 말. 사실은 속마음이 너무 떨려 심장이 멈출 것 같은데……. 이렇게 앉아 있지 않았다면 털썩 쓰러질 만큼 다리가 후들거리는데……. 재욱은 애써 아무렇지 않은 척 물었다.

"믿어도 되냐?"

"그럼, 종이에 적어서 내용 공증 받을까?"

“뭐…… 그럴 필요까지는 없고…….”

떨리는 손을 꼭 마주잡고 머뭇머뭇 대답하자, 그가 그녀의 얼굴을 감쌌다. 어떻게 밀어낼 틈도 없이 다가와 하는 말.

“사랑한다, 하재욱.”

지금까지 농담이란 없었던 듯 단호하고 확신에 찬 수현의 고백이 들렸다. 재욱은 너무 좋아서 눈물이 날 것만 같았다.

너무 쉽게 받아들이면 그동안의 마음고생, 이름 고생이 억울해 꾹꾹 참으려고 했지만 결국 재욱의 눈시울이 붉어졌다.

“이, 이 나쁜 놈아. 바보같이…… 바보같이, 진작 좀 알지……. 넌…… 넌 왜 그렇게 항상 늦기만 해?”

“그러게. 나도 그런 내가 밉다. 그래도 넌 나 미워하지 마라. 사랑만 해.”

“흐흑, 바보 같은 자식. 난 널 처음 봤을 때부터 사랑만 했어.”

기어이 재욱의 눈물보가 터지고 말았다. 서럽게 울어대는 그녀를 꼭 안고 수현이 마음을 담아 속삭였다.

“고맙다.”

그는 재욱의 젖은 얼굴을 두 손으로 감쌌다.

“그만 울어. 자꾸 울면 아까 하던 거 마저 못해.”

“몰라, 이 자식아!”

수현은 그런 재욱의 입술에 자신의 입술을 겹쳤다. 조심스럽게, 부드럽게 다가가 살포시 입술을 쓸어 내렸다. 그러자 재욱이 떨리는 한숨을 쉬며 그에게 다가왔다.

"사랑해."

그가 속삭이며 깊이 키스하기 시작했다. 평생이다시피 한 시간 동안 알고 지냈지만, 지금 이 순간, 재욱은 수현이 너무 낯설었다. 그리 작은 키가 아닌 그녀를 폭 안고 열정적으로 혀를 감아오는 녀석이 생경하기만 했다. 하지만 재욱은 그런 수현의 목을 꼭 끌어안았다. 커다란 손이 그녀의 등을 다정하게 쓰다듬는 녀석이 좋아서 죽을 것만 같다.

띠디디디, 띠디디디디.

입가에 미소 한 조각을 머금고 깊이 잠이 들었던 재욱은 요란하게 울리는 알람 소리에 화들짝 놀라 눈을 떴다.

여느 날과 마찬가지인 아침 해가 그녀를 반겼지만, 재욱은 혼란스럽기만 했다. 무척 행복한 밤이었는데, 덩그렇게 홀로 남은 자신이 믿기지 않았다.

간밤의 일들이 모두 한낱 꿈으로 스러진 것일까.

수현이 찾아와 사과를 했고, 사랑을 고백한 뒤, 키스를 했다. 그리고…….

Rrrrrr.

재욱이 황망하게 기억을 더듬을 찰나, 휴대폰이 울렸다. 번호를 확인하니 다름 아닌 설가. 재욱이 얼른 목소리를 가다듬고 전화를 받았다.

“응.”

[옆을 봐.]

뜬금없는 그 말에 고개를 돌려 창문을 바라보자, 수현이 제
방 창턱에 앉아 손을 흔들었다. 자리에서 일어난 재욱이 전화를
끊고 창가에 다가갔다. 그러자 수현이 씩 웃으며 말했다.

“꿈인 줄 알았냐?”

“응?”

“어젯밤 말이야. 꿈인 줄 알았냐?”

어떻게 알았을까? 재욱은 모든 것이 뒤죽박죽 혼란스럽기만
했다.

“커튼을 안 내렸잖아.”

그녀의 혼란을 잘 안다는 듯 수현이 그녀의 창을 가리켰다.
아……. 그제야 재욱이 고개를 끄덕거렸다.

“어, 그럼 나 자는 거 다 봤단 말이잖아.”

궁금증이 해소되자 곧 사실을 깨달은 재욱이 얼굴을 붉히며
소리쳤다.

“아이구, 자는 모습이야 항상 보던 거 아니야?”

“그래도! 변태!”

그녀가 씩씩거렸지만, 수현은 아랑곳하지 않았다. 대신 능글
맞도록 매력적인 웃음을 머금었다. 그는 두 손을 올려 자신의
가슴에 댔다.

“하 양, 받아라.”

너무 멋져서 깨물어주고 싶을 만큼 귀여운 윙크와 함께 그가 하트를 날렸다.

"후훗. 설가 너도 받아."

근사한 아침이다. 수현의 상큼한 사랑 표현에 웃음을 머금고 재욱 역시 하트를 날렸다. 그렇게 재욱과 수현은 나란히 창턱에 앉아 한동안 서로를 바라보았다. 정말 좋은 아침이다.

사무실로 들어가는 재욱의 발걸음이 새처럼 가벼웠다.

"하 변호사님, 강 부장님께서 변호사님 오시는 대로 부장실로 오시라고 하셨어요."

아마 어제 올린 보고서를 강 부장님이 보셨나 보다.

"알았어."

재욱은 자신의 방을 나와 부장실로 갔다. 노크를 하자, 엄숙한 목소리가 들어올 것을 허락했다.

"부르셨습니까?"

그녀는 정중히 인사를 했다. 그러자 책상에 코를 박다시피 판례를 살펴보던 강 부장이 고개를 들었다.

"그래, 구속됐다며?"

"네, 부장님."

강 부장이 그녀에게 다가와 팔을 툭 쳤다.

"큰일날 뻔했는데 아무 일 없이 무사해서 고맙군."

"걱정해 주셔서 감사합니다."

“오늘은 일찍 들어가게. 내일까지 특별히 허락하는 휴가니까 푹 쉬고 모레 출근하도록 해.”

“그게 무슨…….”

뜻밖의 제안에 재욱이 어리둥절한 얼굴로 강 부장을 보았다. 그러자 돌부처처럼 엄숙하기만 하던 강 부장이 눈을 찡긋거렸다.

“입원까지 했었다며? 병가로 주는 특별 휴가야. 절대 하 변호사가 고마워서 주는 포상 휴가가 아니란 말이네. 알겠나?”

강 부장의 뜻밖의 말에 재욱의 입이 귀에 걸렸다.

“감사합니다.”

90도 각도로 인사를 하고 신이 나서 나오자, 기다리고 있었던 듯 주화가 그녀의 방에 있었다.

“모닝 커피 한잔 어때? 사건도 끝났으니 여유가 있잖아?”

“미안한데 오늘은 패스. 나 가봐야 해.”

그녀는 주화를 향해 웃으며 백을 집어 들었다.

“아침부터 또 어디 가게?”

“부장님이 특별 휴가 주셨다.”

그녀가 마치 아이처럼 주화를 약 올리듯 혀를 날름거리자, 주화가 너털웃음을 지었다.

“그렇게 좋냐?”

“응, 좋아.”

“그래, 그래. 내가 지금 널 못 가게 붙잡는다는 거지? 알았어.

얼른 가.”

“그래, 간다.”

커다란 선물을 받은 듯 보기 드물게 행복해하는 재욱의 모습이 의아했지만, 그래도 행복한 얼굴을 한 재욱이 보기 좋았다.

재욱은 복잡한 대로 위에서 서둘러 목적지에 도달하기 위해 곡예운전을 펼쳤다. 막 병원 주차장에 들어서던 재욱은 요란하게 울리는 휴대폰에 핸즈프리를 연결했다.

“엄마!”

[뭐니? 지금은 또 왜 이렇게 씩씩해?]

엄마의 말에 그제야 어젯밤 서럽게 울었던 것이 떠올랐다. 그 난리를 피워놓고도 잊어버린 자신이 생각나 아차 싶어 입술을 깨물었다. 재욱은 얼른 주차장의 빈곳에 차를 세웠다.

“응, 엄마. 이제 씩씩해요. 어젠 내가 마음이 너무 허했나 봐.”

불과 어젯밤인데, 마치 수십 년 전처럼 멀게 느껴졌다. 하지만 엄마에겐 그것이 아니었을 테다.

“멀리 계신데 괜히 울고 그래서 미안해.”

그녀가 진심을 담아 말했다.

[엄마한테 어리광 부리는 것도, 속상해서 우는 것도 상관없어. 우리 공주가 이렇게만 씩씩하다면야 무슨 걱정이니?]

하지만 언제나 그렇듯 엄마는 관대하기만 하시다.

[조금만 참아. 며칠 내로 엄마랑 아버지 한국 들어간다.]

"정말? 아, 엄마, 그러실 필요 없는데……."

뜻밖의 소식에 반색을 하면서도 재욱은 기쁨을 감추지 못했다.

[뭘 그럴 필요가 없어! 난 너 보고 싶어서 죽을 것 같단 말이야!]

"나도 엄마 보고 싶어요!"

아이처럼 울어버린 어젯밤, 엄마와 아버진 참 많은 고민을 하셨을 것이다. 그녀를 혼자 둘 수 없다는 결론에 도달했다는 것은 어렵지 않게 상상이 됐다.

[그러니까 무슨 속상한 일 있어도 절대 울지 말고 기다려. 알았지? 엄마랑 아버지 곧 갈게.]

"응, 기다릴게요."

재욱은 기쁜 마음으로 대답을 했다. 그리고 끊어진 핸드폰을 가슴에 꼭 끌어안고 나직하게 중얼거렸다.

"얼른 오세요. 사위 소개시켜 드릴게요."

어제와도 같은 오늘이다. 하늘의 구름, 작열하는 태양, 그리고 푸른 나무와 한 줌 바람 모두 변하지 않았다. 하지만 어제와는 또 전혀 다른 오늘이다.

하얀 의사 가운을 벗지도 않고 로비를 뛰어나오는 수현을 보는 그녀의 입가에 미소가 어렸다.

"수현아."

그녀의 부름에 다가오는 수현도 씩 웃었다.

"어쩐 일이야? 근무 중 아니야?"

"응, 내일까지 특별 휴가야. 밥은 먹었어? 나 점심 같이 먹으려고 왔는데 많이 바빠?"

"후훗, 변호사 나리께서 사주는 거야?"

수현이 그녀의 어깨를 감싸며 앞을 가리켰다.

"너 옷은?"

"괜찮아, 괜찮아. 병원 안에서 먹을 거니까."

어유, 그럼 그렇지. 너무 순순히 먹자 그러더라. 재욱은 장난기 어린 수현의 얼굴을 노려보았다.

"넌 인간이길 잠시 보류한 의사랑 결혼을 하려고 자신을 희생한 여자야. 그러니 우리 병원식당에서 같이 밥 먹는 걸 감사하게 여겨야 한다."

"어유, 잘난 척은."

그녀의 어깨 위로 팔을 두른 수현의 옆구리를 푹 찔렀다. 하지만 서로에게 드리워진 손길 아래 예쁜 사랑이 묻어났다.

바쁜 일상 끝에 일요일이 찾아들었다. 간절하게 바랐던 대로 일요일 오프의 영광을 차지한 수현은 오늘 재욱과 닭살 데이트를 하기로 약속했다. 서둘러 아침 식사를 끝낸 후 물을 마시는 그에게로 다가온 수안이 음흉한 목소리로 소곤거렸다.

"오빠, 키스할 때 말이야. 혀가 막 움직여야 좋다? 분명 재욱 언니도 오빠가 그래야 좋아할걸?”

“풉!”

수현은 마시던 물을 그대로 품어내고 말았다.

“으, 더럽게 왜 그래?”

물벼락을 피해 저만큼 도망간 수안이 질색을 했다.

“야! 이 조그만 녀석이 뭐라는 거야? 너 태원이랑 그런단 말이지? 아직 결혼도 안 한 녀석이! 너 엄마한테 이른다!”

그만큼 요란한 여름을 보내던 태원이 결국 유정화에 의해 사고를 당한 뒤, 뜻밖에도 수안과 사귄다는 청천벽력 같은 소식을 전해 들었던 수현이 마구 씩씩거렸다.

“흥, 웃기셔.”

수현의 발악에 수안이 귀를 후비며 사라졌다.

“너 어딜 도망가! 혼 좀 나야지!”

“왜 그래?”

그가 수안의 뒤꽁무니를 보며 고래고래 소리를 지르노라니, 이층에서 부스스한 머리를 한 수민이 내려왔다. 촬영이 끝나고 막 한가해진 즈음이라 녀석은 아침도 거르고 늘어지게 잠을 잤다.

“수안이가 또 무슨 짓 했어?”

“아유, 말도 마라. 저 녀석이 글쎄.”

혀를 움직여야 한다는 수안의 말을 차마 그대로 말할 수 없는 수현이 얼굴을 붉히며 손을 저었다.

"아, 됐다, 됐어."

"뭐랬는데 그래? 우리 조카 만들라고 그랬어?"

수민은 수현과 재욱이 '연애함'을 며칠 전 수안에게 칠만 원을 주고 전해 들었다. 소식을 들은 그날 땀 흐르는 오후 내내 그를 놀려먹었던 수민이 냉장고를 뒤져 우유를 꺼내며 충고했다.

"우리나라 출산율을 생각해서라도 콘돔 같은 거 쓰지 마. 그거 별로 안 좋거든? 뭐, 그거 안 쓰면 조만간 조카 생기겠네. 형, 참고로 난 동성이 좋아. 수안이 같은 애물단지 딸은 놓지 마슈."

수안이 놓은 불길에 수민이 정유탱크 통째로 기름을 들이붓는다.

"야!"

"왜? 콘돔 써야 할 거 같아? 그럼 내가 딸기 맛 나는 걸로 사다 줄까?"

"됐어!"

어유, 이 녀석들은 어째 부끄러운 것을 몰라? 한술 더 뜨는 수민의 말에 수현이 두 손을 내젓고 주방을 나왔다.

원수 같은 두 동생들과 실랑이를 벌이느라 늦고 말았다.

서둘러 베이지 색 면바지에 검은 셔츠를 입은 그가 집 밖으로 나오자 어느새 재욱이 먼저 나와 있었다. 사뭇 여성스런 꽃무늬 원피스가 아름답기만 했다.

“뭐야, 아침 일찍부터 밤늦게까지 불타는 데이트를 하자더니?”

꽤 많이 기다렸던 듯 재욱이 퉁퉁거리자 그가 얼른 다가갔다.

“미안, 수안이 놈이 엉뚱한 소리를 해대서. 많이 기다렸지?”

“당근 많이 기다렸지!”

“자자, 얼른 가자!”

빽 소리를 지르는 재욱을 모른 척 수현이 얼른 차에 올라타 시동을 걸었다.

둘이서 이렇게 거리로 나온 것이 얼마 만인지. 혼잡한 도로를 피해 유료 주차장에 주차를 한 하고 그들은 거리를 걷기 시작했다. 들뜬 마음처럼 발걸음도 가벼운 재욱이 주위를 둘러보며 앞장서 갔다. 그런 재욱의 뒷모습을 보노라니 문득 수안의 카랑카랑한 목소리가 귓가를 맴돌았다. 흠…… 혀를 움직여라? 좋다!

“아.”

기대 어린 미소를 지은 그가 재욱을 불러 세웠다.

“왜?”

뭔가 할 말이 있는 듯한 녀석의 태도에 쳐다보자, 그가 눈짓으로 팔을 가리켰다.

“팔짱 껴봐.”

“됐어, 날도 더운데 팔짱은 무슨. 그냥 가.”

하지만 탄력있는 용수철처럼 곧바로 들리는 재욱의 거절에 수현이 불퉁해졌다.

“어우. 됐어, 됐어.”

재욱의 거부에 나름 상처받은 수현이 성질에 겨워 성큼성큼 앞으로 걸어갔다.

“뭐야? 너 지금 삐친 거니?”

“절대 안 삐쳤거든!”

발끈한 그의 대답에 재욱은 그럴 줄 알았다는 듯 고개를 끄덕거렸다.

너 지금 당연히 삐쳤거든?

하지만 현명한 여자답게 재욱은 아무 말 없이 뛰어가 그의 팔을 넙죽 잡아챘다.

“수현아.”

“더운데 팔짱은 왜 끼냐? 그냥 가, 그냥.”

그녀의 애교에 수현은 얼굴을 찌푸리며 마구 성질을 내면서도 잡은 팔은 놓지 않았다. 얼마나 걸었을까, 친밀하게 얽혀든 그녀의 손을 꼭 잡으며 수현이 은근슬쩍 말문을 텄다.

“수안이가 그러던데, 혀가 움직이면 그렇게 좋다대?”

“혀가 움직여? 뭐 하는데……. 어유, 진짜.”

“우리도 한번 해보자. 응?”

“뭘 해! 사람들이 이렇게 많은데 미쳤니?”

그의 말을 따라하던 재욱이 눈치를 채고 수현의 가슴을 탁 쳤다.

“재욱아, 응응?”

“고만 해라.”

“뭘 고만 해? 이리 와봐.”

느끼한 녀석.

하여튼 엉뚱한 그로 인해 설레설레 고개를 저었지만, 재욱은 얼굴을 디밀고 다가오는 수현보다 먼저 움직여 그의 볼을 잡았다. 그리고 한술 더 떠 녀석의 입술에 쪽 소리가 나게 입을 맞추었다.

“됐니?”

“응.”

지나가던 사람들이 그들을 보며 수군거렸지만, 재욱과 수현은 그저 좋아 웃음만 지었다.

친구로서 했던 일들을 연인으로 했다.

그 차이점이란 겪어보지 못한 사람들은 모른다. 뭘 먹든 어떻게 해서든 하나라도 더 먹으려 안달하던 그들이 서로의 입에 넣어주는 것이 대표적인 예다. ‘친구’였을 때는 영학관에서 덥다고 저만큼 떨어져 앉던 그들이 어깨가 아플 만큼 꼭 붙어 두 시간을 견뎌내는 것도 연인이기에 가능했다.

하루해가 어떻게 저무는지도 모른 채 다니던 그들이 손을 잡고 돌아오는 길목. 뒤에서 껄렁한 목소리가 그들 사이로 끼어들었다.

“여, 데이트 갔다 오는 거냐?”

수민이었다. 허름한 트레이닝복에 야구 모자를 푹 눌러쓴 그를 영화배우 설수민으로 보는 사람은 아무도 없을 것이다.

"오빠 입 아프게 그걸 꼭 물어보냐? 데이트 갔다 오는 거네 뭐."

수민 옆에는 박태원과 사귄다고 공식 발표를 해 집안에 일대 파란을 일으킨 수안이 서 있었다.

"오빠랑 언니는 좋겠다?"

한국에서 힘들게 하던 일을 모두 마무리 지은 태원이 현지 사업체를 정리하기 위해 미국에 가 있는지라 수안의 감정 상태가 썩 고르지 못했다. 수민을 등쳐 얻어먹은 것이 분명한 소시지가 감정의 희생양이 되어 순식간에 입 안으로 사라졌다.

"그럼, 좋고말고."

분명 심술이 난 듯한 수안의 말을 수현이 맞받아쳤다.

넷이서 모이자 자연스레 호프집으로 발길이 돌려졌다. 시원한 생맥주가 앞에 놓이자 이야기는 자연스레 연인이 된 수현과 재욱에게 집중이 됐다.

"나 정말 궁금한 게 있는데, 둘이서 새삼스레 사랑을 하겠다고 마음먹은 이유가 뭐냐? 그렇게 싸워대더니?"

"그러게? 나도 정말 궁금하다."

수현은 궁금해하는 동생들에게 코웃음을 치며 대답했다.

"야야, 사랑은 그런 거야. 우연히 시작되어서 사람을 옭아매어 버리는 요술 같은 것. 그렇지, 재욱아?"

“그럼, 사랑은 그런 거지.”

재욱은 한술 더 떠 마른안주를 수현에게 손수 먹여주며 동감을 표했다. 하지만 그들의 즐거움과는 별도로 닭살 커플의 닭살 애정 행각에 수민과 수안의 얼굴이 눈에 띄게 굳어졌다. 외로움에 미칠 듯 몸부림치는 어린것들을 앞에 두고, 나이 서른의 노친네들이 벌이는 애정 행각을 곱게 봐줄 수 없는 수민·수안 남매였다.

“언니, 오빠가 노래 불러줬지?”

수안이 선제공격에 나섰다.

“노래?”

“우리 오빠가 노래 불러준 적 없어?”

수현과 눈을 마주 보며 영혼의 대화에 폭 빠져 있던 재욱이 수안의 물음에 잠시 생각에 잠겼다. 그러다 문득 은후 일로 무척 상심해 있을 때, ‘얼굴 찡그리지 말아요’를 반복하던 동요를 불러준 기억이 났다.

“응, 있어. 수안이 네가 어떻게 알아?”

“그거야 당근 알지. 우리 오빠 어릴 적부터 여자들한테 노래 불러주고 그래서 얼마나 여자들 많이 유혹했는데. 그렇지, 수민 오빠?”

수안이 수민에게 바통을 넘겼다. 그러자 아주 매끄럽게 그것을 받아 든 수민이 놀랐다는 듯 재욱을 보았다.

“그럼, 폰팅 유행할 때 형 아주 난리도 아니었다. 난 생생히 기억나는데 누나는 그거 몰랐어?”

“야, 이 녀석들이 왜 이래? 그만 해.”

동생들의 돌발 발언에 화들짝 놀란 수현이 두 손을 휘이휘이 내저었다.

“재욱아, 이 녀석들 하는 말 듣지 마. 절대 아니야.”

“뭐, 어렸을 때 일인데 그랬던들 뭐가 나빠? 괜찮아.”

곰곰이 생각을 하는 듯 하던 재욱이 별일 아니란 듯 가볍게 대답을 하자, 수민의 눈썹이 꿈틀거렸다.

“흠, 그래. 뭐 그런 거야 어릴 때 일이니까 누나 말처럼 괜찮을 거야. 그렇지, 수안아?”

“그럼, 그럼. 어릴 때 일이니까. 뭐, 지금 다 큰 수현 오빠가 수영장 같은 데 가면 날씬한 여자들 보고 좋아라 하고 뭐 그런 거 별일 아닐 거야. 그렇지, 작은오빠?”

“그럼, 별일 아니지—이! 형이 며칠 전에도 빨간 여자 시리즈 보던데, 그래도 그게 뭔 큰일이겠어?”

“그럼, 그럼!”

주거니 받거니, 대수롭지 않은 듯 주고받은 남매의 대화 속에 수현의 비리가 낱낱이 고해지는 순간 재욱의 눈꼬리가 확 치켜 올라갔다.

“이 녀석들! 재욱아, 절대 아니야. 아니야! 빨간 여자 안 봤어!”

그녀의 싸늘한 눈 흘김에 수현이 마구 부정을 했지만, 재욱은 냉정히 자리에서 일어났다.

"나 영국 간다."

"재욱아, 안 돼! 안 돼!"

차갑게 돌아서는 그녀와 '영국'이란 말에 기겁을 한 수현이 따라가자, 덩그렇게 남은 수민과 수안의 눈이 마주쳤다. 남매는 하이파이브를 했다.

"큭큭, 나이스."

"건배!"

그리고 아직도 그대로인 생맥주를 시원하게 들이켰다.

일요일 아침.

10월이란 계절이 실감나게 아침저녁으로 제법 선선한 바람이 불어왔다. 평소 같으면 달콤한 아침잠에 푹 빠져 일어나지 못할 테지만, 오늘은 달랐다. 재욱은 핑크빛 플레어스커트에 흰 블라우스를 입은 자신의 모습을 거울에 이리저리 비춰보곤 백을 집어 들고 방을 나왔다. 그녀가 아래층 거실로 내려가자 소파에 앉아 모닝커피를 즐기시던 부모님이 놀란 눈으로 그녀를 바라보았다.

"뭐니? 하재욱, 너 벌써 일어난 거야?"

재욱을 키우며 아침잠 때문에 매일 아침 실랑이를 벌여야 했던지라 윤 여사는 무척 놀랐다. 그 놀란 목소리에 재욱이 씩 웃었다.

"오전에 들러야 할 곳이 있어요."

너무나 무더웠던 여름의 끝자락에 부모님이 돌아오셨다. 조금 더 체류하며 영국에 계셨어도 됐지만 외동딸을 더 이상 혼자 둘 수 없다는 판단에 돌아오신 것이다.

내심 죄송한 마음이 들었지만, 이렇게 이층에서 내려와 거실에 다정히 앉아 계신 부모님을 볼 때면 정말 행복했다.

"다녀오겠습니다."

그녀가 인사를 하자, 신문을 보던 하 교수가 웃으며 마주 보았다.

"그래, 운전 조심해야 한다."

"네."

재욱이 현관을 나서자, 윤 여사가 따라 나왔다.

"지녁에 엄마랑 아빠 없어도 놀라지 말고 밥 챙겨 먹어."

"알았어요."

아마 또 친척집 순례를 떠나실 모양이다. 재욱은 웃으며 손을 흔들어주었다.

집 앞에 고이 주차된 애마에 올라타다 그녀의 창과 바로 이웃한 창을 보니, 아직 커튼이 드리워져 있었다. 단잠에 빠져 있을 수현을 생각하니 웃음이 절로 나왔다.

재욱은 운전석에 올라 매번 드리는 무사하게 해달라는 기도를 올린 뒤 부웅 앞으로 돌진했다. 스포츠카답게 그녀를 스쳐 지나가는 바람이 무척 상쾌했다.

지금 그녀는 은후를 만나러 가는 중이었다.

폭행과 강간 교사로 구속된 전대준은 징역 사 년의 중형을 선고받았다. 그와 더불어 재욱이 수집한 학대 자료와 재산 은닉에 대한 증거가 재판부에 채택이 되면서 후견인 권한도 동시에 박탈당했다. 전대준이 해임된 후견인 자리는 가정법원에서 민식의 가족과 아이에 대한 유대감을 비롯한 일상적인 조사 후에 민식을 지정했다. 후견인이 새로 정해지던 날, 모두의 축하 속에서 서울에서 살았던 은후는 민식의 집이 있는 서울 외곽으로 거처를 옮겼다.

박민식의 집으로 간 지 이제 한 달. 아이가 어떻게 적응하고 있는지 소식이 기다려지던 찰나, 초대를 받게 된 것이다.

[누나, 우리 일요일 날 같이, 같이 밥 먹었으면 좋겠어요.]

곁에서 시킨 것이 분명한 그 문장을 더듬더듬 부끄럽게 중얼거리던 아이의 목소리가 귀에 아련했다.

민식의 집으로 가는 도중, 꽃집에 들러 장미 바구니를 샀다. 그리고 집에 있을 세 아이를 위한 선물은 커다란 과자 선물세트로 어제 미리 사두었다.

서울 근교의 전원주택 단지로 들어서서 민식이 불러준 주소를 찾아 차를 세웠다. 차에서 내려 주위를 두리번거리자 그녀를 기다리고 있었던 듯, 커다란 외침이 들려왔다.

“누나!”

소리가 들린 쪽으로 돌아보자, 앙증맞은 곰이 그려진 청바지에 하늘색 줄무늬 티셔츠를 입은 은후가 씩씩하게 뛰어왔다. 은후의 뒤로 갈래머리를 한 귀여운 소녀와 어린 남자 아이가 함께 뛰어오고 있었다.

“안녕하세요!”

“그래, 은후도 잘 있었어?”

재욱은 아이의 인사를 반갑게 받았다. 분명 한 달 전과는 비교도 할 수 없을 만큼 밝고 명랑해진 아이의 모습에 너무 기분이 좋았다.

“안녕하세요?”

그녀는 은후 뒤에서 수줍게 인사하는 두 아이와 시선을 마주쳤다.

“그래, 안녕. 난 하재욱이라고 하는데, 너휜?”

“진 빅시연이구요, 애는 제 동생 박시준이에요.”

꼭 깨물어주고 싶을 만큼 귀여운 여자 아이가 또록또록한 목소리로 자신과 동생을 소개했다.

“그렇구나. 아빠 말처럼 정말 예쁘네?”

그런데 은후가 불퉁한 목소리로 톡 끼어들었다.

“흠, 별로 안 예뻐요. 누나. 누나가 더 예쁜걸요?”

“뭐야? 야, 전은후.”

재욱의 칭찬에 기분이 매우 좋았던 시연이 은후에게 앙칼진 목소리로 소리쳤다.

“넌 여자의 마음을 헤아리는 센스도 없고, 게다가 매너도 없어! 흥!”

몹시 마음이 상한 듯 홱 돌아서는 시연을 시준이 어쩔 줄 몰라 했다.

“형아, 누나 화났는데?”

“괜찮아, 시준아. 쟨 여자라서 절대 남자의 말을 이해 못해. 이래서 여자애들은 피곤하다니까.”

저 아이들, 너무 예쁘다.

제법 어른 티를 내며 시준을 다독이는 은후와 뒤를 노려보며 걷는 시연의 모습에 재욱은 억지로 웃음을 참았다. 잘 적응하다 못해 너무 능청스러워진 은후가 귀여워 견딜 수가 없었다.

“오셨습니까?”

그런 그녀에게 민식 내외가 다가왔다. 편안한 캐주얼 차림의 그들이 반가워하는 만큼 재욱도 반가움을 전했다.

“안녕하셨죠?”

“네, 덕분에요. 얼른 들어가시죠.”

“네.”

재욱은 부부의 안내로 들어갔다. 정원으로 들어서자 한쪽 구석 여기저기 장난감 삽과 플라스틱 소꿉놀이 세트가 흐드러진 작은 모래밭이 눈에 띄었다. 재욱이 그것을 보자 민식이 설명해 주었다.

"애들이 모래 장난을 무척 좋아하거든요. 또 흙을 만지고 놀면 두뇌 발달에 도움도 된다 해서 작게 모래밭을 만들었어요."

"아, 네."

"참, 우리 애들이 인사는 드렸죠?"

그는 아이 셋이 전부 어디로 갔는지 두리번거리며 물었다.

"네. 은후가 굉장히 밝아진 것 같아요."

"후후, 네. 원래대로 돌아온 것 같아 저희도 무척 안도하고 있습니다. 다 변호사님 덕분이죠."

"아닙니다. 제가 한 일은 아무것도 없어요. 전부 은후가 한 일이죠."

민식의 고마움에 재욱이 손을 저었다.

"여보, 밖에서 그러지 말고 안으로 모셔오세요. 차 준비했어요."

"알았어. 들어가시죠."

"네."

집 안으로 들어가자 넓은 거실에 천장부터 바닥까지 책꽂이로 된 한쪽 벽면이 보였다. 재욱은 아이들 동화책에서 과학 잡지, 한국 소설 전집까지 없는 게 없는 듯한 책꽂이를 경탄 어린 눈으로 보았다.

"책이 정말 많네요."

"네, 이이가 책을 좋아하고, 또 대하 씨 책도 옮겨왔어요."

테이블 위에 차를 내려놓으며 민식의 아내가 설명했다. 햇빛이 잘 드는 거실에 은은한 차와 편안한 좋이 냄새가 어우러져 집 안은 무척 화목해 보였다. 소파에 앉아 차를 마시며 내외와 이야기를 나누자, 어딜 갔다 왔는지 아이들이 우르르 정원으로 들어왔다. 싸웠던 시연과 은후는 그새 화해를 했던지 무척 즐거워 보였다.

그들은 곧장 모래밭으로 뛰어가 장난을 시작했다. 그 달콤한 평화를 보노라니 절로 행복해졌다. 역시 아이들을 보던 민식의 아내가 비밀을 털어놓듯 속삭였다.

"은후가 시연일 좋아해요."

"어머, 그래요?"

"그리고 시연이도 새침하게 아닌 척하는데, 은후를 좋아해요. 다른 여자애들이 은후 곁에만 오면 눈에 쌍심지를 켜거든요."

아이들에게서 시선을 뗀 재욱이 웃으며 되물었다.

"아깐 서로 토닥거리던데요?"

"후훗, 항상 그래요. 매일 티격태격 싸워요. 그런데 가만히 보면 어찌나 서로를 챙기는지. 가끔 시준이가 외톨토리가 되는 것 같아요."

그것을 말하는 민식의 아내는 웃음을 참지 못했고, 민식 역시 웃기만 했다.

소란스런 아이들 틈에서 재욱은 행복을 느꼈다. 사랑받고 있다는 것을 의심하지 않는 아이들의 모습은 '밝음' 그 자체였다.

은후를 두고, 저 어린것을 두고 예기치 않은 사고로 눈을 감

은 은후 부모님이 저 세상에서 아이의 편안한 삶을 지켜줄 것이
다. 그리고 민식 내외 역시 마찬가지였다. 토닥토닥 싸우며 알
뜰살뜰 서로를 챙기는 은후와 시연이 크면 또 다른 형태의 가족
이 될지도 모른다. 하지만 그들은 이미 지금도 가족이었다.

행복한 오전 한때를 보내고 집을 나오는 길, 은후가 그녀의
치맛자락을 붙잡았다. 시연 남매는 만화영화 때문에 벌써 인사
를 하고 사라진 후였다. 의아한 눈으로 뒤에 선 민식에게 눈짓
으로 물었지만, 민식은 가만히 고개를 저었다.

"왜 그러니?"

그녀가 은후와 시선을 마주해 앉자, 오전과는 다르게 아이는
그녀와 눈을 마주치지 못했다.

"저기, 누나……."

은후는 작은 두 손을 마주 잡고 꼼지락 꼼지락 불안하게 움직
이기만 했다. 재욱이 그런 아이의 손을 따뜻하게 잡았다.

"은후아, 하기 힘든 말이면 안 해도 돼."

"아니요, 꼭 해야 하는 말이에요."

아이가 간절한 눈으로 그녀를 보았다. 이해받길 바라는 눈으
로 바라보는 녀석.

"그때, 그때요. 누나가 우리 학교에 왔을 때요, 은구 형이 누
나한테 새총을 쐈어요. 은구 형이 누나를 다치게 했는데,
난…… 난 그것을 보기만 했어요."

"은후아?"

벌써 기억 속에 희미해진 그 일이 어제처럼 생생해졌다.

그날의 고통과 당혹감은 말로 표현할 수 없을 만큼 큰 것이었는데, 그런 잔인한 일을 저지른 것이 한낱 어린아이였다니, 그것도 은후의 사촌이었다니. 내색하지 말자 애를 써도 진저리가 쳐지는 것은 어쩔 수 없었다. 은후의 고백을 뒤에서 듣고 있던 민식이 아이의 어깨 위로 다정히 손을 얹었다.

"은후야, 할 말이 남았잖니?"

"미안해요. 누나, 정말 미안해요……. 정말 용기가 있었다면 그때 은구 형한테 하지 말라고 했어야 했어요. 아무리 형이 무섭고 삼촌이 무서웠어도 하지 말라고 소리쳤어야 했어요."

자책 어린 목소리가 점점 젖어들었다. 여린 목소리에 재욱은 마음의 동요를 감춰야 했다. 은후의 잘못도 아닌데, 아이가 이렇게 사과를 해야 할 이유가 없었다.

"아니야, 은후야. 그건 네가 어쩔 수 없었던 일인 거지 용기가 없었던 것이 아니야."

그녀의 따뜻한 목소리에 은후가 젖은 시선으로 바라보았다.

"어쩔 수 없는 일로 사과할 필요는 없어. '사과'는 은후가 정말 잘못한 일에만 하는 거야. 알겠지?"

"……네."

은후가 눈물을 쓱 닦으며 힘차게 고개를 끄덕거렸다.

"그럼 얼른 들어가 봐. 만화영화 시작할 시간이라면서?"

"네, 안녕히 가세요. 누나!"

재욱은 씩씩하게 집 안으로 뛰어들어 가는 은후의 뒷모습을 보았다. 고백을 하자마자 저렇게 홀가분하게 뛰는 것을 보니 아마 마음고생을 심하게 했었던가 보다.

"은후가 악몽을 꾸는 것을 달래주면서 알게 됐어요. 제 부모가 눈앞에서 죽는 것을 봤던지라, 피를 흘리거나 고통스러워하는 사람들을 보면 무척 겁을 내요. 녀석, 그래도 절대 내색을 안 하는데 한 번씩 무의식에서 폭발을 하는 거죠."

민식이 부연 설명을 해주었다.

"하지만 괜찮아질 거예요. 좋은 분들이 가족이니까."

"네, 은후는 괜찮을 겁니다."

그녀의 위로 어린 말에 민식이 굳게 말했다.

민식 내외에게 인사를 하고 돌아오는 길, 재욱은 걱정하지 않았다.

은후가 마냥 행복할 거란 환상은 절대 가지지 않았다. 산다는 것은 행복만을 보장해 주지 못하니 말이다.

그러나 아이는 또래가 느끼는 다양한 감정을 느끼며, 미래를 꿈꾸고, 자아를 키워갈 것임을 알고 있었다. 평범하게 행복하며 주위 사람들을 사랑하는 삶을 살게 될 것이다. 은후에게는 그렇게 풍요로운 삶이 기다리고 있었다.

퇴근 시간이 지났음에도 수현은 가운을 벗지 않고 LCD 모니터 앞에서 꼼짝하지 않았다. 너무 골몰한 나머지, 짧아지기 시작한 태양이 벌써 저물어 버린 것도 몰랐다. 신들린 듯한 마우스 질에 고대하던 문구가 검색됐다.

〈오늘 밤 난 당신의 모든 것을 알고 싶습니다.〉

"오호, 그렇지, 다 알고 싶지."
수현이 고개를 끄덕였다.
연인이 된 지 어언 몇 달. 이제 사랑을 속삭여야 할 때란 자각이 그를 흔들어댔다. 그는 지금 무슨 말로 재욱을 설득할지, 멋진 말을 찾기 위해 대형 포털 사이트의 지식 검색에 한창이었다. 그는 다음 페이지를 클릭하며 중얼거렸다.
"다른 건 뭐가 있나, 응? 나의 불타는 가슴에 물을 뿌려주세요? 아우, 너무 부끄럽다."
그가 짐짓 얼굴을 붉히는 시늉을 했다.

〈오늘만큼은 그냥 보낼 수 없어요.〉

다음 문구에서 손바닥을 딱 쳤다. 매우 마음에 든다.
"좋네, 낙점!"
진정 오늘 밤만큼은 그냥 보내지 않으리! 수현은 비장한 각오를 하고 의국을 나왔다.

<어디냐?>

차가 잠시 정지 신호를 받은 틈을 타 재욱에게 메시지를 보냈다. 그러자 곧 집이란 답장이 왔다. 그만큼이나 바쁜 하 여사가 집에 있다는 말에 수현이 휘파람을 불었다.

"오, 하늘도 돕는단 말이지."

의사, 변호사. 당최 만날 시간이 있어야 데이트를 하고, 불같은 사랑으로 활활 타오르는 밤을 보내지.

"그래도 진정 오늘 밤은 그냥 보내지 않는다!"

수현은 지식 검색을 통해 선별한 문구를 가슴에 새기고 또 새겼다. 들뜬 가슴을 안고 집까지 온 그가 주차를 하는데 어두운 골목, 수민이 대문 앞에 홀로 앉아 있었다.

"저 녀석이, 저기서 뭐 하는 거지?"

주차를 하고 차에서 내린 그가 수민에게 다가갔지만 수민은 관심을 기울이지 않았다.

"설수민, 여기서 뭐 하나?"

수현이 수민의 어깨를 툭 치자, 그제야 수민이 지친 한숨을 쉬며 그를 올려다보았다.

"이제 퇴근해?"

"그래, 지금 들어오는 길이지. 그런데 너 왜 이래? 너무 피곤해 보인다?"

정말 아닌 게 아니라 희미한 가로등에 비쳐지는 수민의 얼굴은 까칠하기만 했다.

“나 소주 한잔 사주라.”

“응? 그, 그래.”

수현은 자리를 털고 앞장서는 수민의 뒤를 따라갔다. 단골 호프집에 들어가 주문한 술과 안주가 나온 후에도 수민은 침묵을 지키며 쳐다보기만 했다.

“자, 받아라.”

동생이 따라주는 술을 기대했다간 한 잔도 못 마실 거란 판단이 들어 수현은 자신의 잔과 수민의 잔에 술을 따랐다. 그리고 평소와 너무 다른 수민의 분위기가 의아해 녀석을 툭 쳤다.

“무슨 일 있어? 일이 잘 안 돼?”

수민은 형의 말에 대답없이 그저 씩 웃더니 소주잔을 들었다.

“왜? 진짜 그런 거니? 말을 해봐.”

평범한 바닥이 아닌 그곳에서 지금껏 별탈없이 잘해낸 녀석이라 그동안 걱정한 적이 없었지만, 오늘따라 이상하기만 했다. 가족들 앞에선 환하게 웃는 모습만 보이던 녀석의 너무 다른 모습에 수현은 대답을 재촉했다.

“말 안 하냐?”

“형이 걱정하는 게 일에 관련된 거라면 별일없어. 이번에 찍은 영화도 기대해 볼 만해.”

한참 동안 말문을 닫았던 녀석이 툭 던지듯 뱉어냈다.

“그런데? 일 말고 널 힘들게 하는 게 뭐길래 그래?”

“……마음이 힘들게 해.”

어렵게, 어렵게 그 말을 내뱉은 수민이 술잔을 보며 중얼거렸다.

“아무…… 아무 문제도 없다고 생각했는데…… 그냥 열심히 살면 된다고 여겼는데…… 그게 아니더라. 내 노력과는 상관없이 안 되는 일도 있다는 것을 처음 알았어, 처음……. 그래서 조금 힘이 들어.”

진지하게, 별일 아니란 듯 말하는 녀석의 목소리가 조금씩 떨려왔다.

마음이라…….

수민의 말이 맞다. 노력과는 상관없는 무엇이 마음을 힘들게 할 때. 세상에서 가장 약한 존재인 ‘사람’이 느껴야 할 무기력감이란 상상을 초월한다. 수현은 걱정스럽게 동생을 보았다.

“마음이 통하지 않아.”

중얼거리는 녀석의 말. 결국 사람이 녀석을 힘들게 한단 말이다. 하지만 그는 더 이상 아무것도 묻지 않았다. 그와 수민은 한 살 터울의 형제로 지금껏 살아왔다. 얼굴만 봐도 무엇을 생각하는지 알 수 있을 만큼 충분한 시간.

녀석의 혼란스러운 얼굴을 보아하니 스스로도 정리가 안 되는 것이 분명했다.

“한 잔 받아라.”

그는 빈 잔에 술을 따랐다. 묵묵히 술을 따르고, 마시며 집으로 돌아오는 내내 그들은 아무 말이 없었다.

하지만 집으로 돌아와 수민이 착잡한 얼굴로 자신의 방으로 들어가는 모습이 불안하기만 했다. 장난기 넘쳐 나는 녀석이지만 어떤 일에 대해선 고집스레 입을 다물고 속으로 삭인다는 것을 알기에 마음이 놓이지 않았다.

수민의 방문 손잡이를 잡자 닫혀 있을 거란 예상과는 달리 문은 쉽게 열렸다. 슬쩍 안을 들여다보자, 수민은 창가 테이블 의자에 앉아 있었다.

"피곤할 텐데 씻고 쉬지, 왜 앉아 있냐?"

수현이 다가가며 말을 걸자, 수민이 공허한 눈으로 그를 올려보았다. 절대 윽박으로 알아낼 수 없을 거란 조금 전 생각은 자취를 감췄다. 수민의 낯선 모습에 마음이 불안한 그가 바락 소리쳤다.

"그럼 차라리 속 시원하게 말이라도 하든지, 대체……. 어어."

말이 채 끝나기도 전에 답삭 안겨 버리는 수민으로 인해 수현은 질색을 했다. 그만큼이나 체격 좋은 녀석이 안긴 느낌이 상당히 좋지 않았으나, 그래도 수현은 밀어내지 않고 어색하게 녀석의 등을 툭툭 토닥여 주었다.

상심 중이니까…… 이유는 모르지만…… 마음이 아픈 동생이니까…….

"인마, 괜찮을 거다. 괜찮을 거니까 기운 내."

“응.”

나름의 위로를 아끼지 않는 그의 품에서 수민이 고개를 끄덕거렸다. 그때 벌컥 방문이 열리며 막둥이가 뛰어들어 왔다.

“작은오빠야, 있잖…… 잉?”

신이 나서 외쳐 대려던 수안은 두 오라비가 꼭 부둥켜안은 모습에 놀라 멈춰 섰다.

“할 말이 뭐야?”

수민 대신 수현이 물었지만, 수안은 대답 대신 커다란 눈을 게슴츠레 뜨며 그들에게 다가왔다.

“흠, 뭐냐? 근친상간에 동성애? 작은오빠는 그렇다 쳐도 큰오빠, 오빠는 멀쩡한 재욱 언니 놔두고 왜 이러니? 이 사실을 재욱 언니도 아니?”

형제는 막둥이의 말에 발끈했다. 수현과 수민은 서로 위로하고 위로받던 것도 잊고, 쿠션을 들어 던지며 소리쳤다.

“뭐라는 거야! 당장 안 니가?”

“난 왜 그렇다 쳐! 당장 나가!”

오라비들의 격한 반응에 수안이 혀를 날름거리며 물러났다.

“거 봐, 거 봐. 강한 부정은 곧 꼼짝 못할 강한 긍정이랬어. 아이고, 재욱 언니야, 이 일을 어쩌니!”

곧 죽어도 제 할 말을 다 한 수안이 방문을 쿵 닫고 나갔다. 문 뒤에서 들리는 히죽거리는 웃음소리가 수현과 수민의 분노를 더욱 자극했다.

“저 녀석을 그냥!”

“아유!”

하지만 엉뚱한 장난기를 감당하지 못한 녀석의 놀림에 씩씩거리다 보니 수민의 기분도 한결 나아졌다. 수현은 그런 수민의 어깨를 툭 쳤다.

“네 녀석이 힘들다 말할 정도면 정말 힘든 것 맞다. 하지만 넌 무척 강한 사람이니까, 조금만 힘들어하다가 기운 차릴 거라 믿는다.”

그의 말에 수민이 올려다보았다. 상심한 눈동자가 수현의 마음을 아프게 했다.

“힘내. 알았냐?”

“……응, 고맙다.”

“그래. 다신 안기지 말고. 신체 건장한 우리가 그런 말을 들어서야 쓰겠냐?”

그의 말에 수민이 이를 악물었다.

“하여튼, 설수안. 분위기 깨는 데 뭐 있어!”

맞다. 분위기 깨는 데 타고나길 수안만큼 타고난 사람도 없으리라. 하지만 어찌 손쓸 도리가 없을 만큼 상심했던 사람도 다람쥐처럼 파고들어 휘젓고 사라지는 수안으로 인해 상심을 잊는다는 것을 잘 알고 있었다. 수현은 씩씩거리는 수현을 보며 수안의 등장을 감사하게 생각했다.

툴툴거리는 수민의 어깨를 툭 치고 방을 나오는 순간, 그의 뇌리를 스치는 생각이 있었으니! 불타는 밤!

"아, 젠장."

그 중요한 것을 잊고 있었던 자신이 멍청하기 이를 데가 없었다.

온몸의 신체 리듬이 원하는데……. 수현은 비장한 각오로 아래층으로 내려왔다.

"도전하는 자만이 미인을 얻는다."

깊은 밤, 현관을 나온 그의 눈이 굳은 결심으로 반짝거렸다. 지금부터 그는 세상을 살면서 꼭 해보고 싶었던 일 중 두 가지를 오늘 실행할 것이다. 둘 중 하나는 물론 '불타는 오늘 밤을 그냥 보낼 수 없는' 것이었고, 나머지 하나는 담을 타 넘어 몰래 재욱의 방에 들어가는 것이었다. 담이라고 해봐야 그의 허리춤도 미치지 못하는 높이였지만, '담' 이란 어감이 주는 느낌은 견고하기만 했다. 이제 그 견고한 성을 부수고 공주를 찾아가는 기사가 된 마음으로 하얀 담장을 훌쩍 넘었다.

밤이슬에 젖은 잔디를 밟으며 재욱의 이층 창 아래 선 수현은 체력장 만점에 빛나는 실력으로 일층 거실 창턱을 올라섰다.

영국에서 귀국하신 부모님은 요즘 일가 친척 분들에게 귀국 인사 겸 예비 사위 자랑 겸 나들이를 다니시느라 정신이 없으셨다. 오늘은 멀리 외가댁이 있는 순천까지 가셨다.

"으악!"

커다란 집에 덩그러니 남아 깊어가는 가을, 풀벌레 소리를 들으며 일인용 소파에 앉아 있던 재욱은 난데없이 들리는 비명 소리에 화들짝 놀랐다.

"뭐야?"

너무나 가까이에서 들리는 비명에 자리에서 일어난 재욱이 주위를 두리번거렸다.

"재욱아! 하재욱! 하 양!"

수현의 방정맞은 목소리가 분명했다. 하지만 대체 어디서……? 판단이 서질 않는데 다시 수현의 신음 소리가 들려왔다.

"얼른 창문 열어!"

떨어져서 허리 다치기 전에 얼른!

난데없이 들리는 목소리에 창문을 연 재욱은 대롱대롱 매달린 수현의 모습을 보고 기겁을 했다.

"너, 너…… 미쳤니?"

정녕 그 말밖엔 생각이 나지 않았다.

"제정신이냐?"

"야야, 내가 제정신인지 아닌지는 내가 바닥을 밟고 선 다음에 의논하자. 이러다 죽을 거 같아. 나 좀 끌어당겨 봐. 얼른!"

맞다. 결혼도 하기 전에 과부 될 마음은 추호도 없는 재욱은 일단 수현의 옷자락을 힘차게 잡아당겼다. 얼마간의 실랑이 끝에 털썩, 낑낑거리며 다리를 들어올린 수현이 힘겹게 재욱의 방으로 들어섰다.

"아구, 열아홉 살 때 체력장 실력만 생각했더니, 역시 나이 서른은 못 속여. 아이고, 팔, 다리, 어깨, 무릎이야."

주저앉은 수현이 몸 여기저기를 툭툭 치며 나이 한탄을 늘어놓자, 재욱이 허리춤에 팔을 올린 채 타박을 해댔다.

"그러게 대체 현관 나두고 왜 담을 타? 다치면 어쩌려고 그래?"

그러자 수현이 한심하단 듯 콧방귀를 꼈다.

"현관으론 다 들어올 수 있는 거잖아. 넌 어째 낭만을 몰라, 낭만을?"

"낭만? 창문 타 넘고 오는 게 낭만이니? 시간 낭비에 힘 낭비지. 그리고 이 시간에 뭐 하러 오냐?"

"꼭 뭘 해야 오냐? 그냥 네가 보고 싶으니까 온 거지?"

음흉한 속마음을 숨긴 수현이 불퉁하게 중얼거리며 재욱의 침대로 올라가 앉았다. 그리고 심싯 주위를 둘러보았다.

"흠, 이 방은 예전이나 지금이나 변한 게 없다."

"변할 건 변해야지만, 안 변해도 좋은 게 있어. 난 내 방은 영원히 안 변했으면 좋겠다 뭐."

재욱이 대답을 하며 책상 의자에 앉았다.

"그러냐? 어? 그런데 저 사진은?"

책상에 앉아 그녀를 마주 보던 수현이 일어나 다가왔다. 그리고 책상 위에 놓여 있던 작은 액자를 들었다.

“이게 언제 때 사진인데, 이걸 가지고 있었어?”

“당연하지.”

가족여행을 갔던 설악산에서 수현이 재욱의 어깨 위로 거만하게 팔을 올린 채 찍은 사진. 열다섯 살 때의 푸릇한 서로의 모습에 창을 타 넘은 이유를 잊어버린 수현이 마냥 신기해했다.

“하 양, 너 이때 나이 서른이 된다고 생각이나 했었냐?”

“너는 뭐, 그때 나이 서른이 될 거라고 상상이나 했었냐?”

열다섯 살 어린 그때엔 나이 스물만 되어도 노인네가 된 기분이 될 거라 여겼었는데……. 세월이 참 바람같이 빠르다. 잠시 센치한 감정에 빠져들 찰나,

“이야, 이 여리여리한 얼굴 좀 봐. 피부가 다르다, 피부가.”

이 자식이! 재욱은 수현의 분위기를 깨는 말에 발끈했다.

“그만 하지?”

다분히 경고 어린 그 말에도 수현은 멈추지 않았다.

“우와, 하재욱이 이렇게 뽀송뽀송할 때도 있었네, 정말?”

도통 분위기 파악이 안 되는 설수현을 데리고 살아야 할 미래가 까마득했다. 재욱이 이를 악물고 말했다.

“설가야, 네가 모르는 게 있다.”

그녀는 사진 속에 기어들어 가려는 수현의 머리를 꽉 잡아 자신을 보게 했다.

“뭘 몰라?”

“잘 봐라. 그땐 이 풍만한 가슴이 없었다.”

재욱은 자신의 멋진 가슴을 가리켰다.

"그리고 이 날씬한 배, 그때는 중3이라 입시 스트레스에 엄청 먹어대서 이렇게 날씬한 배는 상상조차 못했거든."

기분 좋으면 은근슬쩍 왕(王) 자도 만들어지는 배를 가리키며 의기양양하던 재욱은 마지막으로 다리를 의자 위에 척 들어올렸다.

"이 날렵한 다리 좀 봐라. 이게 바로 세월이 만들어준 거지. 나이 서른을 거저 살았겠냐? 엉? 지금 네가 보고 있는 게 백만 불짜리다."

서른 해를 살며 가꾼 완벽한 몸매를 보여준 재욱이 눈을 부라렸다.

"다시 한 번 나이 가지고 그래 봐. 아주 끝장을 보게 될 거다."

하지만 으르렁거리는 재욱의 협박에도 수현의 눈은 몽롱하게 풀어졌다. 그의 생애 이보다 더 훌륭한 스트립쇼는 없었다.

그래…… 창문을 타고 들어온 이유가…….

"재욱아!"

수현은 그대로 재욱을 끌어안아 버렸다. 다리를 의자 위에 올려놓은 채 씩씩거리던 재욱은 황소처럼 돌진하는 수현의 품에 그대로 갇히고 말았다.

"야, 왜 이래!"

"내 가슴에 불이 났다."

“야아……..”

그들은 그대로 침대 위로 뒹굴었다. 재욱은 코와 볼, 이마 할 것 없이 나비처럼 가벼운 키스를 날리며 셔츠의 단추를 풀려고 안간힘을 쓰는 수현을 가볍게 밀어냈다.

“너 오늘 뭘 먹었길래 이러는 거야? 아유, 정말 왜 이래.”

그녀는 탐스런 가슴을 노리는 수현의 팔을 찰싹 내려쳤다. 그리고 얼른 일어나 두 손을 겹쳐 가슴에 팔짱을 끼고 미래의 신랑을 노려보았다.

“이성이 잠시 외출 중이시니, 설수현?”

“뭘 왜 이래! 신혼여행 가서 재미나게 놀려면 미리 연습을 해놔야 된대. 넌 그것도 모르냐?”

“그게 무슨 말이냐? 네 가슴에 불이 난 거랑 신혼여행이랑 무슨 상관이니?”

“첫날밤을 의학적으로 따지면 말이야. 조금 더 자세히 산부인과적으로 생각을 해봐봐. 흠, 뭐든 처음에는 힘이 든대. 한국 사람은 적어도 삼세판이야. 너 다음날 관광 다니려면 힘들지 않겠냐?”

수현이 그녀에게 얼굴을 디밀고 논리적으로 설명했다. 아무 생각 없이 들으면 그러려니 할 말이지만, 곰곰이 되씹으니 꽤 야하다.

“야!”

그녀가 빽 소리를 질렀다.

“지성인이란 게 하는 말마다 그런 거야? 어유! 정말 내가 못 살아!”

“뭘 못살아? 그게 얼마나 중요한데 그러냐? 결혼한 내 친구들이 다 그러더라. 외화 낭비해 가면서 해외로 신혼여행 갔는데 호텔 방에서 나가지도 못했다고 얼마나 안타까워했는지 아냐?”

침대 위에 앉아서 얼굴까지 붉히며 열심히 설명해 대는 예비 신랑을 보자 살짝 마음이 동하는 것도 사실.

“그래도 부끄럽단 말이야!”

“뭘 또 그래. 다 그런 거야. 불 끄면 되지? 아니면 그래, 이불 속 어때?”

더 이상 써먹을 것도 없다. 또랑또랑 빛나는 미래의 신랑 눈이 너무 사랑스럽다. 게다가 그녀의 가슴에서도 불이 난 지 이미 오래, 그 불을 꺼줄 소방차는 수현밖에 없었다.

“그래? 그럼 뭐⋯⋯.”

가슴을 가렸던 재욱이 새치름하게 팔을 스르륵 아래로 내렸다. 사실 아닌 게 아니라 비싼 여행 경비 물어가며 신혼여행을 갔는데 제대로 놀지도 못하고 돌아오면 얼마나 억울한 노릇이란 말인가! 그녀는 수현이 하얀 시트를 들어 얼른 들어가라고 채근하자 못 이긴 척 쏙 들어가 버렸다.

“이 옷은 단추가 왜 이렇게 많아?”

“좀 잘해봐. 다 떨어지겠네. 이거 우리 엄마가 생일 선물로 사주신 건데.”

"내가 더 좋은 걸로 사주면 되지."

"하여튼 못 말려."

쿡쿡 웃음을 터뜨리며 서로의 옷을 벗기는 손길에는 다급함과 애정이 묻어났다. 시트가 꿈틀꿈틀, 꼼지락거리며 달빛에게 그들이 진행 중인 일이 무엇인지 알게 했다.

수현의 뜨거운 입술이 재욱의 여린 목덜미로 내려왔다. 처음엔 살살 달래듯 목덜미의 보드라운 살을 희롱하더니, 불길이 치밀었던지 여린 살을 덥석 삼켜 버렸다. 입 안에 머금고 혀로 살살 굴리며, 아이처럼 탐하는 수현으로 인해 재욱은 미칠 지경이었다. 단지 목덜미를 내어주었을 뿐인데, 발가락 끝까지 앞으로 다가올 쾌락에 들뜨기 시작했다.

"수, 수현아……."

그녀의 부름에 목덜미를 놓아준 수현이 고개를 들어 입술을 겹쳐 왔다. 조금 전 웃음기 따윈 모조리 지워 버린 얼굴로 강하게 파고들었다. 유들하고 때로 능글맞기까지 한 녀석이 숨 막힐 듯 진지한 열정으로 그녀를 몰아붙였다.

손에 와 닿는 수현의 피부가 뜨거웠다. 윤기 흐르는 피부는 감촉도 무척 황홀해 재욱은 그의 벗은 가슴에 키스를 흩날렸다. 아침마다 아령을 해대서 그런지 수현의 가슴은 무척 탄탄했다. 수현은 홀린 듯 가슴 선을 쓸어 내리는 그녀의 손을 잡아 키스했다.

"마음에 드냐?"

"응, 마음에 꼭 들어. 무척."

그는 열정적으로 고개를 흔드는 그녀를 보며 씩 웃다 키스했다. 웃음과는 다른 뜨겁고 깊은 키스. 바다처럼 밀려드는 혀의 장난에 재욱의 숨이 막혀왔다.

"너, 너⋯⋯."

그녀는 한참 만에 입을 뗀 뒤 수현을 보며 속삭였다.

"응, 뭐?"

탐해야 할 곳이 너무 많은데, 한숨처럼 속삭이는 그녀의 말에 귀를 기울이는 그의 손길이 부지런히 아래로 내려갔다. 매끈한 배를 거쳐 닿은 곳은 죽음처럼 좋은 곳.

그곳에 손이 와 닿자, 그와 그녀 모두 작은 숨을 들이켰다.

"어, 얼른 말해."

"너 너무 많이 봐서 그래. 너무 잘하잖아."

발가락 끝이 오그라들 정도의 쾌락 앞에서 재욱이 중얼거렸다. 부지런히 손을 움직이는 그의 얼굴이 나가와 키스를 뿌려댔다.

"무슨 말이냐? 해석 불능이다."

"빨간 여자 시리즈. 너 그거 너무 많이 봐서 이렇게 잘하는 거지?"

얼굴이 새빨갛게 달아오른 재욱이 따지듯 물었다.

"어우, 아니라니까. 난 그거 딱 한 번밖에 안 봤어. 정말이야. 맹세, 맹세."

“거짓말.”

“진짜라니까. 내가 이 순간 거짓말을 하겠냐? 지금 난 열정에 눈이 멀고 만 아둔한 사내다. 네가 묻는 말은 뭐든 사실대로 고백한다니까. 한 번 더 말하지만 절대 아니다.”

하지만 그 말을 하는 수현의 눈이 또르륵 또르륵 움직이며 자꾸만 재욱과 시선을 피했다.

“너어…….”

눈을 마주하고 있다간 또 어떤 추궁이 이어질지 몰랐다. 재욱의 으름장에 수현의 머리가 그녀의 매끈한 배 밑으로 사라졌다.

한참 동안의 농밀한 장난 끝에 드디어 그가 움직이기 시작했다. 바다의 왕자처럼, 능란한 헤엄질로 목적하던 곳을 점령해 버렸다.

“아…… 빨리, 빨리 해!”

그녀의 채근에 수현의 눈이 장난기로 얼룩졌다. 쾌락의 정점까지 달려가고 싶어 죽을 것 같았지만 그는 일부러 더욱 천천히 몸을 뒤로 물렸다.

“Slow, slowly. 그게 삶에 대한 내 목표야.”

“너, 너……!”

재욱은 이 순간조차 장난기를 주체하지 못하는 수현을 죽여 버리고 싶었다. 할 수만 있다면 말이다.

“망할 자식, 너 진짜…….”

그녀가 새파란 분노의 눈길로 노려보자, 수현이 뜨거운 입술을 귓가에 가져다 댔다. 그리고 한숨처럼 축축한 어조로 속삭였다.

"우리 아기, 좋아?"

그 말과 함께 그가 다시 밀려든다.

"아흑……."

순간, 말초신경이 모두 끊어질 듯 온몸의 세포들이 비명을 지른다. 재욱은 느긋하기만 한 수현에 대한 저주도 잊고 그의 목을 끌어안았다. 자지러질 듯 자지러지지 않고 쾌락을 느끼는 자신을 믿을 수가 없었다.

"난 너무 좋아. 네가 너무 좋아서…… 죽을 것 같다……."

그녀의 귓가에 뜨거운 사랑을 속삭이며 그가 밀려들었다 나가길 반복한다. 재욱이 그의 목에 매달려 대답했다.

"나도…… 나도 좋아. 너무 좋아."

살과 살이 부딪치는 농밀한 움직임보다 더욱 그들을 달뜨게 하는 고백이 오가며 움직임이 점차 빨라졌다.

이 남자가 다른 누구도 아닌 수현이기에 좋다. 이 여자가 다름 아닌 재욱이기에 좋아서 미칠 것 같다.

강한 움직임이 점차 그들을 절정으로 몰아갔다.

"사랑해…… 사랑해……."

누구에게서인지 모를 예쁜 고백이 사랑의 끝, 절정에서 그들을 기다리고 있었다. 그리고 곧 평화가 찾아들었다.

손가락 하나 까딱할 기운도 없었다. 재욱은 수현에게 안겨 사랑의 여운을 고스란히 느끼며 죽은 듯 누워 있었다. 수현 역시 기절할 것처럼 좋았던 경험에 가슴을 들썩이며 평화를 즐기고 있었다.

서로 아무 말을 하지 않아도 좋았다. 침묵 속에서도 사랑을 느낄 수 있었다. 맨살에 닿는 살의 감촉이 그랬고, 자꾸만 얽혀 드는 서로의 다리를 부비면서도 알 수 있었다. 어느 것 하나 사랑스럽지 않은 것이 없다.

수현이 들어올 때 열어두었던 창가에서 은목서의 파릇한 향이 은은하게 풍겨왔다. 머지않아 가을이 깊어지면 저 나무에서 달콤한 꽃이 필 것이다. 멀리서 홀로 바라보던 은목서의 꽃을 이제 수현과 같이 볼 수 있다.

"흐흥, 한 번 더 하자."

그새 기운을 회복했던지 그녀의 목덜미에 자잘한 키스를 흩날리며 수현이 다가왔다. 한국인은 적어도 삼세판이라더니……. 그녀의 영리한 머리가 몽롱한 상황에서도 그것을 기억해 냈다.

"겨우 한 번?"

단단한 팔을 어루만지며 재욱이 물었다. 그러자 고개를 든 수현이 히죽 능글맞은 웃음을 지으며 그녀를 보았다.

"겨우?"

"삼세판이라며?"

수현의 물음에 그녀가 되묻자 그가 몸을 벌떡 일으켜 덮쳤다.

"알았어. 우리 그냥 날 새자!"

"후훗."

웃음을 터뜨리는 그녀의 입술 위로 부드러운 입술이 내려왔다. 당신의 마음을 끌다. 목서의 꽃말처럼…… 그들은 서로의 마음을 훔쳤다.

결혼식 아침.

"이건 명백한 새치기야. 내가 우리 집에 먼저 태원 오빠랑 그렇고 그런 사이인 거 말했는데 왜 언니가 먼저 결혼을 하는 거야?"

눈이 시리도록 부신 가을 아침, 신부 화장 중인 재욱에게 수안이 마구 퉁퉁거렸다.

"정말 너무한다고 생각 안 해?"

어쩐지 아침부터 미용실로 따라온다고 닌리를 피우더니, 단둘이 남은 자리에서 이렇게 따지려고 그랬나 보다.

재욱은 머리를 올려 묶을 때, 잘 흘러내리지 않도록 웨이브를 먼저 넣는 디자이너를 보며 말했다.

"그럼 넌 나이 서른인 언니보다 꼭 먼저 시집을 가야겠다는 거니? 수안아, 찬물도 위아래가 있는 법이다?"

"그래도!"

영 못마땅한지 수안이 빽 소리쳤다.

"아가야, 너 자꾸 그러면 부케 안 준다? 내 친구들 중에 부케 노리는 사람이 얼마나 많은지 알면서 자꾸 그럴래?"

"흥!"

최후의 협박에도 수안은 기가 죽지 않았다. 오히려 머리 위에서 김이 모락모락 솟는 것이 훤히 보일 지경이었다. 심술로 두 볼이 빵빵하게 부풀어 오른 수안의 모습이 너무 귀여워 재욱은 입술을 깨물어야 했다. 지금 그녀가 웃으면 불난 집에 오일 트럭이 돌진하는 것과 마찬가지 효과라는 것을 잘 알기 때문에 절대 들켜선 안 될 말이었다. 그녀는 수안이 마음만 먹으면 그녀의 웨딩드레스를 뺏어 입고 역시 수현의 턱시도까지 뺏어 태원에게 입힐 녀석임을 너무 잘 알고 있었다.

수안의 말처럼 가족들에게 먼저 인정을 받은 것은 수안 커플이었다. 하지만 태원이 녀석이 미국에서 두 달여의 시간을 보내야 했기 때문에 재욱과 수현은 결혼을 서두를 수밖에 없었다.

"설수안, 너 그렇게 억울하면 태원이한테 가서 따져야지."

"흥! 태원 오빠한테 뭘 따지냐? 우리 태원 오빠가 워낙 착해서 이 사태를 눈감아주는 거야. 알아?"

아유, 애인 자랑은.

재욱이 어깨를 으쓱거렸다.

가벼운 토닥거림이 계속되는 동안 머리 손질이 끝이 났다. 디자이너가 환하게 웃으며 말했다.

"자, 신부님, 머리 손질은 다 되셨습니다. 웨딩드레스 확인하

시고, 폐백 드릴 때 입으실 한복이랑 버선은 저희에게 주시겠어
요?"

그 말에 연분홍 보자기에 곱게 싸인 한복함을 보던 재욱이 당
황한 어조로 소리쳤다.

"아, 맞다! 버선!"

재욱의 외마디 외침에 수안이 덩달아 소리쳤다.

"응? 버선? 안 들고 왔어?"

한복과 함께 맞춘 버선이 너무 커 수선을 부탁했는데, 그걸
함에 넣어둔다는 것을 깜박했다. 재욱이 당황한 어조로 중얼거
렸다.

"엄마는 벌써 식장으로 출발하셨을 텐데."

"내가 갔다가 올까?"

그녀의 당황한 얼굴 앞으로 수안의 얼굴이 쓰윽 지나갔다. 반
색을 하던 재욱은, 그러나 묘하게 짓궂은 얼굴을 보자 겸연히
거절했다.

"됐다. 나 오늘 무슨 일이 있어도 결혼할 거니까 절대 엉뚱한
생각 하지 마라."

"치이."

어떻게든 장난을 치고 싶은 수안은 재욱의 단호한 거절에 입
술을 삐죽거렸다.

그나저나 어찌해야 하나…….

그때 바람처럼 문이 열리며 수현이 들어왔다, 한 손에 버선을

들고서. 역시 그녀의 신랑 될 자격이 있는 설수현이다.

"수현아!"

그녀가 반색을 하며 손을 흔들자 다가온 그가 떽떽거렸다.

"넌 어째 똑 소리 나게 생겨선 엉뚱하게 덜렁거려. 덜렁거리기나 하는 덤벙쟁이."

"결혼도 하기 전에 부부 싸움 한번 해볼래?"

재욱이 옹골지게 주먹을 내어 보였다. 장난스레 휘두르는 주먹을 잡은 그가 재욱의 얼굴에 쪽 소리가 나게 입을 맞추었다.

"어머."

갑작스런 애정 공세에 놀란 재욱이 수현을 밀어냈다. 그리고 얼른 다른 사람들의 눈치를 보자 그가 진지하게 말했다.

"뭘 신경을 쓰냐? 신랑이 색시한테 뽀뽀도 못하냐? 우리 색시, 원래도 예뻤지만 오늘따라 더 예쁘다. 색시야, 내가 아주, 아주 많이 사랑한다."

유들유들한 녀석의 사랑 고백은 진지하기만 하다. 그 예쁜 고백에 재욱이 배시시 웃으며 다가가 수현의 볼에 입을 맞추었다.

"응, 나도 사랑하는 거 알지?"

"나만큼 사랑해?"

수현과 재욱은 서로의 눈을 마주 보며 서로만이 알 수 있는 웃음을 지었다. 그 모습에 진저리를 치며 수안이 빽 소리쳤다.

"우와, 진짜 너무하는 거 알아? 둘이서 사랑하는 거 모르는 사람이 없거든? 나 닭살 알러지 있어. 제발 좀 그만 해라."

"조용해라, 막둥아. 지금 사랑의 대화 중이잖니."

"우와, 진정 너무하시네?"

진정한 닭살 애정 행각에 소름이 돋은 수안이 폭동을 일으킬 찰나가 되어서야 수현이 준비실을 나갔다.

"언니, 내가 언니 진짜 좋아하는 거 알지? 행복해야 해. 바람돌이 우리 오빠 단속하려면 힘은 좀 들겠지만 그래도 언니만 믿어."

재욱은 드레스가 구겨지는 것도 아랑곳하지 않고 수안을 꼭 끌어안았다.

"언니도 우리 수안이 정말 좋아해. 가족이 되면 우리 더 많이 좋아하자."

"응. 하지만 결혼식을 내가 먼저 했다면 언니를 더 좋아했을 것 같아."

녀석, 집요하긴. 끈질긴 수안의 말에 질색을 한 재욱이 물러나자 수안이 귀여운 볼우물을 만들었다.

"아이고. 그렇다는 말인데 뭘 그렇게 놀라셔. 괜찮아, 괜찮아. 긴장하지 마, 언니 긴장 풀라니까."

왠지 불안하다.

"너 같음 긴장이 풀리겠냐? 시누이가 내 결혼식을 훔쳐가려는데?"

결혼식이 시작될 때까지 재욱은 수안의 곁으로 가지 않았다.

드디어 결혼식이 시작되었다.

싱글벙글 웃음을 머금은 수현이 먼저 식장으로 입장했다. 원래도 멋진 녀석이지만, 저렇게 턱시도를 입혀놓으니 참 때깔난다. 바라보노라니 그저 흐뭇하기만 하다. 아버지의 손에 잡힌 재욱 역시 자꾸만 벌어지는 입을 어쩌지 못했다. 씩씩하고 늠름하게 걸어가 단상 앞에 돌아서자, 재욱은 자신의 입장 선언을 기다렸다. 그때 그녀의 손을 잡은 하 교수가 애잔하게 말했다.

"우리 딸, 오늘 너무 곱구나. 아빠는 우리 딸이 이렇게 예쁘게 클 줄 알고 있었다."

그녀는 아버지를 돌아보았다. 앞을 바라본 채였지만, 옆에서 보기에도 연륜이 내려앉은 잘생긴 얼굴이 미소와 숨기지 못한 슬픔으로 가득했다.

순간 재욱의 가슴이 먹먹해졌다.

"네, 아버지."

나직하게 대답을 하고 앞을 보자, 부모님 자리에 앉은 어머니가 보였다. 어머니 역시 벌써부터 눈시울을 붉히고 계신 것이 식장 끝에서도 보였다.

일곱 살 상처투성이인 그녀를 데려다 이렇게 키워주신 분들이다. 세상 속에서 몫을 다 하도록 가르쳐 주셨고, 타인을 사랑할 수 있도록 먼저 다가와 주셨다.

"아버지, 제가 정말 두 분 사랑하는 거 아시죠?"

"그럼, 알다마다. 네 엄마와 난 그것을 의심해 본 적이 없단다, 아가.”

“저두요. 저두요, 아버지.”

감사하단 말은 원하지 않으실 부모님. 그분들께 할 수 있는 유일한 말, 사랑합니다.

눈물진 미소를 지은 재욱과 하 교수는 잠시 서로를 마주 보았다.

“신부 입장!”

식장 안에서 사회자의 요란한 선언이 들렸다.

“그럼 갈까?”

“네.”

재욱은 아버지에게 손을 맡긴 채, 천천히 식장 안으로 들어갔다. 한발한발 가까이 다가갈수록 수현의 잘생긴 얼굴이 가까워졌다. 그에게 다가갈수록 조금씩 더 행복해진다.

“열심히 사랑하겠습니다.”

하 교수에게서 재욱의 손을 넘겨받으며 수현이 한 말이었다.

주례사를 들으며 그들은 서로를 훔쳐보았다.

자꾸만 한발한발 서로에게 다가서려는 그들은 마치 장난꾸러기 아이가 된 기분이었다. 서로에게 충실하겠다는 결혼 서약을 하고 부부가 된 그들에게 사회자의 짓궂은 요구가 이어졌다.

“신랑 신부의 격렬한 키스가 이어지겠습니다.”

그러자 하객들의 열화와 같은 박수가 쏟아졌다.

“어우, 부끄럽게 어떻게 하냐? 그렇지, 재욱아?”

하지만 말과는 달리 수현의 얼굴은 기대감이 가득했다. 그는 팔짱 낀 재욱의 손을 꼭 쥐며 말했다.

"뭐, 부끄럽긴 하지만 하객들을 실망시킬 수는 없을 것 같아. 어떠냐?"

새신랑의 소곤거림에 재욱이 맞장구를 쳤다.

"당근 결혼식의 주인 된 도리로 그럼 안 되지. 신랑아, 이리 와."

"응, 색시야."

재욱과 수현의 입술이 겹쳐졌다. 행복한 키스를 바라보는 하객들의 웃음과 격려, 그리고 그들의 미래를 축복하는 꽃가루가 허공에서 흩날렸다.

드디어 신혼부부가 탄 오색 풍선과 핑크빛 리본으로 치장한 차가 떠나자, 수안이 그것을 부러운 듯 보며 중얼거렸다.

"이제 만리장성을 쌓겠지? 영 부럽단 말이지. 아휴, 나도 애인 있는데……. 내가 보기엔 말이야, 태원 오빠가 다 좋은데, 적극성이 결여되어 있단 말이지."

고백도 먼저 했고 인정도 먼저 받은 수안 커플이건만, 난데없이 큰오빠에게 결혼을 추월당한 수안은 억울하기 짝이 없었다.

"칫, 부케 받으면 내가 좋아라 하나? 재욱 언니 너무해. 난 부케가 받고 싶은 게 아니라 부케를 던지고 싶었단 말이야."

생각할수록 추월당한 것이 분했고, 빼앗긴 결혼식이 원통해 수안은 잔뜩 심술이 났다. 태원이 사업체 정리를 하러 미국으로 갔던 것이 결혼식을 도둑맞은 첫 번째 원인이었다.

"태원 오빠가 미국에 가는 게 아니었어. 아니면 그때 결혼해서 같이 갔었어야 했는데. 에잇, 진정 실수다."

그때 뒤에서 불쑥 내밀어진 손.

"응? 뭐야?"

놀라서 돌아보자 태원이 찡긋 윙크를 했다. 신랑 들러리로 은회빛 재킷을 입은 태원은 오늘 지독하게 섹시해 보였다.

"이게 뭐야?"

수안은 태원의 손에 들린 봉투를 보며 의아해했다.

"별건 아닌데, 그래도 한번 봐."

그녀는 태원이 봉투를 건네주자 그 안을 들여다보며 말했다.

"뭔데 그래? 음, 비행기 표네? 뭐야, 일본행? 오빠 또 나만 두고 일본 가?"

미국에시 귀국힌 지 얼마 되지도 않은 태원이 또 일본행 티켓을 흔들어 보이자 수안이 흥분하기 시작했다.

"정말 너무하는 거 알지? 나 정말 외로워서 혀 깨물지도 모른다?"

"자세히 좀 봐. 한 장이 아니라 두 장이야."

"잉?"

그러자 태원이 뒤에서 수안을 꼭 끌어안았다.

"가을 노천 온천이 그렇게 좋다던데. 어때, 꼬마. 같이 갈까?"

지금, 지금 이 남자 나 유혹하는 거 맞지? 그럼 태원 오빠랑 나랑 노천 온천에서 에로 영화를…… 오오오!
"당근이지!"
수안이 환호성을 질렀다.

사년 후, 여름이 시작되는 길목에서.

햇살이 눈부시게 아름다운 날, 앙증맞은 꼬마 녀서 세 명이 하얀 울타리 담장을 등지고 있어 자기들만의 대화가 한창이었다. 녀석들의 대화는 아무리 귀를 쫑긋 세우고 들어도 알아듣기 힘들 정도였지만, 자기들끼리는 나름 진지함이 넘쳐 났다.

그때 커다란 벤이 집 앞에 도착하고, 키 큰 남자가 내려섰다. 호기심 어린 눈으로 남자를 보던 녀석들은 차에서 내린 사람이 다름 아닌 세상에서 제일 좋아하는 사람이란 사실에 열렬히 환호성을 보냈다.

"우와, 삼촌이다."

“오, 우리 망아지들! 이리 와라!”

“삼촌!”

병아리 같은 녀석들이 우르르 달려가 그의 품에 쏙 안겨들었
다. 작고 보드라운 몸을 마구 부딪쳐 안겨오는 조카들을 한몫에
다 안고 눈을 마주쳤다.

“잘 지냈어, 우리 망아지들?”

“당근, 당근!”

“물론이지!”

올해 네 살이 된 남자 아이 두 녀석들은 제법 또록또록한 발
음으로 대답했고 이제 갓 두 돌이 지난 공주는 옹알옹알 입을
오므리며 알아듣지 못할 안녕을 쏟아냈다.

“후후, 이놈들.”

수민의 얼굴에 함박꽃이 피었다.

도토리 같은 세 녀석들 모두 하나같이 예쁘지 않은 구석이 없
다. 지난 석 달 동안 중국 현지 촬영이 있어 보지 못했던 녀석들
은 그 짧은 시간 동안 더 컸고, 더 예뻐져 있었다.

네 살짜리 중 커다란 눈망울이 더할 나위 없이 예쁜 녀석은
형의 아들 제헌이었고, 쏙 패인 볼웃음이 일품인 나머지 두 녀
석들은 수안의 고슴도치 정헌, 정원 남매였다. 수민의 품에 안
긴 제헌과 정헌이 기대를 담고 물었다. 정원이도 뭐라고 옹알거
리지만, 당최 알아들을 수가 없다.

“삼촌, 선물 사 왔어? 선물 사 온다고 약속했잖아, 그치, 정

헌아?”

“응, 그랬어. 삼촌이 분명 그랬어.”

“그럼, 물론이지.”

아가들아. 니들 엄마, 아빠—제헌네에서는 수현이, 정헌네에서는 수안이 전화했다—가 어젯밤에 국제 전화로—그것도 누가 남매 아니랄까 봐 둘 다 수신자 부담으로 말이다!—선물 안 사 오면 한국에 들어오지 말라고 했단다.

그 말이 목 끝까지 치밀었지만 수민은 차마 어린 눈망울을 보며 부모들의 허물을 말할 수가 없었다.

그렇지 않아도 예뻐 죽는 조카 셋의 선물을 미리 준비해 트렁크 하나 가득 채워두고 있었다. 현지에서 힘들게 촬영하는 형제에게 그런 식으로 말한 수현과 수안을 용서하지 않으리라 다짐하는데, 뒤에서 익숙한 목소리가 들렸다.

“도련님 왔네?”

“이, 제헌 엄마, 잘 지내셨소?”

웃으며 다가오는 재욱을 향해 수민이 장난스럽게 말했다. 가족이 된 후로 호칭 때문에 서로 어색해하다, 평생을 알고 지낸 그들이기에 서로 편하게 대하자 합의를 보았다.

“아유, 애들 셋을 다 끌어안고 무슨 힘자랑이야. 설제헌, 너부터 내려와. 제일 큰 녀석이 삼촌 피곤하게 안겨 있어? 얼른 내려와.”

그렇지 않아도 동갑내기 정헌보다 생일이 넉 달 빠른 제헌이 좀 무겁긴 했었다. 재욱이 아들을 안아 내리자, 양팔엔 태원의 남매만이 남았다.

“그런데, 정헌이 팔은 왜 그래? 다쳤니?”

그제야 정헌의 팔에 흰 깁스를 발견한 수민이 놀라서 묻자, 정헌이 애처로운 표정으로 그를 보았다.

“응응, 나 미끄럼틀에서 떨어졌어. 아파서 죽을 뻔했어!”

“그랬어?”

그가 동정심을 유발하려는 정헌의 말에 맞장구를 치며 재욱을 보자 재욱이 고개를 절레절레 흔들었다.

“아유, 말도 마라. 갈비집에 고기 주문해서 딱 첫판 구웠는데 정헌이가 놀이방 미끄럼틀에서 점프를 한 거야. 정헌이 아파 죽는다고 울지, 옆에 있던 제헌이랑 정원이는 지레 놀라 울지. 혼비백산해서 전부 애 하나씩 안고 그대로 병원으로 뛰었다.”

“훗, 피는 못 속여. 지 엄마를 아주 그대로 뺐다, 뺐어.”

어린 시절의 수안을 그대로 닮은 조카를 보며 절로 웃음이 터졌다. 그러자 낭랑한 목소리가 울려 퍼졌다.

“그럼, 내 새낀데 날 닮지 누굴 닮아?”

여전히 어깨까지 내려오는 고수머리 수안은 시간이 흘러 두 아이의 엄마가 됐어도 개구진 웃음은 그대로였다. 오죽하면 태원이 애 셋을 데리고 사는 것이라 한탄을 했을까. 뭐, 그래도 수안이 좋아 죽는 건 여전한 태원이지만 말이다.

나이가 아무리 먹어도 토닥토닥 서로에게 짓궂은 수민이 구박을 해댔다.

"그래, 정말 네 자식인 것 같다. 그래도 어지간하면 태원 형을 좀 닮지, 어째 그렇게 너를 빼다 박았냐? 툭하면 떨어지고 다치고."

"그래도 정원이는 좀 낫다."

제헌을 안은 재욱이 대화에 끼어들자 수안이 고개를 들었다.

"정원이가? 절대 아니야. 정원이도 정헌이 못지않아. 어제 세발자전거 탄다고 얼마나 떼를 쓰는지, 마지못해 태웠는데 잠깐 한눈파는 사이에 자전거에서 떨어져서 이마 멍들었어. 그래서 금쪽같은 공주님 이마에 멍 자국 남겼다고 서방님한테 혼났다."

수안이 정원이를 안아 이마를 보여주었다. 입술을 삐쭉 내미는 폼이 어지간히 잔소리를 들은 모양인데, 수안이라면 자다가도 일어나 챙기는 태원이 그 정도로 화를 냈다? 소동이 어지간했겠구만.

수민은 그저 웃음만 나왔다.

"그럼 우리 제헌이가 제일 점잖은 거야?"

그가 재욱의 품에 안긴 큰조카를 보며 말했다.

"후후, 우리 제헌이가?"

그 말에 재욱은 품에 안긴 아들을 보았다. 이 녀석, 겉으론 엄청 점잖고 멋쟁이인데, 놀이방 또래 여자애들을 얼마나 좋아하는지……. 하루가 다르게 상대를 바꿔 팔랑팔랑 사랑이 움직이는 제헌으로 인해 상처받은 여자애들의 눈물이 바다를 이룰 지경이었다.

"난 다른 말은 안 해. 다만, 제헌인 아빠를 쏙 빼닮았어."

"그래? 누나 애 좀 먹겠다."

재욱의 진지한 선언에 수민이 내심 심각하게 말했다. 그때 현관문이 열리고 수현과 태원이 나왔다. 시간이 흘러도 변하지 않는 모습으로.

수민이 반가움에 손을 들었다.

"오랜만이오."

"안 들어오고 뭐 해? 부모님 기다리신다."

"그래, 다들 들어가자."

활짝 열린 현관문을 버티고 선 수현과 태원이 우르르 몰려드는 가족을 반겼다.

오늘은 설 교수의 정년퇴임 기념 파티가 있는 날이다. 가족 모두가 모이고, 절친한 지인이자 사돈인 하 교수 내외까지 모두 모여 집 안은 북적거렸고 웃음이 끊이지 않았다.

수현은 재욱의 지시에 따라 커다란 대바구니에 놓인 부침개를 접시에 담아냈다.

"얼른 이거도 좀 하고, 어머!"

그러다 밖의 눈치를 보며 재욱의 뺨에 쪽 소리가 나도록 키스를 했다. 그 따스한 감촉에 심장이 두근거린 재욱이 얼른 밖을 쳐다보았다. 그리고 능글맞게 웃는 수현의 가슴을 밀어냈다.

“누가 보면 어쩌려고 그래?”

“아무도 안 봐. 누가 보냐?”

절대 안심하란 듯 장담을 하며 다시 입술을 가져다 대자 식탁 아래서 작은 얼굴이 톡 튀어나왔다.

“내가!”

“어머!”

“설제헌, 너.”

진주같이 앙증맞은 앞니를 드러내며 웃는 아들이 모습에 수현과 재욱은 웃을 수밖에 없었다. 재욱이 짐짓 아들을 향해 부탁했다.

“아들, 비밀로 해줄 거지?”

“음, 생각해 보고. 그런데 엄마, 부탁을 할 땐 내가 부탁을 받아들일 수 있도록 뭘 줘야 하는 건데, 그거 알아?”

“그래? 알았어. 이거면 돼?”

누가 변호사 아들 아니랄까 봐. 재욱은 수현에게 눈짓을 했다. 그러자 수현이 씩 웃으며 오늘 최고의 맛을 자랑하는 떡산적을 내밀었다.

“자, 받아라, 아들.”

“아싸, 내가 절대 비밀로 해줄게!”

신이 난 제헌이 떡산적을 받아 들고 소리치자, 태원이 빈 접시를 들고 주방으로 들어오다 물었다.

“제헌이 뭘 비밀로 하는 거니?”

"응, 고모부. 나 엄마랑 아빠랑 뽀뽀한 거 비밀로 해주기로 했
어."

네 살배기 아들의 선언에 부부가 소리쳤다.

"야, 설제헌!"

"걱정 하지 마. 난 비밀은 꼭 지켜."

벌써 다 들통나 버린 비밀을 지켜주겠다는 아들이 주방을 후
다닥 나가자, 세 사람은 동시에 웃음을 터뜨렸다.

그렇게 유쾌함만이 가득하던 집 거실. 이층에서 세 아이와 씨
름을 하며 놀던 수민이 전화를 받으며 후다닥 내려왔다.

"뭐야?"

급하고 긴장 어린 목소리에 순간 거실은 정적에 감싸였다. 무
슨 일일까? 다들 놀란 눈으로 서로를 쳐다보고 있자, 밖으로 나
갔던 수민이 우당탕 들어왔다.

그런데 나갈 땐 분명 혼자였던 그가 처음 보는 여자의 팔을
거칠게 끌고 들어왔다. 가족 모두는 영문을 몰라 바라보기만 했
다.

"죄송합니다. 이 여자, 밥 좀 주세요."

뜬금없는 말까지.

하늘색 티셔츠에 면바지 차림의 여자는 캐주얼의 옷차림에도
불구하고 무척 가녀렸다. 섬세한 이목구비에 너무나 투명한 피
부는 마치 그림처럼 아름다웠다.

수민의 거친 행동과 멍하게 보고 선 사람들로 인해 여자는 당

황한 듯 잡힌 팔을 빼려고 버둥거렸다.

"인사해, 우리 부모님이야."

하지만 여자의 저항 따윈 무시한 수민이 제멋대로 말했다. 얼굴을 붉힌 여자가 겨우 고개만 숙였다.

"안녕하세요. 처음 뵙겠습니다."

푹 고개를 숙인 여자는 마치 죄인처럼 불쌍하기만 했다. 여자를 곤란함에서 구해줄 생각이 전혀 없는 듯한 수민을 보다 못해 재욱이 그녀에게 다가가 어깨를 감쌌다.

"일단 들어와요. 수안아, 우리 밥 남은 거 있지?"

"흠, 있어. 주방으로 가요, 우리."

재욱과 수안은 여자를 데리고 주방으로 갔다.

"여기 앉으세요."

"네, 초면인데 실례가 많습니다. 죄송해요."

수줍은 목소리가 굉장히 청아하디. 늦은 시긴 무례하게 찾아든 것이 몹시 민망한 듯 얼굴을 들지 못했다.

"아유, 괜찮아요. 아직 식사 전이면 무척 배고프실 거예요. 얼른 드세요."

재욱이 부지런히 식탁을 차리자, 주방 커튼이 활짝 젖혀지며 수민이 따라 들어왔다. 언제나 편하고 개구지게 웃는 수민의 얼굴이 짜증으로 잔뜩 흐려져 있었다. 그는 주방으로 들어와 다짜고짜 여자를 향해 짜증을 냈다.

"너 바보지? 엉?"

"작은오빠, 왜 그래?"

너무나 무례한 어투에 수안이 놀라 수민의 팔을 잡았다.

"식사 드시잖아. 그만 해, 그만."

하지만 수민은 수안의 손을 뿌리치고 식탁 가까이 다가갔다.

"어우, 밥이 넘어가냐, 넌? 대체 생각이 없어. 이제 어떻게 할 거야? 어? 진짜, 살다 살다 너 같은 앤 처음 봐. 알아?"

끼익. 순간 민망함에 얼굴을 붉히고 앉아 있던 여자가 벌떡 자리에서 일어났다.

"왜! 얼른 앉아서 밥 먹어! 점심도 안 먹었다면서!"

수민의 성질에 못 이겨 자리를 피하리라 여겼던 여자는 그들 모두의 상상을 초월했다. 저벅저벅 수민을 향해 다가가더니 가운뎃손가락을 번쩍 들어올렸다.

참다가, 참다가 폭발하는 표현은 열 마디 말보다 강력하다. 그 무엇보다 강력한 제스추어에 재욱과 수안이 멍하게 그녀를 바라보았다.

"야!"

분노한 수민이 뭐라 하기도 전에 여자는 작은 머리로 수민의 턱을 탁 쳤다.

"아악!"

요란한 수민의 비명 소리.

"어디 한 마디만 더해봐요."

수민을 향해 살벌하게 중얼거린 여자는 임무를 마쳤다는 듯 다시 얌전히 식탁 의자에 앉았다.

"어우, 이게 진짜!"

그리고 방방 뛰며 난리를 치는 수민을 본 척도 하지 않고 여자는 숟가락으로 가득 밥을 퍼 맛있게 먹었다.

"자꾸만 무례한 모습 보여 드려 죄송해요. 그런데 정말 맛있어요."

여자는 사각사각 거리는 김치를 씹으며 커다란 두 눈에 가득 웃음을 담아 보여주었다.

"많이 드세요."

재욱은 요정같이 수줍고 예쁜 여자의 행동에 웃음을 참을 수가 없었다. 황당하기는 했지만 수민이 방방거리다 당한 거라 시원하기도 했다.

"시끄러워, 작은오빠."

더욱이 수안 역시 여자가 무척 마음에 들었나 보다. 누군지 모르겠지만 설수민, 강적을 만난 것 같다.

"어우, 진짜 내가, 어우!"

잔뜩 흥분해 어쩔 줄 모르는 수민을 여자 셋은 아무도 편들어 주지 않았다.

소란스럽고 유쾌했던 저녁이 끝나고 재욱과 수현, 그리고 제헌은 하 교수 댁으로 건너왔다. 제헌이라면 금덩이보다 귀애하시는 부모님이 아이를 데리고 안방으로 들어가시자, 부부는 재욱이 쓰던 이층방으로 올라왔다.

사 년 전과 다름없는 방이지만, 낯선 기운에 이리저리 서성거리자, 창틀에 앉은 수현이 자신의 무릎을 툭툭 쳤다.

"이리 와봐."

재욱은 수현이 내민 손을 잡고 그의 무릎에 앉았다. 넓고 단단한 수현의 가슴에 그녀의 등이 닿자 편안함과 따스함이 밀려들었다. 수현이 그녀를 꼭 안은 채 중얼거렸다.

"아까 그 여자의 정체는 뭐냐? 주방에서 굉장히 소란스러운 것 같더니……."

"이름밖에 몰라. 그런데 굉장한 사람인 것 같아."

수민이 당하던 모습에 재욱의 입가가 미소로 벌어졌다.

"흠, 그래?"

수현은 형제들 중 유일하게 짝이 없는 수민이 걱정이 됐지만, 그의 관심은 이내 품에 안겨 살짝 한숨을 내쉬는 아내에게 집중됐다.

"피곤하지? 아침부터 음식 준비하고 치우고 하느라. 내일 로펌 나가야 하잖아."

"괜찮아. 전부 같이 한 일인데 뭐. 그런데……."

재욱이 모호하게 말끝을 흐렸다. 그러자 고개를 든 수현이 재욱의 얼굴을 살짝 돌려 시선을 마주했다.

"그런데 뭐?"

"나 임신했어."

잠시 머뭇거리던 재욱은 원래 성격대로 단숨에 말했다. 아침이면 해가 뜬다고 말하듯 평범한 어조에 수현이 잠시 멍해졌다.

"어?"

"임신이래. 칠 주 됐다는데?"

"이야! 정말?"

그제야 정신이 든 수현이 품 안에 그녀를 번쩍 안아 들고 일어났다.

"제헌 엄마, 사랑한다!"

재욱은 쪽 소리가 나게 입술을 부딪치는 수현의 목을 꼭 끌어안았다.

"나도 사랑해, 제헌 아빠."

이층 방에서 이웃집 은목서와 이웃집 창문을 보며 사랑을 탐내던 그녀가, 이제 이층 방 그곳에서 사랑과 함께 웃고 사랑을 다시 고백한다.

여전히 꼭 끌어안은 채, 수현의 입술이 그녀의 입술에 깊게 내려앉았다.

"정말 사랑해."

"응, 사랑해."

아무리 들어도 좋은 말, 사랑한다……. 열린 창문으로 은목서의 풋풋한 내음이 스며들었다.

매번 느끼는 거지만, 한 편의 글이 완결되면 기분이 묘합니다. 뿌듯하기도 하고, 어딘지 모를 미숙함에 부끄럽기도 한 기분이지요.

하지만 『연두향 나무 아래』는 더 많이, 더 오래 기억될 것 같습니다. 글을 쓰기 시작한 시간보다 글을 쓰기 위해 고민한 시간이 더 많았고, 쓰면서도 내내 내용을 고민했었습니다. 안 그런 글이 어디 있을까마는, 이 글이 더한 이유는 아마 저의 전작 『수박밭에서 만나다』와 시리즈이기 때문일 겁니다.

조금은 변화된 글의 분위기를 원하는 작가의 욕심과 전작에서 살짝 비쳤던 재욱과 수현의 분위기가 상반된 것도 모자라, 직업으로 설정해 둔 의사와 변호사란 직업이 저를 딱 숨 막히게 했습니다.

아, 이제 어떻게 할 것인가…….

어린 시절부터의 친구답게 티격태격하는 모습만을 계속 보여 드려선 안 될 것 같았습니다. 게다가 '병원'을 무대로 한 어느 작가 분의 인기 소설을 보며 무척 기가 죽었더랬죠(실제로 제 글 속 남주인공인 수현은 레지던트 3년 차지만, 무척 한가합니다. OTL).

그래서 재욱의 시점에서 이미 설정해 둔 '입양아'란 입장과 그와 비슷한 의뢰 사건을 위주로 이야기를 풀어가게 되었습니다.

　제목에 대해 조금의 설명을 드리자면 『연두향 나무 아래』의 '연두향'이란 수현네 정원에 있는 은목서가 꽃을 피워 풍기는 향기를 뜻합니다. 싱싱하고 파릇한 느낌을 향기로 표현했고, 또한 이 글의 주인공들이 풍기는 이미지로 보여 드리고 싶었습니다.

　시간이 지나 나무의 아름드리가 넓어지듯, 두 사람의 관계 또한 그러리라 믿었습니다. 조금씩 키가 자라 어른이 되듯, 조금씩 감정이 쌓여 사랑이 되어버린 그들에게 풋풋한 연두향이 뿜어 나올 것을 말입니다.

　책이 출간될 때마다 아무리 감사함을 전해도 모자란 분들이 계십니다.

　더위에 힘든 우리 파우더룸 작가님들, 우리 힘냅시다. 그리고 사랑합니다!

　불성실 작가들이 연재글을 올리지 못해도 언제나 우리 홈을 지켜주시는 파우더룸 열혈 독자님들! 대체 얼마나 표현해야 제가 감사하다는 것을 다 보여 드릴 수 있을지 모르겠어요!

아주 많이 사랑합니다. 그리고 감사해요.
더불어, 글을 쓰는 동안 저의 심한 감정 기복으로 인해 상처 입으신 분들!
제 맘 아시죠? 진심이 아니랍니다아! OTL

본격적인 여름을 알리는 장마철입니다.
축축하고 눅눅한 장마철, 수현과 재욱이 조금은 상쾌하게 다가서길 바라봅
니다.

—여름의 길목에서

조금씩, 조금씩 성장하길 바라는 정경하 드림.